U0519476

绿色的夜

りょくしょくのよる

［日］三岛由纪夫 —— 著　陈德文 —— 选译　四川文艺出版社

图书在版编目（CIP）数据

绿色的夜：三岛由纪夫短篇小说集／（日）三岛由
纪夫著；陈德文选译. 一成都：四川文艺出版社，
2021.5
　ISBN 978-7-5411-5865-0

Ⅰ. ①绿… Ⅱ. ①三… ②陈… Ⅲ. ①短篇小说—小
说集—日本—现代 Ⅳ. ①I313.45

中国版本图书馆 CIP 数据核字（2021）第 026242 号

LÜSE DE YE: SANDAOYOUJIFU DUANPIAN XIAOSHUOJI

绿色的夜：三岛由纪夫短篇小说集

（日）三岛由纪夫 著 陈德文 选译

出 品 人	张庆宁
策 　 划	余 岚
责任编辑	苟婉莹
封面设计	尚燕平
内文设计	史小燕
责任校对	段 敏
责任印制	桑 蓉

出版发行　四川文艺出版社（成都市槐树街2号）
网　　址　www.scwys.com
电　　话　028-86259287（发行部）　028-86259303（编辑部）
传　　真　028-86259306

邮购地址　成都市槐树街2号四川文艺出版社邮购部　610031
排　　版　四川胜翔数码印务设计有限公司
印　　刷　成都东江印务有限公司
成品尺寸　130 mm×185 mm　　开　　本　32开
印　　张　9.75　　　　　　　字　　数　190千
版　　次　2021年5月第一版　　印　　次　2021年5月第一次印刷
书　　号　ISBN 978-7-5411-5865-0
定　　价　59.00元

目　录

晓钟圣歌

1. And Jesus being full of the Holy Ghost, returned from the Jordan and was led by the Spirit into the wilderness,

．．．．．．．．．．．

13. And all the temptation being ended, the devil departed from him for a time.

From *Luke* CHAP. IV

1. 耶稣被圣灵充满，从约旦河回来，圣灵将他引到旷野。

．．．．．．．．．．．

13. 魔鬼用完了各样的试探，就暂时离开耶稣。

摘自《新约·路加福音》第四章

他喜欢玄色的衣饰，热爱尖锐细长的手指，经常将身子浸在暗夜里，总想把形态可怕的耳朵和尾巴融合于黑暗之中。

那震动于胸板下方的小小的幼儿般的心脏，每当袭来疯狂的冲动，他就彻底成了一个地道的恶魔。

行为立即变得残忍起来，内心里充满怪异和丑恶。

然而，白天里，恶魔贪睡于树林中长满灰黑色树叶的树荫底下，长眠不醒。

驰骋于梦境的各种各样快乐的表情，将自己的嘴唇涂得通红，就像盛开于亚洲人之国沙漠的鲜花。他的身体具有蝾螈般的光泽。他的足尖指向的彼方，一条沙石交混的白色道路迫在眉睫。那是约旦河畔绵长的曲如蛇背的道路，不料，临近广大的荒野，突然断绝了。

——荒野上近于银白色的野玫瑰和百合花，一边散放着蜜糖的馨香，一边随处绽开着簇簇花朵。那椭圆形浑如圆润的美丽的眼眸，辉映着天使般的云影，不断流逝而去。

一人长袍拖曳，俯伏着长髯蓬蓬的脸孔，坐在百合花丛中。

一只红色尾羽的小鸟，激烈地鸣叫着，打树林飞来。

一头野兽迅疾闪现着长长的尾巴逃离了。他猝然抬起身子，侧耳倾听蝾螈在水中剧烈鼓动着的怯懦的肺腑。他知道那刀尖似的尾巴，兴奋激荡、震颤膨胀起来了。那是前来通知恶魔，他的最大的仇敌某人走近了。

树林里林木茂密，但由于树叶宽阔，他从树叶的间隙里可以窥见荒野上的人影。流溢着蜜汁般泪水的百合花丛中，坐着一个清瘦的人——一头濡湿的黑发，身穿闪光的白百合似的长服，一副断食修行的姿影。

其后的四十天，充满着所有的焦虑与恐怖，他变得消极了，连自己也觉得惊奇。他想，世间万物时刻准备着磨平他的决心，他计划中的诱惑的方法，在眼前一个一个被打破了。为什么呢，因为他看到众多的魔王们，乘着遍奏冬色的口哨的疾风，为着一个男人的诱惑竭尽全力。

但是，使他获得留下两封信的良机到来了。一天，荒野里的人，放松了断食的姿态。于是，一直弥涨于周围的妖氛邪气全然消失了，自动表明了恶魔们的离去。荒野的人脱去白衣和鞋袜，一旦光脚，就会伸入巨大的流泉洗涤一番。穿过泉水窥见的两足，浸透着犹太的清冷的晨风。双足是那样苍白。恶魔看见了那副经受痛苦和辛劳摧残的瘦弱的身子。——他还看见了圆环形状的金光，笼罩在那人用全部浸在水里的细长的手指梳理的长发之上。黄昏的哀愁潜隐于山间与草根，茫茫逼近。恶魔将涂抹着毒蛾鳞粉的草叶绾结在大拇指上，接着，摇身一变，成为一位美丽、光艳的巫女，身上穿着带有纤细花纹的绸缎。她横扫一眼洗浴完毕的那个人，在树林的沼泽里映照了面颜。那里只有野玫瑰花一般具有弹性皮肤的年轻巫女的身姿，平素丑怪的脸孔、膨胀的尾巴，悉数消失。阿拉伯雕饰风格的耳轮，连缀着储满泪水的珍珠。恶魔徒步围绕最远的弯道走出深广的树林，渡过树立着航标的航道，偷偷地窥视着荒野上的人的动静。

那个人显然饥饿难熬。四十天的断食造成的损害已经无法恢复。这片荒野没有一样东西是人可以吃的，唯有枯草周围的泉水可以饮用。——接着，巫女迈出了第一步。

巫女走近那人身旁，他也没有回头。巫女装出一副媚态，坐在那里，斜着身子，肩膀耸向一侧，故意诳露一下镶有一小块龙涎香的闪光的手镯。

田畦上传来了萤火虫们被夜露濡湿的悲叹，百合们眼前飘荡着它们的姿影，沉沦于微睡之中。

"你想用爱的力量征服一切，然而，'爱'只属于人类，即使想征服人类，也只有超越人类者才可能实现。须知，你就是为了接受这种毫无意味的不可能实现的试验，来到这片蛮荒之地的啊！我是住在山下的生就一双紫色瞳孔的蜘蛛精，我有一头纷乱的长长的黑发，我的黑发可以温暖地遮蔽你的脊背。然而，你却像个极力甩制成的蜡像。一个甩制的苍白的蜡像。你的皮肤虽云美丽，却过于冰冷。想必你饥肠辘辘。那么，不是很奇怪吗？我伫立于各处的山顶，认出了口里说着'我本神之子'的你来。你若因饥饿不堪忍受来到这里，那么，你脚下那些毫无表情、寂然不动的小石子，就会全部化作食物。否则，你就不是'神之子'。"

突然，荒野之人面向天空伸展两臂，说道：

"人活着不仅仅为了面包。一切都要听从神的安排。"

恶魔失败！

第一次失败，大大挫伤了第二次方策。然而，凭借恶魔的本能，能做的尽量去做。他换上贵人的服饰，戴上手镯和戒指，脚蹬嵌有宝石的雕花木屐，将荒野之人挟持到高山峰顶。山上满月普照。水洼里鹅黄色的高山之花，寂寞开无主。树林枝柯交叠，包裹着恶魔和那人。恶魔站立山头，伸出纤纤素指，一一指点一望无际的世界诸国。他的光闪闪的手指所散放的荣华与欢乐，令他神摇目夺。

"我具有这里的一切权力。我想将这些荣华赠送于你，但我只想赠给对我顶礼膜拜之人。怎么样，难道你不想做一个为我所喜欢，将来统领世界的国王吗？果若如此，眼前之物尽属你有。"

荒野之人凝望着天宇，在身旁的石头上写着：

"拜见汝之神助，眼前唯有此事。"

恶魔失败！

恶魔思索两个夜晚，所有的方法都崩溃了。今天看来，一切方策尽皆失灵。然而，他想起写在菩提树上的一段话：

"神命令其使者，不要踢开那些守卫你脚边的石子，他们用手支持着你。"

变成神官的他，和那人一道前往圣都耶路撒冷。白色的神殿耸峙于晨雾之中。那里就是自足下呼哨而起的白色鸽子们的神殿之顶。恶魔站在那里高喊：

"你若是神之子，就从这里纵身一跳吧。"他的话随着晓钟的鸣奏被打断了。突然，荒野之人高声怒号：

"不该考验你的神主。恶魔，滚开！"

恶魔三次失败。他自我感觉着身子已经冻结、缩小，被风卷上漫天云天。光芒四射。晓钟的间歇，圣歌如潮。有时，天使下凡供他支使。

（1938 年，十三岁）

太空的老婆婆

前言

全年不下雨的事一次没有过。全年不下雪的事也不会有吧。

风不用说了，雾始终有。下雨后时常出现美丽的彩虹，孩子们很喜欢。

不过，当我说到"那些都是一个很大很大的老婆婆干的"时候，大家都深感吃惊。吃惊之前肯定取笑我"你撒谎，你撒谎"。"我们听哥哥们讲过，雨是从云里落下的，风是空气的流动形成的，不是吗？"他们异口同声地说。

其实，在这种场合，这种事儿怎么说都没关系。

因为是讲故事……不是吗？故事里有矮子，有巨人。不过，你们即使读它，也明知道是故事，不会取笑它，也不会说"你撒谎，你撒谎"。

这个也是故事，而且很长，请默默地阅读下去吧。

上卷

那个老婆婆生在何时呢？没有一个人知道。首先，那个老婆婆几乎无人见到过。老婆婆在地球上面再上面的上面，她坐在云的椅子上。那椅子大得难以想象，弄不清是地球的多少倍。只有很大才能容下老婆婆的庞大身子。

再怎么说大，大，都难以用言语表达。

再说那椅子的材料，为她集合南风、北风、东风和西风，尽量寻找良好的云彩，其辛苦非比寻常。

南风将南国国王居住的宫殿屋顶盘绕的云丛，一股脑儿刮过来了。

怪不得，风里含蕴着国王头顶烫发的馨香。

此外，还有大乌鸦正在嚼食、被中途夺取而来缠绕在新月一端的云彩。

倘若将这些一条一条记载下来，也会积聚下三百册记事本来，那可是一项大工程啊！

北风到底是北风，买来北极熊洗涤用的泡沫云——就是最好的云，它因此而耀武扬威。

当然，此外还有大批携带来的，全都一条不漏地写在记事本上了。你如果想看，那就在冬季北风进屋时前来看看吧。

东风拾取知更鸟居住的森林里的浮云而来，后来又带回四五百片吧？

西风最不肯干事儿，但不管怎么说，它的功劳在于带来了驮着飞艇奔跑的云朵。

就这样，老婆婆椅子的材料很齐备。当时居住于星星城的善魔们运来了木材，积乱云的主子巨人担当木匠，蜜蜂酿造蜂蜜粘紧了云缝，鹡鸰唱歌为大家打气，使得工作进展顺利。

于是，老婆婆的椅子完全做成了。就在这当口，六万年前制造的弹簧松弛了，又重新换一个。

这位老婆婆，孤零零一个人打坐在太阳与地球之间。

她整天价眼瞅着地球的样子。不过，她所看到的情景，从地球上是看不到的，不论是用望远镜，或特意乘飞机。

这位高大的老婆婆，具有如此不可思议的力量，全在于她有一双锐利的眼睛，用在地球上，可以轻易地将一个小国整个儿收入眼帘。

脸上整整刻印着一百七十五条皱纹。鼻子尖尖似老鹰嘴，牙齿像年轻人一样整齐、结实。然而，毛发已经银白，恰似月光一般明亮。

说起骤雨，她总是说，八百万年的往昔也和今天一个样儿。

论起老婆婆的食物，早餐是月亮湖底众多盐渍的鱼块儿，中午是住居于菩提树上的油炸大鸟肉，晚餐的菜肴则是喜马拉雅山顶龙的花园盛开的金色花的汁液。大体上就是这些。提起老婆婆的厨师，则是无所不能。厨房里忙着帮厨的下人有的是，随处都能带些菜蔬来。洗盘子的任务则专门由黑天鹅（black swan）担当。

尽管她的日子悠然自得，但每天的工作堆积成山。

老婆婆用巨大的织布机织布。染成七种颜色。人造丝的不结实，上等的麻织品就不容易折断。

而且，将这种七彩织物悄悄投向地球，就会化作那种美丽的彩虹。大家刚一发现又旋即消泯的，是人造丝制造的纤弱的虹，它一挂在树上就消散了。麻织的可以挂得很久很久。

老婆婆还把棉花蘸在水里，滴滴答答掉落在天空。这就是云；雨，就是从湿漉漉的棉花里滴落的水珠。

还有上大雾呢，一大早或半夜里，神不知鬼不觉，乡乡镇镇，大雾弥漫。

雪是云的碎粒，冰雹是凝结成的坚固的冰粒。

一旦时刻到来，老婆婆就把太阳装进一侧的口袋里，再从另一侧掏出月亮，在天空黑暗的壁纸上，砸根钉子挂起来。

月亮和太阳里的小黑点儿，不就是露出的钉子头吗？

中卷

但是这阵子，老婆婆也知道自己老了，身板儿变弱了。

老婆婆已经活了两百万年了，身体渐弱也是当然的事。

近来，她自己不织布了，在北极星旁边建筑一座云上小城，命名为"虹之都"。

市镇中央盖了一间大房子，房内安装了许多织布机，使唤好多兔子，将一切活计都交给它们去做。

老婆婆一想起年轻时候总觉得有几分凄凉。她托生于北斗七星之一，生后立即泅渡云海来到这里，继承她父亲的职业。老婆婆对尚未开化的地球多方经营，重新创造出如今这个美好的开放的世界。老婆婆的几百个孩子，都在危险的工作中失掉了生命。老婆婆虽然女承父业，但没有一个子女愿意继承老婆婆的事业，老婆婆突然想到这件事。她有个脾气，一旦想起什么，就立即坐立不安，赶紧吩咐鸿鹄，将她驮着飞往虹之都。抵达虹之都，就听到"吧嗒吧嗒、铿——锵，吧嗒吧嗒、铿——锵"，极有规律的声响。兔子们都在热烈地咏唱着《织布谣》。

老婆婆推开铁门，里面鸦雀无声——兔子们立即看到老板来了。老婆婆一旦光临就得暂时停工，又碰上礼拜天，喜上加喜，大伙儿兴高采烈欢迎老板到来，陪她到客厅去。

老婆婆悠然地坐在那里的安乐椅上，掏出夹鼻眼镜戴上。

客厅的窗户很大，地球就在眼底下。

平时，一双大眼也戴眼镜，因此，路上行人的身影看得清清楚楚。

老婆婆向身边的兔子发问道："那座城镇叫什么来着？"

"可不是吗？"兔子翻开地图认真地寻找起来。

"真弄不懂，怎么没有写呢？"兔子犯起了思索。

"不知道可不行啊！我总觉得我的继承人就住在那里。"

"继承人！"兔子惊讶得大叫起来。

"唉，这么健康，就想到接班人。"老婆婆凄凉地说，"不过，毕竟上了岁数……啊，你先看看那里。"

下界，银白的散步路上，生长着葱茏茂密的白杨树。到处充满欢乐的笑声。正逢夏天。白杨树在微风里欢笑。

啊，这到底是为什么？道路一头，陡然下降似悬崖，出现了一座矮小脏污的贫民窟。臭气熏天，绿头苍蝇乱飞，蚊蚋肆虐。总会遇到一些这样的地方。"真是奇怪啊，如此漂亮的道路一旁，怎么会有这样一座污秽不堪的小镇呢？"一群小女孩问道。那些乞丐般的民众却也能泰然栖居于刺鼻的恶臭之中。然而，如今的镇里，却莫名其妙地热闹起来了。

首先，横巷里出现一对母子，五花大绑，被人驱赶着走过来。紧接着，后面是一列挥舞着棍棒、吵吵嚷嚷，不知在说些什么的人群。

老婆婆凑过去侧耳细听。

走在队伍最前头的一位老者发话了（因为是外国语，必须翻译才能弄明白）："老总①，又抓到一对小偷儿。"

老婆婆起动非凡的智慧，完全明白了那句话的意思。

该镇有一位名叫"老总"的坏蛋警察官。此人恶贯满盈，每天都叫人抓一些"小偷"（大都是清白无辜的好人）带来，然后给抓人的人发奖金。恶人抢先绑来弱者。更悲惨的是，那位坏蛋警察官借强盗之名，强使这些民众做牛做马。多数人病倒了，随时都会死掉。

老婆婆对着一个男孩子的脸孔仔细瞧，随即下定决心。老婆婆心想，应该救下这些可怜的民众。首先，要有人带个头。她将把这个人指定为继承者。

那个男孩子看起来非常聪明。不久，他被强逼着走到那个坏蛋警察官面前，对警察官的盘问一句也没有回答。

老婆婆转头大声说道：

"空中小人，请只对着这位男孩子说吧！"

老婆婆向那个小人吩咐着什么。

不一会儿，男孩子听到一种奇妙的声音。

"拿出勇气去吧，对着落雨的天空高声朗读咒文。那咒文就是……"

那声音是教男孩子念咒。但是，若不下雨，男孩子也将

---

① 原文为"代官"，代理、头目、总管等意思。

一筹莫展。他静静地等待着。于是，你猜怎么着？天空俄而变黑，接着下起可怖的倾盆大雨。

坏蛋不知为何，有些胆战心惊，似乎沉不住气了。

男孩子念起咒文，就在这个时候，地面发出炸裂般的巨响，孤单单留下一只巨大的蝙蝠。而且，那只蝙蝠不知飞向了何方。

人们深深感谢男孩子。其后，这个男孩子做了市长。那座城市兼有贫民窟、优美的道路和广阔的街区。

下卷

老婆婆一年后，再度来到虹之都，眺望下界。不久，老婆婆脸颊变红了。你猜怎么着，这座城市比以前大两倍，去年小小市长之家，如今稳稳坐落于市镇中央。老婆婆大声呼喊：

"做我的继承者，通知整个太空！"

立即传来回答："欣然接受！"

"但是，我的后任市长叫谁干呢？还有，我的母亲很孤独，我能否每月回一趟家呢？"

老婆婆看到市长有此孝心，非常高兴，立即回答道：

"你的后任市长交给你弟弟，他很能干。你可以每月归省一次，请来做我的继承者吧。"

"欣然接受！"他回答。

后来，那张云椅归男孩子所有。男孩的身子变得同老婆婆一样高大。如今，织布机等物也一概由他支配。

老婆婆只是在一旁织毛衣。

大家每月大致可以看到一次巨大的积乱云吧，多么像人的一张鬼脸儿！那就是那个男孩子的扮相啊。他为了慰劳母亲和弟弟寂寞的生活，每月回家时必定戴起能面①，有意引逗母亲发笑。

真想摘掉能面看看呢！

---

① 古典能乐剧演出时戴的假面具。

绿色的夜

爷爷咕嘟咕嘟喝完一杯热茶，对坐在一旁的我亲切地说："再给炉子添点儿煤吧。"接着就像平时一样打开了话匣子——

我早年还很年轻的时候，别说腰杆儿没这么弯，胡子也没有一根白的。忘记是什么时候了，那天晚上，真是个奇怪的夜晚。记得那是一个春光迷离的美好的月夜。众多星星汇集在我家屋顶，它们似乎在一起聊天。

我觉得很蹊跷，趿拉着木屐走进院子，拼命瞅着星星，实在有些不可思议。向上瞧，模糊的地方，总觉得有些怕人，足下的草丛里传来闹嚷嚷的人声。

我一直看着。龙胆的叶荫里，一群小人儿在跳舞。

中央有一座大相扑那样的土台子。一人跳舞，其他小人儿跃跃欲试，重新摆正姿势，全神贯注，不再闹嚷嚷了，变得鸦雀无声，其中一人说道："今晚，萩之丘有舞会，零点整开始。去之前，我们要好好练习。"

听到这个好消息，我很高兴。萩之丘那地方很可怕，连小猫都不愿意去。我决心走一趟。

夜里十一点光景离开家，直奔萩之丘跑去。我来到山冈一看，什么也没有。这是怎么回事呢？我很纳闷。心想，莫不是做梦吧？我狠抓手腕子，也还很疼啊。

正在这时候，山丘一端的一块大岩石，咯吱咯吱不住响动，接着又是咯吱咯吱。

那地方，盛开着美丽的胡枝子花。夜间，纺织娘、蟋蟀等昆虫，鸣声如雨。那真是个好地方啊！如今，山岩响动，虫鸣立即停止，胡枝子的花骨朵萎缩了。

我很惊讶，简直吓破了胆。我极力忍耐着，仔细凝望。只见岩石动着动着，猝然不动了，下面出现一座小城，就像小孩子的玩具。"这真是好生奇怪啊！"我笑了，一旦走近它——看来萩之丘这座小山很爱动，那座小城也激烈地摇晃起来，出现原来没有的护城河。开始细如丝线，逐渐变成绳，变成带，变成沟，最后蓄满水，成了真正的护城河。此时，我回过神来，方知自己不知何时已被赶向小山脚下了。我的眼前有了宽阔的护城河，将广大的丘陵围了一整圈。

正感惊讶不止，抬头一看，刚才的小城一下子变大了，前院的花坛里长满了美丽的鲜花，城里亮起了明丽的灯光，周围如同白昼一样。我一心想看看其中究竟，于是，偷偷地，做贼一般，渡过护城河上的铁桥，神不知鬼不觉，潜入城中大窗户下面，那地方是舞厅。

室内周围有几十间小房间，那里是休息室，常有妖精出出进进。

　　真不知如何形容才好。

　　那真是太漂亮啦：锦缎金银丝松解了，割得又细又碎，"啪"地撒满一地。

　　性急的一伙人，及早来到这里，提前一个小时开始演练舞蹈。

　　跳了好半天了。离十二点只差十分钟了。啊呀，贵客们都到齐了。

　　住在湖底洞里的龙脊背上的小人们，仿佛穿着龙鳞缀成的甲胄般的西服。

　　住在橄榄树上的妖精，剥下叶面编制的闪光天鹅绒的衣服；住在大树杈上饲养山蚕的小人，穿起了用那种蚕茧制作的穿着舒适的丝绸衣裳。

　　住在有很多水晶的山上的人，捣碎红色的树果，染成红衣裳，上面镶满水晶粉。唉，要说这也是为了美，但口中说不出。

　　十二点差五分，心想这时总算到时间了，这时，舞会上最重要的贵客"香水公主"，乘在鼹鼠的马车上赶来了。

　　这位公主有着美丽的故事，大概是百年前吧，她救了很多穷人。那些被拯救的人，怀着深深的感谢，很想表达一下心意。但大伙儿因为家贫，心有余而力不足。因此就到山顶上求神拜佛保佑公主。神仙很感动，采纳了数千人的愿望，将公主最喜欢的香水洒满小百合谷，答应公主住在这里。公主美丽的容颜一直保持到本世纪末。

看，公主的马车到达城门口了。大家一起前往迎接。

心想，香气也会带到这里来的啊，我正想着，公主便静静地打我面前走了过去。实在美若天仙，光艳照人，令人目眩。

好容易走进舞厅里了。银色的月光，明显变成青翠的树叶的绿色，不，甚至比树叶还绿。我也变成绿色。城墙、护城河、庭院，一切一切，一片翠绿。似乎拧一下空气，也会滴出绿水来。山丘一派青翠。这时，舞会开始了。

脚步杂乱。音乐赛流水。心情无比高兴。裙裳翩翩，似彩蝶飞舞。整个舞厅的灯光灿若玫瑰红，全体舞伴的面颜美如玫瑰红。

金、银、红、白、紫、绿……

我一人无法计数的颜色聚集在这里。多么美好的舞会啊！瞥一眼手表，已经是三点之后。

黎明也已渐近，本来就想，三点钟光景总该结束的吧？不出所料，这时号角响了。

舞会终场。接着，大伙儿闲聊天，吃点心，玩游戏，兴致很高。不知不觉，一个半小时过去了。

在这之前，月亮已经昏然入睡，群星穿起黑色的睡衣进入床铺。人一个一个减少。

然而，唯有一颗星星，现在依旧醒着。那颗星星长着爷爷似的白胡子，骑着扫帚，在宇宙飞翔。

那是一颗明亮的星星。

一个劲儿飞呀飞呀，飞来窗户一边。太空传来一声呼喊："是早晨！"

接着，闹嚷嚷似捣毁的蜂巢，大家也不打招呼，纷纷逃出去了。其中，也有人从窗户飞走的。可是，唯有香水公主一人不同。她依旧像来时一样，沉静地走出城门，在欢送的民众送行下，乘上鼹鼠的马车，飞上天空，直奔"小百合谷"驶去。

人一旦走光了，又出现了奇迹。

小城越缩越小了。

又和刚才一样缩小了。而且，一旦变成小城，岩石眼看着又咯吱咯吱闭合起来了。只有我剩了下来。

接着，焦急等待着的早晨光临了。秋的寒冷的早晨。胡枝子缀满露水的花朵悠悠然摇来摇去。

我哆哆嗦嗦忍着寒冷回到家中。

什么？你问是否退去岩石之后看到的？那可是费尽力气打开岩石看到的。你问其中都有些什么，哈哈哈哈，什么也没有。

（1939 年前后，十四至十五岁）

玉刻春

夕阳映树梢，时雨黯潇潇。侬亦中心悲，相与话寂寥。

——建礼门院右京大夫①

上

世上也有如此美丽的故事，人们啊，还是听听吧。就在七八年前，某都市住着一个学生桂郁哉，他悄悄爱上了一个女子。从此，他受同学之托，将功课抛在一边，写起戏曲来

---

① 建礼门院右京大夫（1157—?），父母乃藤原伊行与夕雾（大神基政之女，长于弹筝）。1173年，16岁，始出仕高仓天皇中宫建礼门院平德子之右京大夫女房。1195年，38岁仕后鸟羽天皇。1233年，76岁，受藤原定家之托，为其编纂《新勅撰集》撰歌的资料，归总为咏歌而提出。此外，玉刻春（Tamakiharu），本为镰仓前期一卷日记的书名，藤原俊成之女、建春门院中纳言所作。建保七年（1219）成书。内容为作者老后对宫中生活的回忆。青年三岛据此历史题材，另辟蹊径，悬想构思，演绎故事，编织新作，借书中女主人公（花小路阿姊）表达对昭和时代旧皇族出身的美女、宫内厅女官长——北白川宫永久王妃祥子（1916—2015）的暗恋之情。祥子亦为《春雪》中伯爵之女绫仓聪子的原型。

了。同学的名字叫花小路，他在自家宅邸里建了排练场，花小路的姐姐当时露了露面就再也不出来了。这位姐姐是个娇弱的美女。……戏曲是供校庆演出而写的，舞台导演同样由桂一人担任。观众席距离舞台稍远，姐姐被邀请坐在一边的椅子上观看，温和地展现着优雅的古典式的笑颜。

"这出戏怎么样啊?"他问。

"太好啦。"她说着，一直含着亲切的微笑。

归来的路上，一位同学问桂郁哉:

"你看花小路的姐姐怎么样?"

"她长得很漂亮。"

"你说她漂亮? 真没想到。在我们之间，只有你喜欢那种落后于时代的女子。而且，她对人很冷漠。所以，自然还是对她疏远一些才好。"

……花小路曾经对桂郁哉说:"你可不要对任何人讲，我只告诉你。家里的事给人知道了，心里总不会舒服的。父亲在我小时候就去世了，我立马承袭了爵位。当时母亲还活着，她成天价把家里和我的事挂在嘴边。她巴望我快些长大成人。家族是公卿，母亲的娘家又是武家出身，一旦败落，就很难再次振兴起来。母亲千万遍嘱咐我，那任务只有我来完成了。因此，我一边看护着母亲，一边对逐渐长大的阿姐寄予深情（他总是这么叫她）。阿姐还是十年前那副装扮，闷在家里不出门。经年累月，她善于理财，雇佣下人护理我的生病的妹妹，并且照料着我。她有时候抽出一本古书来阅读。老实说，那些书我一个字也不会念。据说姐姐写一手好字，但似乎不太精于针黹。"

首场排练第二天上学的路上，昨晚那位同学当着桂的面对花小路说：

"昨天，郁哉说你姐姐长得很漂亮。"

当时，花小路一扫满脸凄苦，嘻嘻笑起来。对此，桂郁哉不会忘记。

"是吗?"他柔和地微笑着。

桂郁哉不知为何对那位同学警惕起来。——第二次排练结束后，花小路在桂的耳畔说："稍微再说说吧。"郁哉只"啊"了一声。今天，姐姐终于没有露面，再结合最近花小路的表情分析，桂郁哉心里总是有点儿不太踏实。其实正相反。别的朋友都回去之后，花小路对郁哉说：

"听着，因为对你提出过种种无理的要求（似乎是指写舞台剧本等），姐姐想请你吃饭。她很早以前就会做菜。你就赏赏脸吧。"

他像通人性的小狗，闪着一双可爱的眼睛，窥探着桂郁哉的面孔……当时的他，显得像个幼稚的纤弱的孩子！

花小路本是一名橄榄球选手，他人高马大，生就一双大手，是学校里一名猛士。他的高大与开朗，对照他日常的谈吐来看，桂郁哉本以为他们姐弟是同一个电池的两极，但眼下看来，这种想法是错误的。实际上，这姐弟俩就像一杆秤，在相互较量之中又保持平衡：一头翘起来，另一头低下去；

不论哪一方都能放能收，应对自如。细思量，在外的花小路一直是翘起的。

——餐厅同最近用来作排练场使用的宽阔的客厅一样，都是照着鹿鸣馆①样式改建而成的。这座宅邸的西式房间只有这两间和另外一间，其余都是标准的和式房间。桂郁哉被领到那座餐厅，同花小路面对面坐着，颇为悲戚地沉默着。桂郁哉正对面的门扉是敞开的，门外的长廊转向左边。四方形的庭院，密密丛丛长满胡枝子。花事正盛的胡枝子，立于黄昏之中纹丝不动。廊缘的灯光照射着花朵，暗香浮动。眼看这一切静静地堕入黑暗，胡枝子变得模糊不清了。有人拐过廊缘一角，向这里走来。桂郁哉若无其事地转过头去，接着好大一会儿闭上了眼睛。于是，眼里再次浮现出花朵明丽的胡枝子，摇曳生姿。……不知何时，那个人儿却站在门口了。这一切宛若"夕露花开玉颜在"②之用心。

于是，奴婢轮番上菜，进餐之中，谁也不再言语。三人如食草动物一样，静静地吃饭。郁哉记得，墙壁上悬挂着花小路的父母年轻时代身穿戏装的照片。老爷扮演路易国王，

---

① 位于东京日比谷的豪华建筑。明治时代，日本政府为了同西方列强谈判废除不平等条约，按英国设计师坎道尔的设计建造的上流社会社交场所（舞厅）。

② 《源氏物语·夕颜》卷：夏季某日，光源氏前往探望乳母途中，行于寂寞之墙根，见路旁夕露中，百花含笑迎君来，为之动情。随后，邻家焚香作诗作歌于白扇之上，连同鲜花并献与光源氏。以此为缘，光源氏与该家美女夕颜永结同好，许以生死。

夫人扮演安托瓦内特①。桂郁哉猝然想起，品貌高雅的夫人唇边浮现出几分严冷的微笑，那风姿一如这位女子的笑颜。泛黄的照片里，夫人手中华丽的扇子已懒得动弹。

吃罢饭，他们走向面对庭院的小小客厅。姐姐几乎不说一句话，只是含笑地倾听桂郁哉同花小路的对话。她并不打算硬要加入他们的谈话。而桂郁哉却有意无意地想将她拉入他们的言谈之中。这时，姐姐便巧妙地将话题岔往弟弟一方。然而，桂郁哉却于姐姐沉默之时，暗暗窥视着姐姐的容貌。那副无比静谧的面颜，仿佛一直在忍耐着什么，那副悲切的表情，为了强装冷淡与倔强，宛若朗月辉映着整个海面的浪波，明晃晃弥涨着奇妙的美艳之色。掩藏于如此倔强背后并逐渐形成而隐匿于心灵深处的一番柔情，使得桂郁哉受到了剧烈的震撼。如此美艳之中，含蕴着一种通达神祇的强劲而又栖息于神祇般女性丽姿中的东西。那是唯有心胸旷达的人才有的严酷与冷淡……

"姊君到院子里看看吧。"花小路终于开口了。

"是呀，月亮也该更加明亮了。"

姐姐一边回答，一边窥视着庭院。月亮还没有出，月白②的天空，面对洋馆的庭院一方寂静的日本庭园，略显几分寂寥与清幽。泉水之畔通向亭子的道路，生满繁花似锦的胡枝

---

① 法国大革命时期被处刑的国王和王后。
② 月出前白色的天际。

子。"寥落花山下，呦呦闻鹿鸣。"① 宛若听到鹿的鸣叫。池面蓦然明亮起来，映现着天空，月亮从庭院尽头的假山上升起来。月光下，树林的阴影和胡枝子花丛的阴影，散放着芳香。遥望那丛胡枝子，仿佛就像赏花人儿的额头般冷艳无比。

"到亭子上看看吧。"

花小路对桂郁哉说着，就沿着眼前晦暗的林荫路走去。足踏落叶的响声静静地震动着内心。抬头仰望，山顶的亭子依稀明亮起来。跐过木桥，顺着仅可一人步行的路径攀登，还有一条羊肠小道通向右首的凉亭。花小路向那里走去。或许近处自然成蹊吧。……不知不觉，花小路走到了前头，而桂郁哉却落到了最后头。道路的入口虽说不很像样，再向前走几步则荒凉而无路可行。夜露瀼瀼，小腿的皮肤切实可感。月光明艳，物影比白天更加清晰地浮现出来。桂郁哉面前，满地铺展着姐姐丰盈的姿影。

这条路，女人尤其难行，她虽然没有求得弟弟的帮助而一个劲儿地独自向前迈步，但女人的逞强，不一会儿就掩饰不住疲惫不堪的苦涩的神情。不过，她并没有埋怨他们选择了这条路径，而是抓住茅草和胡枝子，不顾湿露沾裳，努力攀登。桂郁哉在后头望着她那谨严的背部，突然不能不感到一种非比寻常的东西。那里弥漫着羞涩。那背部是一枚整幅的盾牌，但不是拒绝。羞涩本身变作无可替代的盾牌，其姿

———————————————

① 《古今和歌集》216 卷（作者读人不知）。

影使得桂郁哉泛起窒息般的幻想。他突然满心躁动不安，抬头一看，已经来到亭檐下边。抵达山顶的凉亭时，姐姐觉得身子有几分摇晃不稳。……三人在月光映照之下，默然良久。花小路似乎有话要说，随后又支支吾吾地闭口不语了。也许他对自己老是充当第一个发言者感到不快吧。

"城里的灯光很明亮。成堆的电灯，不就是车站吗，敏岑君？"她那毫无顾忌的明朗的声音，立马使得桂郁哉十分惊讶。那个走在前头几步之外的女子，也怀疑起这是桂郁哉自身的感觉了。

"说得很对，那不就是一堆游动的灯光吗？"花小路快活地应和着。

远方秋日的汽笛低微地鸣响着，随之而起的，是各处胡枝子花丛里，虫声阵阵似潇潇暮雨。——桂郁哉从那天起被一种莫名的情绪所磨折，简直有些受不住，犹如明朗的夏日的早晨，一股袭击我们猛醒的激情。在这黎明广大阴柔的气氛里，人仿佛瞬间里熏熏然嗅到幽灵的气息，宛若一层浮薄的亮光。其间，梦中几度浮现出远方热带都市的姿影。桂郁哉绝不会忘记那些无数偶像般五彩缤纷的梦境。那不就是南方的一个都市吗？光明耀眼的广阔的街衢，雨后湿漉漉地映照着炫目的蓝天。高高耸立的棕榈林树梢缀满了原色的大型花朵，密密麻麻满布于白昼明丽的街巷和白粉墙大厦的周围。如此繁华的街道，竟然没有一个走动的人影。建筑物所有的耀眼夺目的窗台上生长着繁茂的夏草，热气熏蒸，一簇簇一丛丛，看起来好似随手扔进来的自由式插花①。乍一看，所有的窗户都长满杂草，就像凸现的人脸向外窥视。为了逃脱梦后迷幻的兴奋，桂郁哉走向沉入秋阳惨淡映照下的街衢。他无意之中走进父亲的公司看看。于是，父亲出来了。秘书放着杂乱的桌面也不收拾一下就回去了。房间入口尚在摇晃未定的门扉，斜斜映照着阳光。桂郁哉打开窗户暂时眺望外面。那地方很高，眼底的陋巷犹如景色迷离的缥碧的海洋。夕阳映满天地，远处飘忽闪动着洗涤物的景色，犹如斑驳的帆影点缀在一道海港之中，那里同样承受着满含哀情的晚霞的余晖。桂郁哉喜欢遥望秋天落日映照下颓唐的仓库和沉郁的海港的景色，然而，这种可喜的风情（其他季节日光普照着外面，而只是稍稍渗入室内，两相比较），反而会将照彻自己内心的阳光，浮现于冷艳的空气之中。故而，那样的景观，总有一天，会使桂郁哉的目光转向自身的内面。他遥望某座破屋的窗户，犹如炼铁炉一样辉映着火焰般的晚照，就像望着自己炫目的伤痛。报社大楼脏污的房顶呼哨而起的鸽群，在多彩的天宇，形成方格子或黑色斑点式的飞翔阵势。还有的雕镂成风向标似的暗红色，始终同日光与阴影相互离合渗透，可以比作和谐一致的心跳……

　　他满心惨淡地漫步于晚霞绚烂的夕暮的大街上，品味着每次微微等待那些转过明朗后背的路人的心情。首先，这些

———————

①　原文为"投入草花"，花道艺术中一种遵循原生自然姿态的插花手法。

后背没有一个是高贵的，以至于将他引入天真无邪的安然与难于言表的境地。……桂郁哉独自思忖着："假如我真的爱上一个人，那么眼前为何不能真切地浮现出她的面影呢？尽管如此，郁哉缥缈的身姿同一切都似是而非。这些或许只不过是所有女性一致认可的美丽。可是，每一位女性所具有的美丽，果然都不一样吗？"

——花小路根本不像一位橄榄球选手，他喜欢唱谣曲，在班会上唱起来颇为内行，使同学们十分惊讶。桂郁哉突然想起这些，便邀请花小路参加能乐①的例行公演。桂郁哉对那座古老的能乐堂很感亲切，因为祖母本是谣曲演员，他幼年时代时常陪伴祖母往来于那里。桂郁哉有时也不动声色地邀约那位姐姐一起来，可只有花小路一人赴约。关于这一点花小路什么也没说，桂也不便进一步问清缘由。祖母不来，四人的包厢两人坐进去颇为宽舒。舞台上正在演出《杜若》②，这是一曲献给饱尝酸辛的古代女子的哀歌。聆听高雅的节奏，犹如天上的跫音一步步夺取内心，在这样的过程中，姐姐来否对于他来说，都一概变得无所谓了。虽然显得有些急于求成，但如今，超越姐姐这一木偶的造像已经结成。还有，所谓恋爱尚未成形，能够感受到超越郁哉身姿的爱情，到底是福还是祸？展现着优雅而忧郁的舞姿的杜若精灵，在桂郁哉

---

① 日本古典戏剧之一，演员戴假面具登台，在乐队伴奏下朗诵台词，底本即为上述的谣曲。
② 谣曲三番物。游方僧来到三河八桥，艳遇杜若（燕子花）妖精的故事。

的头脑中被描绘成别一种梦幻。其面影之中又增添了小督局①、传说中的小町②以及三轮女神③的形象。

两三天之后，祖母接到花小路的姐姐寄来的感谢信。信一到达祖母房间，桂郁哉就从信箱里取出来，说道："这是花小路姐姐寄来的感谢信。"他不由感到，之所以寄给祖母或许因为有些事情遭她婉拒。祖母说道："好聪明的一手啊，她很年轻吗？""嗯，"他嗫嚅地回答，"不过比我大三四岁的样子……""是吗。"祖母连连点头，"最近或许身体不太好，所以没有来吧？他弟弟倒是很健康……""他姐姐照顾病中的妹妹，一定是没法子离开。已经卧床好几年了，又不能委托别人看护。"说着说着，他为自己的话语中增添了为之辩解的口吻而感到惊讶。即使在这样的背景下，他还是一心一意思念着她，连他自己都觉得幼稚而不解。……刚才他写的台本在学校礼堂由学生们演出，这是第三次着装彩排。这也是大家的愿望，因为花小路家里地方太小了。校庆这一天，桂郁哉虽然有些放心不下，但也没有怎么出错。这出戏剧本是将秋成④的《佛法僧》合为一幕，添加了幼稚的情色。虽然学校的

---

① 一名小督，生卒年未详。中纳言藤原成范之女，因受宠于高仓天皇而遭建礼门院之父流放。后为源仲国所遇见。
② 平安时代前期美女歌人，三十六歌仙之一，生卒年未详。出侍仁明、文德两天皇后宫。著有歌集《小町集》。
③ 大和国镇守三轮山麓的大神神社的祭神大物主大神，被奉为镇守神。能乐《三轮》中以女神面目出现。
④ 上田秋成（Ueda Akinari，1734—1809），江户后期国学家。大阪人。浮世草子（世俗故事）和读本（浅显入门读物）的作者。

简陋舞台演不出好效果来，但多少还是能活生生表现出一夜之灵幻。他为灵幻们的起居操碎了心。——两三天后，桂郁哉战战兢兢偷偷剪开花小路姐姐的来信。信上写道：

> 首先祝贺《秘密的山》演出成功。刚才拜读剧本大作，本来很想在自家观看，但由于无法在家中上演，因而深感遗憾。由于亡父喜欢秋成的作品，自那时起，就被督促阅读，至今对于《雨月物语》[1] 已欣然有所理解。至于秋成的短歌《早苗初长成》[2] 《鸳鸯绘扇，枯叶凋零霜露冷。今宵何处？不如休去，孤衾谁与共》等，先父总是经常挂在嘴边。听弟弟说，桂君有时候去听讲国文，虽说有些痴望，但似乎一味在努力。再一次祝贺您。就先写到这里吧。

桂郁哉眼望着书写于卷纸上的幽雅的文字，仿佛盼望杜若精灵的出场，一段段阅读下去。然而，字里行间，意味淡淡，似有若无，令人揣摩不定。只是鸳鸯这首歌，似乎有一种使人心情躁动的东西，她说自己很喜欢先父的和歌，或许

---

① 《雨月物语》（Ugetsu Monogatari），江户中期读本，怪异小说集，凡五卷，上田秋成作。1768 年成书。历来看作和汉典籍的素材，收入梦幻和现实相交织之作品计九篇。
② 上田秋成《爱国百人一首》，大意是："站在香具山尾上，放眼遥望，大和国原野，无处不是绿色苗秧。"原文中"早苗"（sanae），即秧苗，俳句中夏天的季语。《小仓百人一首》中所采录的持统天皇的短歌。大意是站在大和三山之一的香具山顶，遥望五月田野里浅绿的秧田，心里深感喜悦。

就因为这一点。桂郁哉似乎对围绕这首短歌的其他部分看来十分麻木，就像破冰盛开的梅花，反而不像梅花，早已融合于浑然一体的色彩之中了。既然是一封信函，未免过于婉曲了。他一心想着这件事，忽然站立起来，打算写回信。但刹那间仔细想想，又似乎冷却下来，当天到底没有回信。翌日在学校，一见到花小路的面，桂郁哉就立即重新唤醒了昨日新鲜的热情，使他激动不已。他的内心似乎有一种推力，逼使自己奋然采取行动。

"昨天接到姊君的来信。"

他这么一说，花小路头脑里就像打着旋涡迅速转动了一圈儿，立即又后悔又苦涩地笑了笑。花小路瞬息变化的表情，犹如能乐剧中优美的旦角的面具，迅速地旋转起来。于是，花小路的脸孔上面弥涨着早有准备的没有恶意的微笑。

"啊，我真的对姊君说过了，我告诉她，因为是在家里排练，用不着写信表示祝贺。总之是大获成功。姊君说这封信很难写，对她来说是个苦差事，是耐着性子写成的。"

"这么说，你好像也看过那封信了。"

一时感到狼狈的桂郁哉不由插了一句很愚笨的话。但是花小路似乎没有什么特殊的感觉。

"我是看过，文章写得并不好。"

他一边说，独自一个人笑了。桂郁哉也只得随着他一起微笑。

作为体育选手的花小路，论其读书，他只读过《踢球的秘诀》以及漱石小说之类，这就够难为他的了，尤其是在《万叶》①《大镜》② 的考试中，获得很低的分数。由此可知，那一首短歌的精神，他又如何能够理解呢？不仅如此，他对古歌一概回避，即便阅读中碰到了，或许就跳过去。这样一想，那一首短歌在他眼前，美艳赛过漂亮的雕刻，但又不能不产生新的疑惑。花小路丝毫不感到怀疑的是，或许就是父亲经常挂在嘴边的几首短歌。桂郁哉从前听花小路说过，他们家里有不少明治时代由京都搬运来的古书。他既然鼓励别人努力学习古文，而自己从来不接触，可以说这是极不自然的排斥，不是吗？正因为有那样的疑惑，所以当天桂郁哉才没有写回信。就这样再三地逡巡于犹豫之中而失掉了时机。

——桂郁哉几乎为一种疯狂的心思所驱使，给花小路的姐姐写了一封长长的信，那是一周之后的事了。一切爱情都必须相互适应，他庆幸自己一直没有忘记那位杜若精灵的面影。若此，就不会写这样的信。他是指望着一种"初见两情辄难弃，相爱何必曾相识"的心情。——与此相较，回信更像是眼前鸟影，草草作成。桂郁哉更不会想到对方怀有同样的决心写来回信加以婉拒。对方家里的事情，他自己的未来，还有比他大四岁等，毕竟无法回避。她的回信兴许会对这些不成理由的理由一一罗列，细细阐述。没有料到，她的回信

---

① 《万叶集》（Manyousyu），奈良时代歌集，凡二十卷，成书年代不详。
② 《大镜》（Ookagami），平安后期的历史物语，有三卷本、六卷本、八卷本。作者不详。大约成书于白河院院政期前后。

如此措辞严厉，读之使人喘不出气来。"再三感谢您的满腔热情。但回想自身，实在无法适应君之心愿，只能婉言谢绝，此外无路可走。我如果明显地疏远您，就不会如此仰慕您。您可不要生我的气啊。我绝不是嫌弃您，我对谁也不会仰慕。请体谅我一下吧。……"整封信笺，对于家事、世事，全然未提及。桂郁哉满怀悲凉的心情读完信。临近结尾，她写道："总之我会疏远您，但您给我的信件，我会交给弟弟看。我并非有意伤害您的自尊，我会将您记在心里，借此拥有一份您对弟弟的友情。我也同弟弟保持距离，因为您的信没有一丝暧昧——故而也在我心里毫无内疚地接受下来了。我本人也感到十分安心。……"花小路连她的那封信都看过了。这已经够使得桂郁哉感到气馁与愤怒了。她在最后添加的两三行文字，桂郁哉偏偏漏看了："此信内容都是我自己熟悉的事情，而弟弟一概不知。又及。"他愤怒的结果，使他顾不上她给弟弟看信的理由，还有那文不对题的唠叨，都一概成为理所当然的因由，一连好几天都浑身麻痹，深感不安。其间，有时在学校遇见花小路，两人也互不理睬。花小路在桂郁哉的眼里很快变成另一个人了。那种令人陶醉的明朗与快活，眼见着丧失了。有时，夕暮黄昏的运动场上，也能看到他练习踢球的身影，但作为他性格中的机敏与快捷不见了，代之而来的是，即便同一种球，踢起来也显得有些漫不经心。桂郁哉所见到的花小路，总是沉默不语，略显愧疚。不知何时，桂郁哉感到他对自己怀有一股子敌意，这使得桂郁哉的满腔忧愁，同样转化为一肚子怨怒而焦灼不安。

桂郁哉极力耐着性子说服花小路，他对花小路说道：

"假若我不小心得罪了你，使你不快，那么我们聊聊怎么样？"

桂郁哉陪伴花小路一起登上学校后面的山丘，花小路一直顽固地沉默不语。临近初春的太阳犹如遗漏下来的麦穗，零散地照耀在杂木林上，两人一旦在广阔的草地上坐下来，就不好再继续沉默不语了。

"我想，我对你也不好……"

桂郁哉好不容易这么说。花小路没有回答，一直盯着一个地方。不一会儿，他猛然转过头来，带着僵硬的表情说道：

"那封信可不是我教她写的。你知道吗？"花小路说着，随即变成一副哀诉的语调。那些言谈一下子挫伤了桂郁哉正要让他一步的心情。眼下，像桂郁哉这样一门心思理首于热烈感情的人，不懂得如何使这种过于细碎的感情转变为热烈感情的前奏。他们的盛怒，很容易使得自己对于对方所持有的心理重负，一下子变得轻巧起来。到头来，花小路的一脸僵硬的表情，使得桂郁哉也不觉得有什么奇怪了。那种严酷的表情，不管你信不信，都只得相信他才行。花小路转弯抹角用尽心思说的一番话，越来越显得多余了。桂郁哉他不再言语。各自都在想心思。此种愤怒动辄会强使别人站在自己一边。桂郁哉甚至忘记了花小路的存在。桂郁哉望着周围从冬枯中萌发的碧绿而散放着馥郁芳香的草地，预感到心中温暖的春愁深部将要产生一番沉重的哀怨与痛苦。

下

　　"我为满腹膨大的哀愁而颤抖。"一位诗人在诗中唱道。他也像这位诗人向什么人请教遍历的方法一样，继续延续着所谓青春的季节。一味装点着一年中轮番而至的四季的他，如今反而置于被装点的立场。由此，对于他来说最悲哀的事，已经不会再伤害他了，不是吗？

　　那年秋天，他独自前往北陆一座小村生旅行。秋天的火车越过红叶尽染的山脚，奔驰于秋草弥漫的原野。从孤寂的小站乘上一辆公交车，一路颠簸，来到一座据说掩埋于古书堆里的古刹前。寺院住持介绍完事情原委，由年轻僧人陪伴他约略看了看。他脚踏簌簌落叶，登上布满苔藓的曲折的石阶，抵达内庭。年轻僧人为了查看一下储藏室，叫桂郁哉稍等一会儿，说罢他就沿着通往后院的寂静的走廊，脚步咚咚地快速离去了。桂郁哉漫不经心地打量一番尚保有名园面影的荒废的内庭，庭院的主体是水池。岩石峨峨的水池对岸是一条蜿蜒曲折的羊肠小道，远远围绕左首的竹林转了一大圈。竹林中央映照着斑驳的日影。穿过竹林，越过龙须般茂密的岩石丛，可以一眼望到整个水池。他站在那里，静静地盯着败荷遮蔽的灰暗的池水瞧了好大一会儿。林木的阴影沉静地罩在水面上，凝云休憩于水的深处。以往一直不曾留意的那些生长于池边各个角落里的红叶，将一部分水面装饰得五彩缤纷。鲤鱼跳水，拨刺有声。……眼望着此种景色，不知为何，他的心里突然一阵躁动起来。七八年前的日月里，那些极为易感的无尽的哀欢。……那种似曾相识的心情，自刚才又重新泛起于这一带庭园。如此看来，这里虽然没有一株胡枝子，但却和那个繁花似锦的庭院彼此相通。总有一天两座园林相互重合，再现当年朗月照耀胡枝子花丛的盛景。桂郁哉很难遗忘的面孔以及已经不属于这个世界的花小路的身姿，所有一切都重新化作一团幻象。那时的月出。那时灯影迷离的街景。……他不由地眼里发热，泪湿眉睫。

　　——传来一声尖厉的鸣叫。一团黑影倏忽掠过池畔。移目中天，只见一群彩色的小鸟，打澄澈的空中迅疾穿过，向山麓飞散而去。树果啪啦啪啦掉落在周围密集的草叶上，不绝于耳。他为自己持有此种古老寂寥的心绪而惊骇不已。与此同时，眼下，无法唤回的记忆，犹如梦醒之后，依然活生生如在目前。这将给他带来几分快活。当他听到站立于湿漉漉廊缘上不住招呼他的年轻僧人的叫声，猝然像少年一般，沿着竹林小径迅速跑了过去。

　　今天此时的他，感觉到少年时代至青年时代意外漫长的黎明，同难于回避的热情一起，共同具有一种奇妙的酷薄的要素，时至今日，此种心理活动已经到了无法消解的地步。

他的青年时代据说更易于感伤，那种酷薄或许连他本人都不能放过。花小路的去世是在他报考大学的那年暑假，听说他因患阑尾炎卧床一个时期，最终像荒谬的谎言一般死去。当时，桂郁哉去四国旅行，返回东京听到花小路的噩耗，当时，夏天鸣门海峡碧清的绿波和整个屋岛耀眼的翠绿，依然在脑子里保留新鲜的印记。然而，它并非出于对花小路的憎恶。由于对死亡的洁癖，他甚至失去了吊唁花小路的时机。时光的流水带走了一切记忆。不过，他的二三十岁时候的青春，始终贯穿着一种祈念。起初，他似乎极力避而不见，就像妖魔附体一般埋头学习。身处兵营也努力服役，被同班士兵当作怪人对待。但是，自军队转业之后，他逐渐发生了变化，博士论文等近三分之一就那么置之不顾了。他结识了好几位少女，她们对他变羞怯之姿态而为华丽之酷薄，并不看在眼里。这一点使他感到寂寞无聊。这些在未发展为爱情之前都相互排拒了。

就这样，郁哉迎来了二十九岁。

他在那座古刹没有什么像样的收获，他一边感受着轻度的疲劳，一边无心地眺望着火车窗外秋日寂寥的田园景象，不由沉沦于对过去的追想之中。然而，不论哪种回忆，都一律涂抹着相同的色彩，只能当作无法实现的祈念的证据，使他心中深感空虚。火车钻出长长的隧道继续奔驰于平坦的田园之上。告知即将过桥的汽笛鸣响的瞬间，他蓦然看到砂碛近旁的草原，盛开着幻影般的胡枝子花。可是，车轮轰轰驶过大铁桥，眼底下又是河面那片冷寂的水色，使他怀疑那迅疾掠过的胡枝子花丛，是否只是一种偶发的心情而已。

都市也一样，秋色秋丽。郁哉的导师山川博士，特地到城里车站迎接并犒劳了他。博士是一位坐在井底度过一生的人。除了做学问，夫人孩子也顾不上了。对于博士的性格，夫人有时也向桂郁哉等人嘀咕几句。博士之情爱，对自己喜欢的弟子更加深沉。因此，今天博士的心情之所以很好，一定不是因为别的，只能来自国语文学。博士陪伴桂郁哉到一家咖啡店喝咖啡。对于新事物一概持反对态度的他，唯一的奇趣，就是爱好咖啡和红茶。但是，对博士来说，喝咖啡与喝粗茶没有什么不同。这家咖啡店老铺，邻近夜晚依旧灯火通明。咖啡的香气与杯盘的碰撞声，自店内静静地传出来。身披羽织褂的博士断然坐在小木椅上，呷了一口咖啡之后，对随便穿着外套的桂郁哉说道：

"跑了这么多冤枉路，你很辛苦，桂君，其实你的旅行发现了许多好东西。我不曾跟你谈起关于花鸟文库的目录，是吧？"

博士说罢，正想解开包袱皮儿，谁知结子系得太紧，一时解不开。郁哉看到随手接了过去。他小心翼翼揭开以后摊在桌面上，只见和式装帧的厚重的古籍上缀着《花鸟文库总目录花小路家明治四十年刊》的说明文字。郁哉内心里不由激动起来，但他又得装作仔细凝视典籍的神态。此时，博士干瘦的手指伸向那里。博士戴上眼镜，缓缓翻看着书页，指头按在一个地方，杵到桂的眼前。那里是一段通俗小说绘卷类的开端，刻印着细小文字的绘画故事书的题目。据说当时的人对此书不屑一顾，而是凭借山川博士之功，书的价值才被承认。因为书的所在并未写入正式原本，博士指派郁哉到北陆那座山寺寻找。他仿佛觉得有一种缘分，所以暂时没有付诸行动。桂郁哉对山川博士说：

"花小路君和我是同班同学，他很早就去世了。昨天，我打电话去，似乎是他姐姐接的。记得过去到他家玩，他姐姐还在幼儿园。她说明天午后已经准备好了，叫我务必到她家里去一趟。"

登上那段充满回忆的斜坡，站到那座依稀记得的寂寥的大门前边，此时的郁哉感到每每出现于梦幻中的门就是这座大门无疑。毫无理由心想婉拒而偏偏又被带到这里来的他，不能不再度犯起强烈的踌躇。最后，他还是跟在博士身后，闭着眼睛踏入门内。于是，他感到周围的晦暗而潮湿的空气，同八九年前相比毫无变化。过去的西式房间似乎完全闭锁，博士和郁哉被领进内部的客厅（郁哉心中再度泛起少年期那种既谈不上怯懦也不是什么急切难耐，而仅仅飘荡着某种室闷的情绪），等待着花小路芳子的到来。于是，古老的廊子上似乎有人脚步轻轻地走来了。此时奇妙的是，桂的头脑里立即充满了不安。为了转告博士来访，他当时在电话里到底是报了桂的名字还是只告诉是弟子？刚才在门口只提到博士的姓名，但电话里说的是谁则记不清了。他为此而感到不安，同时又沉沦于一切纤细的情感会被逐渐从脑中扫除殆尽的恐惧之中。身穿同以往相同的朴素格子和服的黑发女子，跪坐于门槛，静静向博士俯首行礼，然后，她蓦然抬起头，发现旁边郁哉的姿影，她那一副伶俐的眸子里，欻然飞过一丝非比寻常的光焰。掩蔽在短袖上装内的手臂，指尖儿莫名地震颤起来。——看到此番情景，郁哉心头袭来一阵闪电般的欢喜。其实，因这种瞬间里冲击般的喜悦而觉醒并将要发生在眼前的事情，又因此番冲击而提早一秒钟产生了不同的变化。况且，他又碰到了出乎意料的事。芳子微微低伏着眼睛，说了一番和平常一样的问候话："好久不见了，一切都还好吧……"她的一番话语出奇地甚符合于眼下郁哉的心思。如此看来，郁哉认为，眼前的芳子正是他心目中描绘的种种画像最充实最明快的答题。

　　——博士带着几分孩子似的好奇心问郁哉：

　　"桂君同她相识吗？"

　　然而在他回答之前，博士转向芳子，详细讲述了寻找那些目录的经过。姐姐领先，郁哉跟随在博士后面，通过那些似曾相识的廊下，两度转弯，将要接近渡廊之际，发现对面的仓库敞开着，透着一线光亮，可以看到内部的情景。仓库的窗户全部打开，飘荡着伽蓝内部似的佛光。窗外辉映着常绿树的碧色。虽说是仓库，其实往昔是芳子父亲喜欢的略显寂寞冷清的读书台，遵照他的习惯，铺着宽阔的地毯。同样的读书台还有两三处，一律摆放着桌椅，周围严格按照分类，塞满了汗牛充栋似的典籍。桌面上摆放着泥金画的小匣子，那是盛绘卷的外箱。博士情不自禁亲手打开箱盖，郁哉也感受到一种颇为沉郁的魅惑的阴翳。此刻，站立一旁的姐姐两眼闪现出可怖的空虚的光芒。他为她的此种神态而惊骇不已。她那支撑在桌子一端的两只手臂，似乎充满危险的力量，紧紧抓住那里不放，那样子眼看就要崩溃了。郁哉倏忽感到不安。他想对芳子说点什么。于是，就在此时，他发觉芳子的眼睛炯炯闪亮，刚才那副纤弱的危险的影像早已不见了。正是这个时候，郁哉开始感到自己并非因此而受到伤害。他已经无法理解，正因为此种伤害使得芳子表面上拒他于千里之外。他如今用缥缈的目光看着她的一副美颜，拒绝也罢，羞愧也罢，并不想从那里谅解她什么。位于那副目光彼岸的姐姐，霍然化作母性劲健的身影，挺然而立。……

　　将那部绘卷借到手的博士希望尽早回到自己的书斋，逐一翻阅那些豪华的古画，悠然饱览那些无所不包、记述周详的故事书中优雅的草书。他几乎有些失态地急等着回家。每逢遇到这种场合，博士总是变得同孩子一般无异。此时，他猛然想起郁哉认识芳子，随即说道：

　　"你在这里慢慢聊吧，我先回去啦。"

　　博士临行前甩下这句话，撇下他和芳子二人。郁哉说道："让我祭拜一下花小路的牌位。"芳子陪伴他到佛坛。佛坛上面的门框上，花小路的照片同他父母的照片排列在一起。姐姐用素白的手点燃了香烛，其间，他一直凝视着漆黑与金黄的小盒子微暗的彼方。悬挂于内里的佛画，忽然闪现出杜若出场前幕启时虚晃的颜色。上香完毕回过头来，芳子紧紧依偎在他身边，幽然飘来一丝发香。她似乎哭了。郁哉甚感难得地定睛一看，她越发高声地啜泣起来。郁哉低头无语。等他觉察此情此景抬起头来的时候，芳子那副缥缈的神色，已经弥漫着近乎严酷的清泠。

"桂君，弟弟为了你，一直痛苦到死。——弟弟是你害死的!"

听到这话，奇怪的是，桂郁哉毫无所动。那是一种封闭于苦痛中的迷蒙，他也并不想回答。这位姐姐如此诉说着，似乎眼看就要支撑不住身子。

"啊，请你原谅我吧。那些信里所说的我不喜欢你的话，都是按照弟弟的意愿写的。……他恳求我这么写……我虽然很不情愿，但还是不得不按照他的吩咐这样做下去。"

——郁哉早已觉察不出到底是悲痛中的虚空还是悲痛中的美丽打动了自己的心扉，使得他连连迸发出一段整然有序的词语：

"你想把一切责任推到我头上，严加申斥吗？你想用一般的人情伪装真情，接着又叛离真情吗？你认为这样行得通吗？"听到这番话，郁哉发现，这位姐姐的面色那种令人哀怜的美艳好似鲜花开放。那副睁着大眼睛的面庞，刹那间存留着痴情的芬芳。然而，紧接着以下的瞬间，她只是一边饮泣，一边断断续续地哀诉着：

"八年来我一直爱慕着你。……请你饶恕我吧。我爱你，爱你……"

此时，郁哉从悲痛中觉醒过来。他开始将悲痛延置于意识之上。这种意识，使他充满了猝然转化为爱的预感。童稚般虚空的内心，随即升起拥抱沉沦于悲叹中女体的欲望。任其"姐姐"暂时伏在膝下哭上一阵子。最后，她抬起泪眼，道了声："今天先说到这儿，就请回吧。"

她的话语里已经飘荡着默契般的坚强，这使郁哉深感惊奇。他退缩着身子离开了芳子。蓦然回头，只见庭院里火焰般满眼通红。有时，就连树木的绿色也渗透着这个世界所没有的华丽之色。院子一角站立着一株洁净的枯木，树梢像幻影一般美丽。郁哉眼看着深感激动，他思忖着为何会是这样呢？这时，云翳落下来，树林变得服丧一般晦暗。

回家的路上，郁哉怀着悲痛的心情，一边走一边流眼泪。

几天后，他向博士借来那部绘卷带回家来。他打开这部历经近八百年岁月的优雅的绘卷。虽云绘卷，尽如物语，一枚枚浅黄色的纸面旋即打眼底掠过。其中，最初的绘画首先从庭院的花草树木展开。并非什么特别稀罕的图绘，但画面中央，却有一位女君，静静沉思于一种羞涩的气氛里。殿君似乎站在院中，映着黄昏的光影。夕月当空。仔细一看，丛云般略显惨白的花朵竟是胡枝子。这种花儿令人厌烦地填满所有空间，暧昧一片。郁哉躬腰凝视着哀戚的女君小小的画像。随着眼睛的接近，女君身旁的胡枝子花丛和女君的容颜朦胧交映。不知何时，那影像分不清是人面还是花丛。

夏天亲凉水，入冬厌结冰。可喜春来早，白雪落花丛。思念黄莺啼，一日又一日。抬头望云归，心头鲜花浮。目下，花只融于单层雪中，庭园樱花树林间，铺满耀眼的红毛毡。分开花枝走到那里。毛毡看来刚刚铺就，上面飘落不少花瓣。花云与花云之间，迷离浮现出一座亭子。古老的樱树，枝条弯弯缀满花朵，犹如悬吊着一册又一册彩笺。那个人儿坐于毛毡之上，打开泥金画砚匣，静静研墨。墨香四溢。那个人儿手捧彩笺，笔蘸饱墨，写下这样的文字：

　　凄凄门前路，不见车马来。我心化岩石，不再为君开。

这或许就是她的真实心情吧。可是郁哉心里正在思忖：

　　但愿卿之思，莫要化岩石。彩笺记真情，且待我重来。

（1942 年 12 月，十七岁）

桧扇

不知周之梦为蝴蝶与，蝴蝶之梦为周与？ ——《庄子》

我何时来过那里，还是不知不觉出生于此，长眠之后正要醒来呢？每天早晨时常为此而感到疑惑。在这北欧一角的小镇，人们风传领主 F.格夫希塔尔回来了。大家都说，男爵是为了死在家乡才回来的。

也许男爵所为，并非像"统治"这个词儿所指的那般完美无缺，或者不太具备超自然式的威望。市街仍保留着中世风格的众多狭窄的路面，而建筑大都是现代化。城郭毁坏殆尽，不留昔日影像。虽说男爵不在期间，显得很是宏壮，但依旧存留着符合于一国宰相居住标准的明朗的西班牙风格的宅邸。总之，这位男爵确实似乎一直不肯待在自己所领有的这座小城市里。但人们问起他周游于何方天下、到那里去干什么的时候，不论对什么人，男爵一概摇头，沉默不语。不论站在市街的哪个十字路口，都能看到那些混合着鱼肉般各种色彩和光泽的山峦。雾气迷蒙的夜晚，十字路口的前方仿佛很快就被山岩隔断；而在响晴的日子里，接近山峦与峰顶的纷乱的天色，两方面都使人感到遥远。

大街小巷分布着蛛网般的暗渠，流淌着来自山上融化的雪水。其证据是，行走于柏油路上的足音，发出虚空的震动；干裂的死胡同两侧，密密麻麻拥塞着岩石建造的房舍；丰沛的秋阳照射在市场一隅……走在以上这些地方，人们会突然打胸中深处，听到一种奇妙的潺湲之声。不仅如此，自城郊向牧羊地伸延着被层层割断的栈道，背倚栈道栏杆俯瞰，出乎意料地望见遥远的下方，有一个巨大的排水口。从那里喷烟般流泻出纯白的飞沫，辉映着山巅正在沉落的夕阳，滚滚滑入妖艳而鲜明的绿色。不久，又从森林地带流出，呈现着大河之趣相，穿过荒凉的平地，无目的地奔流于金黄的夕霭之中。

至于F.格夫希塔尔男爵所领有的那块奇妙而充满明朗忧郁氛围的城镇，唯有去过那里的人知道。那里完全脱离了中世风格的怪诞趣味，代之而起的是西班牙式娴雅的宅邸。森林变成了公园，犹太区变成银行街，所有一切都由中世风格转化为现代化。我所下榻的旅馆，论其穿戴不合季节的房客寥寥无几，除我之外，只有两三个外国人。在这样的小城镇，这座旅馆绝对称得上是高楼大厦。站在露台上，整个小城的景观尽收眼帘。家家户户的房顶，掩映于静谧的秋日早晨的树林之中。屋脊上金色的风向标一齐旋转起来，光明闪耀，成为这座小城的一个特征。而且，每一个十字路口都设有优雅的喷水池。眼下，正有一辆货车打石板铺设的道路上通过，地面上印着清晰的阴影……看到这些，尽管外貌格外明朗，我总是不能不犯起嘀咕："那座城镇仿佛中了邪魔一般呢。"或者说，"还是缺少点什么呀。"

　　造成这种感觉的要素，隐藏于居民们的言谈举止之中。领区内虽然使用相当都市化的日耳曼语言，但居民们口里会经常突然冒出一句来历不明的话语。走马观花的游客中不少人未曾注意，他们面对异邦人时总是尽量避免使用居民特有的咒语。我最初听到那种奇怪的通用语，是在那里住过二十几天之后。那天突然心血来潮，被想买一根拐杖的想法所诱使……终于去了一趟平时不太去的闹市小巷。正在津津有味地欣赏古老的橱窗装饰时，突然发现拐角处有两个站着聊天的主妇，她们的谈话很奇怪，总也听不明白。我怀疑自己误入非人的村落，刹那间伫立不动了。女人们回头瞟了我一眼，气呼呼地沉默不语了。过一会儿，又用流畅的都市语言开始交谈了。凭我两三次经验，我似乎可以确认，这座城镇的居民使用两种语言。一天夜里，身子稍感不适，很想喝水，而偏偏水龙头出了故障。这时候我又不好意思叫醒别人，正要去某处自来水水槽汲水，不料听到了一段莫名其妙的会话。贸然闯进去一看，值班的正是我的房间的管理员。这位本地出生的人，不论多么突兀的感叹词，他从来都没有白用过。两个服务员遇到我这个不速之客，都显得很不高兴，同先行离开的洗衣女的面色一样阴森可怕。

居民们还有一个反常的天性，他们时常对别人的招呼不予理睬。每当这时，眼眸总是显现出澄澈而悲戚的灰色。这样的眼眸胜过一切话语。纵然锐利的疾风袭来，卷走那双眼眸，依旧睁得大大的眼睛深处，似乎一直清晰地辉映着寂寥、无为而明丽的山河。

在剧场里，我环视一下周围的看台，一种意念骤然充溢满怀。早已去世的祖母和曾祖母，她们穿着古典的衣裳正在静静闲聊。侧耳倾听，那些人谈论的内容，要么是明日开张的鹿鸣馆夜总会，要么是节日装饰最好的当数京都某处市廛，要么是出售的土地，以及对用人的种种不满等，听起来总是沉浸于无数没完没了的话题之中。众多的老妇人向这边投来亲切的目光，眼看就要用干涸的嗓音呼叫我的名字了。这些老太太度过战国的恐怖和迷信的时代，并静静凭借泛着来世馨香的梦想的豪奢与华丽度过一生，至今仍保留着一抹寂寞。她们皆为往昔的女性，古雅而高贵的女性。……但我又不得不立即承认我的错觉。她们只不过是北欧的异邦人。她们的眼睛是蓝的，头发赛黄金。……剧场经常引我前往。纵然明明是虚假的幻梦，但对于我来说，生活于故乡奥津城①的居民，今宵一个不漏地全都在那里并排而坐，波浪般摇动着古风的扇子，将身影惝恍于浸染各扇窗棂的灯火之中。我感到，他们周围的空席，随时在等我而至。

---

① 墓地，坟茔。

如今，在这座小城镇，人们流传着男爵即将归来的消息。男爵为什么归来？那是一个晴朗的午后，我感觉到我们的街衢那种非比寻常的气氛。所有的商店都闭门不开，剧场前边没有一个人影。居民的脸孔上，微微浮泛着焦躁和晦暗的表情。

　　那天，清晨一大早，山脚处传来殷殷雷鸣，但没有形成一场轰然有声的雷雨。即使黑魆魆的杏黄色的云层越积越厚，但总是可以窥见一线令人激动的蓝天。因此，整个街衢，光影离合，斑斑驳驳。太阳底下，仿佛发散着静谧的白光。林木的叶色似乎出现于梦境，洋溢着疯狂的明净的绿意。一道阳光射入我入住的旅馆的房内，令我想起教堂烙印着绘画的玻璃……

　　我莫名地泛起忧郁。遂将拐杖挂在胳膊肘上，飘然离开旅馆。旅馆的旗子哗啦哗啦发出不吉的声响。四面八方投下的阳光，恰似透过容纳圣体灵柩般可怖的云隙射来的箭镞。这些光线一动不动，仿佛冰结的冰层。目睹这派阳光下凄然的景观，不由使我联想起中世那幅《最后的审判》[①]。

　　我顺着绵长的围墙漫步。分不清到底是日暮还是黎明时分的时间带里，一位推着婴儿车的老婆婆走近了。老婆婆一

---

① 　1534年至1541年，意大利文艺复兴大师米开朗琪罗受命于罗马教宗保罗三世为西斯廷天主堂绘制的壁画，内容是基督教世界终末时期，基督再度降临，对人类罪愆进行"神的审判"。这幅壁画现藏于梵蒂冈西斯廷礼拜堂。

边带着疑惑的眼神上下打量着我的穿戴，一边沿着薄暗中堆满垃圾的道路，朝着这个世界所没有的阳光明媚的大街走去。即将抵达光明的十字路口的时候，我看到老婆婆的身子后仰了一下，立时站住了。一旦松开的手，没有立即抓住前面婴儿车的把手，带着祈求的样子，在空中挥舞。我瞧见了她那螃蟹脱壳般惨白的瘦长的指爪。于是，一双眼睛，惊悚地凝望着空无一物的街衢。老婆婆充满血丝的眼睛转向旁边的我，低声地同时又是焦躁地呼唤着：

"男爵呀，格夫男爵（当地人习惯上都这么称呼他）啊！"

她看我没有回答，几乎更加发狂地哑着嗓子说道：

"你不懂吗？这条街就叫格夫男爵大道。"

老婆婆说罢，瞥了一眼阒无人声、光明如昼的大道，连忙低下眉，抓住婴儿车，回头转向来时的道路，魂不附体地奔跑起来。婴儿车像只怪鸟，嘎嘎鸣叫着，朝着没有一个人影的风景的深处奔去。我望着她那推着车轮嘎嘎而去的远影，感到一种漠然的不安。眼前随时都会发生一场悲剧。然而，那个车篷内哭不出声的小孩儿，奇怪地盯着我看，内心里才平静下来。我拄着拐杖悠然走向那条光明的大道。那一带既没有行人的脚步声，也听不到汽车的鸣笛。

云的彼方，突然响起灵柩车似的轰鸣。大街上面有慌忙盖上一层云彩的阴影，眼看着渐渐爬上银行紧闭的铁门。如此瞬息多变的天候，全年之间在这条街上很少见到。拐过同样不见人影的银行大街，我的耳畔又传来不是雷鸣恰似雷鸣的沉闷而阴郁的响声。那种声音同样震响关闭着的家家户户，回荡于夕昏幽暗的通衢。那是众多人奔跑的跫音。我躲在喷水池旁，让一群人先走了过去。不过，他们一概都是老人，其中夹杂着年轻的男子、主妇及少女。老人身着古风的正装，年轻人也都穿着当地富于特色的礼服。一边异口同声地谈论着什么，都是那种不明其意的语言——其中明显地听到也有"格夫格夫"这个单词。只见出售这根拐杖的拐杖店老板，以及路边香烟店的胖主妇，还有拥挤在旅馆门前叫卖写着《×街区向导》地图的老人……都变成那人群中的一员。他们血红的眼睛凝望着前方，专心致志朝着那里奔跑。我怯生生地从那唯有今天停止喷水的水池背后站立起来，这才发现在我没有觉察之间，有两三个大汉躲在我背后。他们带着可怖的眼神从上到下对着我打量一番。忽然从这些人之间，有人伸出雪白的充满好意的双手，口中蹦出快活的法兰西语言的问候。我疑疑惑惑同他们握手。这人是同一旅馆的法国房客，另外的两个人也不大好意思地要同我相握。

"究竟是怎么回事啊?"

"您到底怎么样啊? ……告诉您，我们是在巴黎研究心灵学的。我们来这里是想为这座小城努力制造一种奇异的景象。坦率地说，这群人都把您当成 F.格夫希塔尔男爵了。"

"可我不是呀，瞧我这身打扮。"我苦笑着回答，掸掸身上的尘土。

"和您同住一家旅馆，实在太荣幸了。再说，心灵学在欧洲具有光辉的传统。日本怎么样？嘿嘿。不过，我们研究的心灵学，不同于世上时常见到的那些杜撰的东西，是建筑在坚实的现代科学基础之上的。心灵的出现同以太①的变动具有割不断的关系。这足以证明心灵学不仅具有心理性内容，还更多兼备物理性内容这一学说。因此，心灵的影像只不过是单纯的心象呢，还是烙印于视网膜上的可视对象呢？您是怎么考虑的？嘿嘿。这样的考察也能获得允许吧？不过……"

"博士，我有点事要办理，到前边街角我们必须分别。"

旅馆每逢这个时候，那些不知底里的沉默寡言的房客，总是不为同一旅馆其他房客所嫌弃。由于这个法国人的迂阔，以及另外二人颇带结伴意味的单侧眼镜和山羊胡，我才好不容易从他们身边逃脱出来了。

街道上依然弥涨着妖艳的光线和寂寥的空气。古风的祭坛缎幔般的云隙，散放着强光的启明星火焰般点亮。这颗星周围的青空，沉潜着奇妙的悒郁的底色。星星包裹于险恶的云层壁垒，镶嵌于薄明的深渊，犹如虚无的牙齿。相依相偎的建筑物，一齐朝向天空高耸。窗户——尤其是接近空中的众多小窗，从来不像今日这么暗淡。所有的窗户一律映现着天空和山峦高旷而宏阔的色调。我以为窗户，不是通达地上

---

① 以太是古希腊哲学家亚里士多德所设想的一种物质，是物理学史上一种假想的物质观念，其内涵随物理学发展而演变。"以太"一词是英文 Ether 或 Aether 的音译。

人间生活灏气①的道路，而是宇宙可怖的手指叩击人世生活的户牖。印度那些具有数万只手指的佛像，就是伸向无数窗口内的宇宙之手的象征。听到某处的鸡鸣，传来可怖的悲惨之声。一只雪白的猫，眼下叼着拼死挣扎的鸡雏，慢慢跨过无人通行的道路而去。猫突然转向这边。我看清楚了，猫的脸原是一块惨白的头盖骨。我发出惨叫，拼命朝对面的街道奔跑。街道骤然变得灰暗起来，又响起殷殷雷鸣。对面的橱窗映现着人影幢幢。"格夫格夫"这个词儿又传入我的耳里。我抱头鼠窜，跑过一道又一道大街，在一处街角，又遭遇到一大群可怕的人。他们默默在我周围奔跑。我也不知不觉成为他们中的一员，一边"格夫格夫"呼叫着，一边奔跑。……

　　我记得在昏过去的时候，做了一个不连贯的梦。猫脸上的惨白的骨头变成一块冰冷的骨头。那是令人爽目的美丽的白骨。那骨头随即化作一轮白菊。菊花很漂亮。冷艳，洁白，坚强。那里有死的馨香。众多的白菊相互堆叠，相互缠络。满眼白菊，多如山积，令人想起日本的秋季。墓地的路径，零落着斑驳的阳光。清澄的天空一隅，传来斧钺的响声。树林拓开了。树粉似镁光飘飞。林木深部闪亮着树林的出口，远处可以看到大海上一点白帆。无意间白帆渐渐变大，鼓荡着芳香四溢的森林之风，一艘巨大的帆船，穿过浮绿泛金、

① 指天地间浩荡正大之气。柳宗元《始得西山宴游记》："悠悠乎与灏气俱而莫得其涯……"

令人炫目的明亮的森林，悠悠划过。船帆欢然飘扬，令我联想起马戏团随风鼓胀的天幕。老虎轻轻穿过火圈。不一会儿，老虎走近包厢。陌生的观众。浑身珠光宝气的女王装扮的女子。她飞身跃上虎背。老虎跑出天幕，穿过大街，奔向地岬。崖头新月当空。月光映照下的海面波光闪烁。

"这是哪里？"我问。

女子笑吟吟地说出一个含有热带风味的火焰般的地名。看上去，崖头森林黑魆魆一派死寂。星座静静垂挂下来。所有星座尽皆保住原型未有毁弃。港湾里沉落着天鹅座。我的指环里收藏着蝎座。一位少女的香发含蕴着琴座。她头脑昏昏疼痛。宿命的凤冠。有时，将国王的锡杖忘记带入梦来。要想进入梦境，必须舍弃王位。不具锡杖者皆不能为王。

"王啊，"魔法使说，"请跟您的梦幻结婚吧。"

于是就这样举办了一次奇妙的婚礼。从当天晚上起，就不再有国王了。在人们的梦幻中，国王变成一位美少年，和美丽的公主一起，在彩虹之国翩然起舞。刹那间，彩虹从人们的世界消失了。人们为追寻彩虹而旅行。那个王国消失了。有一本描绘这则故事的画册。书的封面在炉边阅读，随之泛起怀念的情思。最后一页，故事没有了。无比繁复的蔓草花纹布满画面。一天，我进入其中，朦胧觉得亮丽、清冷。我躲进蔓草丛，银灰色的叶片犹似钢针，又如优雅的锦缎。蔓草丛林始终如夕暮黄昏，永远没有灯火的无尽的黄昏。闪着一双机灵细长的眼睛的阿拉伯兔子跳出来了。栗鼠从草丛上走来了。它们不具厚重，而显秀冷。其眼神酷似埃及人，那是月亮女神的眼睛。

　　醒来是在那座城镇郊外牧羊地附近。我疲惫不堪。坐起身子向街头眺望，轻雾迷离中灯火点点，一如寻常。天空愈加美丽，昼间的云层尽皆扫去。那条河四方形的排水口，映现于绚烂的晚霞中央。那是多么华丽的晚霞啊，我登上通往住区街道的石阶，背倚栏杆，凝神眺望，竟然忘记了疲劳。那可是美艳的晚霞啊！山端只有几片云彩飘浮，珍珠母似的散射着茜红，辉映着绛紫、鹅黄和玛瑙之光，犹如雕镂的螺钿工艺品，纹丝不动。此种彩虹的微粒子无所不在地浮游于薄霭的彼处，光辉的河流犹如金刚石首饰般灿然横流。群山的皱褶刀刻般新鲜连绵。墨绿的森林犹如一枚古老的地毯呈现出庄重的色相。不久，云层苍白了，稀薄了。山体开始具备剪影之趣。不知打哪里传来泉水潺潺的声响，牧羊地也进入夕昏中了。唯有我的周围尚未沉入浓浓的宵暗，所以我只知道身旁点亮了街灯。即便回到旅馆，也是疲劳、忧郁。走投无路之时，有人连连呼叫我的名字："殿村君，殿村君！"一位身材又高又瘦的男子站在那里。

　　"你是谁？"我问。

　　"F.格夫希塔尔。"

　　"什么？"

　　"我是来会见你的。你，是日本人吧？"

　　我再次凝视着格夫男爵的身姿。他在夕阳之中，像皮影戏中的人物摇摆不定。刹那间，他又像中世的武士。不过，想起那兜鍪，他却是当地特有的狩猎的帽子；以为是宝剑，但却是鞭子；中世风的裙裤，竟是马裤与长靴。那长靴的制作极为优雅，黄金的马刺映着浅淡的灯光，泛着朦胧的辉煌。

男爵的脸色，令人想起格列柯①所绘制的肖像画。惨白、憔悴，天生一双梦幻般的眼眸，一个颇显冷淡、呈现拱形的苍白的前额，植物性的发型。男爵仿佛要躲开我的目光，隐身于黑暗之中。

"那好，明晚我在'跟班者酒场'等你。我会告诉你关于我的一切。……"

"绝不要说，男爵……"没有回答。男爵消失了姿影。一个巨大而圆滑的影子，追逐着已经消失的影子的踪迹。那是一只巨大的外国种猎犬。

当天晚上的街道，直到白天，那种热闹和明朗的空气，使我泛起更加微妙的心情。返回旅馆之前，几个醉汉摇摇晃晃撞到我的肩膀上。所有的商店都尽量堆满商品，家家户户点燃绘有天使的蜡烛。白天里奇怪的因劳动而带来的倦色不见了。香烟店老板娘肥胖的身子，穿着寻常的衣服，看到我进去买香烟，满不在乎地泰然说道：

---

① 埃尔·格列柯（El Greco，1541—1614），西班牙文艺复兴时期画家、雕塑家与建筑家。代表作有《被剥去衣服的基督》《激情后的阴影》《舐犊情深》《活色生香绑架事件》《蓝领工人与理发师》等。

"少爷，您可是来得正好啊。"

回到旅馆躺在床上，回想当天不寻常的经历，实在难于入睡。睁开眼来的时候，优美的阳光从百叶窗的顶端，朗朗地描绘出片片活页清晰的影子。或许是不寻常的晨睡，似乎听到有节制的轻轻敲门的响声，大概是侍者吧。打算吃早饭，这时我才感到身体的每个骨节，犹如裹紧的小包，处处都打了死结子。浑身疼得不能动弹。拄起拐杖一步一步，朝着不曾听闻的"跟班者酒场"，踏上夕晖笼罩的街巷。

那地方是这座城镇全然不为人知的角落。推开沉重的橡木门扉，内里浓重的黑暗溢出户外。听到猛犬猜猜狂吠。内门打开了，一位满身鲜红的老人，手捧灯盏，只露出一张脸孔。老人身边的那只大狗依旧狂吠不已，狗叫声虚空地在布满蜘蛛网的天花板上回荡，一派嘈杂烦乱。老人将嘴巴凑近我的耳畔说话了，将他的身影全部投射出来，犹如一幅忧郁的肖像画，挂满了整个房间。

"男爵贵体欠安，不过我很想同您聊聊，请务必给予关照。"

我告辞了。我说，等您痊愈再来探望，随即打算离去。老人极尽旧式贵族家庭老一代下人常见的殷勤的执拗，硬是留住了我。突然，响起一阵不吉祥的阴郁的铃声，宛若濒于死亡的人的喘息，断断续续。我一阵恐惧，转身眺望没有月光的街道以及凹凸不平的路面。那里早有一个长着翅膀的人影，露出一张可怖的脸孔，窥探着黑漆漆的街角。然而，狗也不像预料的那样了，它竖起长满银色长毛的锐敏的耳朵，毫不犹疑地跑进里院微光闪烁的屋子。老人叮嘱我稍等一会儿，随即尾随那只狗走进那间屋子。

我对这座充满阴气的屋子内部怀有几分好奇，扫视了一眼。一扇门扉同外界相接，眼前的房间和柏油路无异，布满凹凸不平的石子。地面渗满了水（随着狗跑进去，传来一阵爪子踏在积水里的声响，由此可以推知）。屋内臭气熏天，凭借里间漏泄出来的微光，可以窥见布满一条条大裂缝的墙根里，靠着一只古老的酒瓶子，其上悬挂着斑驳陆离的金色画框，其中收纳着永远属于肥硕高大的专制君主的侧影。所谓酒场，只是个空名。无意之中仰望门口栏杆，朦胧之中看见那里贴着施以原色铜版画的一幅罗马跟班者的绘画，倒是透露出这家招牌的恋旧之情。

老人又踏着积水小路回来了。我执手哀求，他甩开我回去时，即便他背后那只老狗再向我张牙舞爪袭来，我也不能不闻不问。我一边倾听他的身后回荡着的关闭门扉的钝响，一边走过水渍渍的石板小路站在里间屋子的门前。那里是高出一截的宽阔的房间。弥漫着奇怪馨香的清泠的空气占领着四周。提起灯火，只有里屋壁炉中微光闪烁的几朵火焰，此外什么也没有。火焰边古旧的椅子上，堆坐着似乎名叫格夫的男爵，他一个劲儿不停地又哭泣又叹气。狗疲倦地躺卧在男爵腿边，火焰照射之下，狗肚子一鼓一瘪，不住发生痉挛。

"男爵，您怎么样啊？"

似乎难得听到这句话的男爵，忍着疼痛站起身子。比起昨日，脸上明显地增添了几分死相。额前头发像浮萍飘舞，鬓角、面颊和颈项出现点点黑斑。但男爵强装笑容，仰头看我时，不知为何，我不由超越恐怖，猝然泛起满怀情思。我将椅子向前移动一下，男爵用那沙哑的嗓音（他每说完三两句话，就由青白的喉咙深处，发出啜泣般的呻吟），为我讲述了他的故事。

曾经翻越伦巴第①高原的男爵，曾经到米兰旅行。随即在当地醉心于花守伯爵夫人之美丽。当时，身为外交官的夫君伯爵驻守意大利，因公留下夫人回归日本。夫人出身名门，病弱貌美，只有一位从日本带来的婢女陪她周游欧洲各国。她们来到米兰。某年初夏的舞会上，夫人身着绣满碎菊花的袿裆式舞裙，手持古雅的桧扇出场。夜宴的庭院中，眼前盛开着千百朵玫瑰花，身子欠安的夫人，跳了一阵舞，很想歇一歇，便走出舞场，来到花香四溢的玫瑰园一隅，坐在云隙漏泄下来的月光下边的长椅上，身子罩在一旁石像柱②的巨大阴影之中。F.格夫希尔男爵那时候为剧烈的偏头疼所折磨，为了逃避室内的喧嚣，来到古色古香的庭院，时而徜徉于丝柏围绕的睡莲池畔和鸽子群居的灌木林，时而散步于葡萄园

---

① Lombardia，又译作伦巴底，位于意大利半岛北部，与瑞士接壤。首府兼第一大城市为米兰。意大利经济最发达的大区之一。
② 原文为 Atlantes，古希腊建筑中雕有男性形象的支柱，象征支撑蓝天。

绿色篱笆边的玫瑰园。于是，他看到玫瑰花丛旁边坐着一位美丽的贵妇人，低俯着雪白的颈项，心情颓唐地手持桧扇，时而张开，时而闭合。她犹如幻影迷离的秋玫瑰一般艳丽。这位极富幻想的病弱的北欧男爵，出乎意料竟然获得同东方病恹恹的贵妇人交谈的机会。她的贞节与优雅，以及西欧人眼里富有希腊风格的端正的应对，对于男爵如此命相衰微的人来说，较之娴婉明朗的南欧女子，更加美艳动人。

——莺声呖呖。花守夫人仰望繁星如雨的夜空，戴着钻戒的纤纤玉指，似乎一支支尽皆迷幻于夜莺的鸣叫。夫人细柔的嗓音如绢丝滑动，男爵无心听夫人说话，桧扇支撑在他手里，几乎掉落到地上。此刻，灯火明丽、装饰一新的一排排玻璃窗内音乐声油然而起，随即越过玫瑰花叶丛流泻过来。男爵催促夫人站起身来，顺手将那把桧扇迅即藏匿于抚胸的花荫背后……

发现丢失桧扇的夫人，感到周围一切变得暗淡无光了。那可是丈夫家中祖传宝贝，同时又是赠给夫人的订婚礼物，是贞节的标识。两天内，夫人不断给男爵下榻的旅馆写信，亲切地询问。然而，这只能起到给予男爵再次接触花守夫人的机会。夫人不由得开始感到不同男爵会面的日子，心里总是空落落的很难过。不久，男爵在瑞士买下一座古城，与夫人两个过着完全脱离社交界的生活。这时，伯爵再次回返任职之地，借助丢失扇子的好时机，决意同夫人永远诀别。自他任职期满回归日本那时起，这两位梦想家恋人，相互束缚于茧壳之内，度着忧愁的日月。男爵和夫人眼望着湖水对岸即将沉没的落日，在共同的恐怖中颤抖着身子。他俩沿着暮色苍茫的湖畔小路，默默迈动着脚步，看到高渺的杉树梢头的一枝，悬挂着梦幻般的最后的余晖，男爵猝然伫立不动，出神地凝望着，直至夜幕降临，也丝毫不改变姿势。此时，夫人聪明的眼眸投向暮霭沉沉的碧青的湖水，仿佛变成一位静静承受某种东西来袭的人，纹丝不动。两人之间，渐渐结成奇妙的关联。一天吃早餐时，夫人注视着男爵袖口，停留一只大蜘蛛。她一句话没说。第二天吃早餐时，男爵也注意到蜘蛛叮在袖口同一个地方。夫人用手一指，男爵眼里这才发现，于是一边大哭，一边在旅馆内来回奔跑。但是，他没有捕捉那只蜘蛛。夫人用手一摸，突然脱落下来，原来是一只半死不活、胴体虚空的蜘蛛。……这样的生活，对于人心就是毒品。但在夫人心里，这种毒品却唤醒了华丽的乡愁。冬令将尽，男爵不知是喝下过多烈酒，还是被什么人拌进了催眠药，接连三天三夜昏睡不醒。醒来的早晨，发现房内张挂黑幔，众人身着丧服踉跄而来。夫人房内，鲜花包围黑色的灵柩，几度使得进来的男爵怀疑自己的眼睛。男爵一纵身扑向灵柩，正要撕掉黑色的幔布，不料碰掉了放置在灵柩上的夫人的照片，打坏了玻璃。大批的用人吓得目瞪口呆，拼命扼住了男爵的身子。

——说到这里，男爵实在忍受不了，开始呻吟起来。他的眼眶里忽然涌出无垢的泪水，顺着白皙的面颊簌簌流淌。

"关于她的葬礼，我已经不敢再提起。我一时如死人一般被击倒在地。……然而，殿村君啊。"

男爵将突露骨节的手指指向我的胸脯，说道：

"不过从那时起，我产生了一种信仰，或者说较之信仰，更是一种确信……"

接着，男爵举出所有不足以做证的证据，告诉我下面一件事实。

夫人很早就打算回日本，男爵的亲戚们担心他和夫人同居后病情恶化——男爵对夫人的爱有时像一团燃烧的火焰。据他说，临近冬天的夜晚，男爵一边跪吻夫人的玉指，一边将头颅温柔地枕在夫人的膝盖上，很想就这么一直睡到天亮。但是，东方的天空于干枯的林木梢头中泛白了。夫人望着紧握她的双手，贪婪地注视她、吻着她的男爵的姿影，夫人终于因为疲劳过度昏倒了。——对于这样一位高贵的异国美人，亲戚们满怀着近乎钦敬的同情。……

如今，对于男爵来说，心里萌生一种难解的疑念。亲族们想办法使他昏睡不醒，然后趁着男爵昏睡的时候，将夫人送回了故国！然而，这个所谓"事实"，是想告诉人们，夫人对于男爵的爱是假的。死与失宠同样威胁着男爵的心灵。不过，他最终还是献上了一份对于活着时期失宠的祈祷。夫人是壮大的东国的女人。它的祈祷同时也是对于东国的祈祷。为了寻求已死的美女，他像俄耳甫斯①那样走遍全欧洲。那里

---

① Orpheus，希腊神话中诗人、音乐家、竖琴演奏的名手，他和妻子欧律狄刻共同缔造了一曲天地人间最为凄美的爱情故事。

只有美丽的坟墓和窈窕的美的废墟。而且，男爵所寻求的并非死亡。他的愿望在东国未能实现，在他眼前，那朦胧的绫织的绘卷徐徐卷起了。为什么呢，因为死反过来继续袭击男爵自己。

"为了死，我回来了。但我不能回归旧第，那里原是死的家宅。死在那里立了户籍，焦急地等我归去。那座小城市刮起一阵风暴，到处传递着我归来的消息。"

"那么，您所希望的是什么呢？"我怀着神秘的心情向他发问。男爵仿佛妖魔附体，一边呻吟，一边继续说道：

"这块领地，几年前都已经不再是 F. 格夫希塔尔所领了，死亡开始入住每一位居民心中，'死'这个词儿（并不可怕），成为现在人们口中的寻常用语。你应该尽早一天离开这座可怖的城镇。到那时，我想拜托你为我带回一件东西，那就是存在旧宅邸的那把桧扇。"

男爵说到这里，突然说不出话来了。他的手随即支撑着那副无比激动、眼看就要倒下来的前额，失去这个支撑，似乎就要被问斩，那个为此而苦不堪言的脑袋，似乎随时都要向前栽倒过来。

"请将桧扇送给她吧，告诉她，我终生爱她无疑。不久，我回归旧第，到时招呼你来，我把桧扇交给你。它就在我房间里金饰的手匣内……"

这时候，门扉打开来，老人弯下腰来。用干枯的嗓音通知前来迎接他的马车。男爵的脸上充满苦恼的高贵而优美的

表情。这是不折不扣的黑暗时代贵族的表情。突然，他所挚
爱的美丽的贵妇人的面影，又清晰地浮现于他的心间。莫非
她不知道自己已经死去？她还会再度站到我们眼前来吗？碎
菊花的刺绣和服散发出丁香花的气息，她的裙裳将再度在我
的眼前飘逸不止？——我看到布满斑点的男爵的脸孔，刹那
间变得更加美艳而光辉。我想追他而去。但在那间屋子的门
槛处，男爵伸出长长的戴着手套的手臂将我拦住。路面上似
乎散射着凄凄月光，男爵踩在水渍渍小路上的足音渐行渐远，
煌煌闪光的马刺映照着水面。转瞬间，马车的形象，遮断彼
方路径无边的月影，连同尾随的猎犬一起消失了。既听不到
萧萧马鸣，也听不到辘辘车声。……

被老人拦住回到旅馆，接连不断地处身于可恶的幻境威
胁之中。一旦伫立于旅馆门前，唯有那位心灵学家的房间，
于深夜里点亮了灯光，尽管硬是遮蔽，依旧黯然可窥。我回
到自己的房间。两天里的疲劳揉碎了全身，瘫倒在沙发上正
要昏昏欲睡。有人敲门，一位长着山羊胡子的男子走进门来。
我显露出一脸的不快，问道：

"你来干什么？"

"我正等您回来呢。师傅也在焦急地盼着您呢。"

"我累了，要睡觉了。"

"请不要这么说嘛。"

"你不是太无理了吗？"我不由吼叫起来。那男子一把拽

住我的腕子，要把我带走。他尽管骨瘦如柴，但他的膂力彻底把我降服了。

"哦，请等等。你究竟要叫我干什么呢？"

"真对不起，实际上，我们是想围绕先生试验一下那套降灵术。其结果如何，师傅想听听您的意见呢。"

"那就请博士来一下吧。"

"不，眼下师傅凭灵①刚刚脱退，身子动弹不得，正躺在那里呢。"

我突然记起刚才经历过的连续不断的神秘的力量，原来是对我发功，想把我彻底迷惑。

"好吧，我去看看吧。"我一边重新打好领结，一边来到廊下，紧随我的山羊胡男子的身影同我的身影重叠起来，使我很不愉快。我走下铺着厚厚地毯的楼梯，走进心灵学家的房间。

山羊胡男子犹如打开特护病房，颇为吝惜地推开门扉，首先滑着身子进去，接着再郑重地迎接我进去。昏暗的红光炫人眼目，戴着单片眼镜的弟子，连忙收拾道具。那里恰似张挂布幕，幕后演出奇术的舞台。房内角角落落，充溢着永不消逝的影子，酿造着神秘的气氛。刚才他正抱着一只巨大的烧瓶，内里盛满说不清是红是绿的液体，光闪闪的，正在向代替仓库的小房间里搬送。山羊胡男子撤掉电灯周围极为

---

① 灵魂附体，心灵学中借一种幽灵驱逐另一种幽灵。

复杂的遮盖，突然间，一座座沉浸于庄重冥想中的房间的摆设，迅即褪色了。用于灵界通信的桌子就是一张廉价的木桌，上面排列着各种各样奇形怪状的笔具（用于记录凭灵笔记）。当我奇怪地盯望着房内低垂着黑幕的一角时，山羊胡男子若无其事地将黑色的窗帘左右拉开。于是，一张阿拉伯侏儒女王休息用的、极尽豪奢，并且掺入不少中国趣味的洛可可风格的寝床，灿然出现于目前。我差点儿大笑起来。床上躺卧着肥胖的博士——朱塞佩（Giuseppe）君，黑着眼圈儿，恶狠狠凝视着我。但他跟我说话的气力都没有了。

他抬抬手，招呼我坐下。我怀着愉快的心情坐下了。此时，博士的两个弟子端着咖啡进来了。他们用调羹将咖啡一小勺一小勺喂进他的嘴里，朱塞佩君说道：

"咖啡里没有那些东西吧？"

"是的，今天已经检查过了。"

"什么？"我不得不把咖啡杯子从嘴边移开。

"没什么，是昨天吧，我将自身掉落的一个矮小的幽灵，藏在咖啡袋里了，害得我拼命追击。"

"请不要再说啦！"我焦急地喊道。

"不要毁了心情。今晚请您来不为别的，您见过格夫男爵了吧。您感到惊讶，那是当然的。这是通过我无比确切的科学实验才弄明白的。"

接着，他像一个回答口试的优等生，对于经过证明的众多现象、凭灵的言语，以及应该知道的难解的学理等，滔滔不绝地讲述了一通。说实话，我是怀着诚实的心情，聆听今宵此番虚张声势的论说的。这是因为，朱塞佩君高尚的人格、经过实验尽管属于偶然却是正当的解答，使我很高兴，并助长了我对神秘的暗恋情绪。不仅如此，法兰西乡村常见的有钱人家肥白的容貌，处于这些奇奇怪怪的道具之中，类似于中世铜版画所描绘的随从和农民的脸孔。不过，朱塞佩君梦想，大都属于工业革命遥远的后裔所梦想的机器的神力和万能。比起心灵学家，他更具备一个炼金术师的子孙、专利发明家的仪表。他所具有的神秘，将继续守住他的专利权。

"没关系，不会有人听的，弟子们我都叫他们睡觉了。"

看来，他多少消除了些疲劳，稍稍抬起身子，舔了舔变冷的咖啡，瞅瞅我的面孔。

"殿村君，你说过了。你有勇气吗？……嘿嘿，此种勇气，不论是谁，都多少有一些。总之，我想请您同我一起干一件事。这项计划我没有告诉过弟子们。您看哪天晚上方便，我们悄悄潜入男爵的宅邸。

"我不知道您同男爵有没有约会，也可到那时候实施。我根据我的实地考察，搜集研究资料，明年春天，将在巴黎心灵学会上作为论文发表。明天晚上怎么样？嘿嘿，看您疲倦的样子，可接连休息三天。不过，您要逃脱，那只能是白费力气。"

他瞪起黑眼圈儿威吓我。我哑然失笑，反而重新激起一股热情。与其独自一人前往，不如再托那位向导伴随。

"博士，您可不要逃掉啊！礼拜五夜间零点，我去敲您的门。至于软梯和木工用具，博士，怎么样？还是请您给准备吧。"

包括礼拜五在内的三天，以出乎意料的速度迟缓地度过了。我是多么急切地盼望着男爵的招待啊！就连柏林古董商也使我心胸激荡，假若也能寄来一份请柬，冠冕堂皇地施以金箔的印记该多好啊！街面上一片太平。冬日的山峦更加浸染着庄严之色。那虚空的深渊般的天宇，仿佛就要呼啦啦飘落下来一面蓝旗。这澄澈高爽的天空，每天都在我们的头顶。树木的叶子落光了，凝聚梢头的云层，泛着青灰的色相。街头艺人，一边演奏着锈蚀的手风琴，一边从被风吹得嘎达嘎达响的窗下走过。……

礼拜五自早晨起，寒风掠空，云彩低垂。男爵的请柬始终没有来到我的房间。今宵恐怕要做一名为所欲为的不速之客了。

这天，霏霏而降的雪，斑驳地点缀着鱼鳞松的梢顶以及围绕着附有家徽铁栅栏的馆舍，以不知底细的沉闷的形体，满登登地塞进了朱塞佩君和我的视野。不要软梯。后门旁边的入口谎言般地豁然开启了。

呜啭的小鸟蹬散了枝头的雪。睡在庭院灌木丛中的鸟儿吃惊地飞翔起来。远望耸立于西边的一栋望楼，丝毫没有任何变异。这座建筑物内庭暗淡的灯火，映射着玻璃窗，反映

69

在玻璃上的雪片，看过去似乎瑟瑟堆积到室内来了。博士深一脚浅一脚不停向前行进，手电明灭闪烁。只有在那广阔的光照中，才可绘入美丽的飞白的花纹。

宅邸的又一扇门扉莫名地打开了，这下子却引起了我们的不安。纤尘不染的家具之类，表示这很早就有人居住。

不过，我们的感官并未感觉到这些人的情况。老鼠在天花板上迅疾地跑动，那声音使人想起四五天前群众队伍阴森的脚步。

"难道都不在家吗？"

"嘿，好像没有一个人影。"

对话随着心情的放松渐渐高昂起来。我们沿着中央不自然的螺旋楼梯向上攀登。二楼连接着一道宏阔的走廊，在博士的手电引导下，我推开估计是男爵居室的宽大房间的门扉。

眼下是一间普通的贵族的书斋。死亡已经远离这块地方。然而，流淌于这间房内的时光中断了，房内各个角落，随处充满了断面上陌生的花纹。所有的抽屉都打开了，书架上的书籍一册不剩地全都散落在地板上，并且每一本书都敞开着书页，随时都能接着阅读下去。在无法立足的遍地书籍中，有几册是在欧洲买不到的善本书。纵然如此，男爵却在这众多的书籍里一本一本翻阅着，他在寻找哪一种语言呢？他为何对于园艺书籍、编年史、各国语言字典、细菌图表，甚至垂钓书籍……都能一眼瞥见呢？摊开的书页上画着一种南洋产的毒鱼，有着一个符合海底语言的奇怪而漫长的学名，射入我的眼帘。

"你在看什么呀?"博士慢腾腾地跟我搭话,"可惜啊,这里就是格夫男爵的房间吗?实在不值得专门来一趟呀……不过,殿村君,我们不能气馁。对于我来说,我保有寻找格夫男爵日记的使命。他是一种灵媒。他的日记,实际上是重要的文献。"

他一个人一边自言自语,一边在一侧房间里兜圈子。然而,我们不久就发现有一册合上书页的书。那是一本夹在男爵杂乱的桌面上的书,犹如卡普顿①船长发现的宝岛一样灿然放光。一只辉耀着庄严金光的黄金棺材似的手匣,装饰着宝石、黄金和珍珠,显现着寂然而厚重的死的华丽……

"可能打不开。"我冷然地说。

博士弓下腰,犹如揪住一只蝾螈的猫焦急起来。死,也像他一样。围绕这只手匣焦灼地转悠着。

"博士,打不开吧。不懂咒语的阿里巴巴②不顶用啊!"

心灵学家笑起来了。

"什么咒语,请不要笑。现代心灵学排斥咒术。如今,利用科学性研究,不久就会将灵的真相暴露于世。"

"然而,假定利用咒文。"

---

① William Kidd(1645—1701),出生于苏格兰敦提,苏格兰航海家、海盗、私掠者,被人们称为"基德船长"(Captain Kidd),又名卡普顿。
② 《天方夜谭》中用智慧同强盗周旋,并巧妙利用咒语叫开财宝洞穴的英雄人物。

"用不着假定也可以，但假定……嘿嘿，内容是什么来着？"

"桧扇。"

"也就是扇子，是纸扇还是羽毛扇？"

"是木质扇。"

"那不是很简单吗？计算一下含有成分，列个方程式不就行了吗？看看扇子的方程式怎么样。总之，这个方程式可以替代咒文将盖子打开。"

"请列出方程式来。"

"嗯，只要有五分钟的空闲就行了。"

"博士，我懂得真正的咒术。只有两个音节，我的故国的王朝时代就是这么发音的……Kofi!"

于是，雕镂于黄金盖子的各种宝石刹那间打开了。光耀夺目，好看极了。过去，不得动弹的珍珠的花边，梦幻般凸现出来了。灯光像朝阳一般照进神秘的黑暗内部，盖子一旦打开，大红天鹅绒悠然地散放着举世无双的艳丽之色。仿佛于光影离合之中，观看堆叠整齐的十二单衣①一般，每每从古代紫色的刺绣针脚之间，窥探华美的彩绘花纹。

我和朱塞佩君不得不由衷地感到惊叹！"爱"一字之效能，竟然能惊倒这位西欧精神学家。我呢，宛若对待鲜花一般，悄悄将扇子捧持在手心里。然而，这朵鲜花却不断散发

———————————

① 日本古代宫廷妇女的礼服。

出馥郁的浓香，令人沉醉不醒……

马蹄声声，越来越近。我和博士迅速跑到窗边。白雪笼罩窗外，纷纷扬扬。朦胧中可以窥视窗下和窗棂上的灯光，还有庭园中一盏昏暗不明的电灯。就连那座直到刚才一直紧闭的大铁门，此时也左右敞开了。一辆由四匹白马拉着的敞篷马车，轻快地向大门口跑来。马嘴里吐着白汽，吹得雪片四处飘扬。圆睁的双眼里辉映着黄铜的颜色。一任大雪飞降的马车绯红色的座席上，没有一个人影。四匹马纷披着火焰般的鬃毛，一齐奋蹄驰驱。马蹄咚咚，震撼着铺了一层薄雪的石板道。终于，几乎要震破玻璃的轰响渐渐变弱了，听不到了。四匹马拉的马车仿佛被这座馆舍吸纳进去了。

朱塞佩君脸色变得惨白起来，一双眼睛哭诉般地不住瞧着我。

"看到了吗？在车上呢，在车上呢，男爵。"

一阵昏倒在地的冲击猝然向我们袭来。我们毫无拘束地冲进宅第，飞蛾扑火似的从一道走廊奔向另一道走廊。到处都是门扉和墙壁，在出乎意料的地方，立着一座白乎乎的塑像。或许弄错方向了，前面有座小小的门扉，青铜的把手闪闪放光。门的一角被墙壁遮挡了，黑暗的涟漪向我后背奔涌而来。我不由得握住了门扉的把手……

当门扉向内轧轧转动的同时，厚重而深沉的声音在空中回荡。对面大窗户厚实的窗帷掉下来，兴许是外面的雪光或笼罩大地的奇妙灏气的缘故，房间内部似乎欻然掠过稀薄的微光。大桌子上面堆积的累累尸体，蓦地映入我的眼帘。看到这场景，博士闭起眼睛莫名其妙地口中念念有词，手指终于摸到了开关。

打开电灯一看，桌面上摆满了各种水果，逐一闪射着明丽的光亮。柠檬、柑橘、柚子、佛手、龙眼、核桃、香蕉、桃子、草莓、苹果和梨子等，南方所产叫不出名字的各种珍果，堆积如山，异香扑鼻。为此，这里积聚着严冷而忧郁的芳醇，促人想起死的气息。凝神望去，其姿态较之死尸更可怖。大凡水果，过了一两昼夜就会烂熟不堪，将水果刻上时间将会具有何种异样的旋律呢？果实开始腐烂时，天上运行过何种妖艳的星辰？出现过怎样的灿烂的晚霞？……而且，正想抬眼窥看窗外将死尸装点一番的雪光时，静谧的枯木，将素白的臂腕排列于空中。雪光消泯，名月清雅，照耀在窗玻璃上。雪霁的夜空，半月高悬。星光荧荧闪耀，围绕着冰冻的流云。

一开始，我的左手静静握住那把桧扇，发现微微染着汗迹。朱塞佩君呆然坐在椅子上，月光赋予我们愉快的心情。接着，当眼睛凝视着窗外远方以美丽的星空为背景的望楼时，心想，如今要寻找一个今宵冒险圆满的标记，那就通过攀登那座望楼来实现吧。

望楼上干枯的常春藤缠绕的散发着铁锈气息的梯子，斜斜地指向楼的顶端。积雪缀满针叶树，闪光的水滴不断从叶端滴落下来。望楼周围弥漫着苍郁的空气，我首先登上梯子，常春藤飘飘摇摇，细脆地掉落下来，积雪飘落在朱塞佩君半秃的头颅上。楼顶的小屋围绕着细密的铁栅栏。光闪闪的圆拱形屋顶，镶嵌着奇妙的古代文字，覆盖着这座屋子。拱形正下边，则是点燃着长明不灭的描绘着死者之书的大蜡烛，那最后的火焰于纤巧的镂金台座上猛烈燃烧。因此，不论是圆拱形还是地面，看起来全都不断闪动着飘摇不定的光影。我和博士背倚栏杆，面向东方。山端一片泛白的天空。月亮依旧挂在西天，不失其水金色之光芒。众多的星星，尤其是留在东天的星云，极为缓慢地渐渐淡薄了。其中，独自横断孤空，蝴蝶般闪闪飞升而起的是金星。其周围的星辰，被吸入薄明而微紫的天色。深蓝的高空，满储着蓝黑色，映射地表的流星，一眨眼消融于那片紫堇色的裙裳。森林尚未醒来。清洌的雾霭迷离包裹了一切。所有的晓暗，不久即将变为黎明。深蓝的内部，继续散发出七彩的馨香，只有圆形屋脊、塔和旗亭等高端建筑，才能稍稍浮泛出轮廓来。最早醒悟的颜色是喷水。自十字路口常绿树的浓荫开始，先于晓月阴影，其次是星光、东方的微黄，一瞬一瞬地变得亮堂起来了，照射着美丽清澄的飞沫反吹。从这里起始，排水口以及由此而起的大河的流域，一起浸染于浅黑色中，一概看不见了。只有山野的岩肌，为雾气追赶，羊群一般向前驰驱。其间，唯有点缀着赤铜、薄紫等大胆的斑驳陆离花纹的山体，犹如巧用色彩并获得容许的一种神画，渐渐变得明晰了。望楼顶端的天宇，仍然是凝聚着几片夜云的美丽的星空。千百颗星星，耸峙于伞松林木之上，一边演奏着豪华的音乐，一边向天空一角移动。

朱塞佩君的心里当时产生了什么想法呢？他抱着头对满天星斗看也不看，一直跪在冰冷的地板上。我背倚铁栅栏，对照着相应的行星影像展开桧扇。桧树古老的木纹闪现着令人怀念的奇妙的颜色。在此，精心绘制的大和绘①，尽管对画面不甚了了，但至少保有一节绘卷。其中，摇曳着鲜花的云霞，点缀着故国无限幽婉的王朝图绘。拂晓的星影闪动于扇面的云霞之中，花色的季节充塞着无垠的天地。妖艳的磅礴的梦境，已为人的视线所难以辨别。桧扇。想到这里，我战栗了。唯有她，才是中世纪才女辈出时期的王朝不休的花妖精！她是花娘子！她是充满烦恼的寂寞与华丽的花菩萨……

背后蜡烛燃烧的爆裂声使我震惊。烛火燃尽了。我的足边，黎明最初苍白的光线，烙印着似有若无的铁栅栏的阴影，水一般流泻而来。

柏林。某大学历史研究室。午后。留学中的朋友 A，用呵呵笑声回答我的提问。

"F.格夫希塔尔家族至今已经灭绝于百年之前。虽然是北欧名家无疑，但中世纪因一场战乱而发疯的第几代户主之后，

---

① 泛指描绘日本风土人情的绘画。镰仓后期，针对受宋元绘画影响的日本画，一般指平安时代以后的传统绘画。

一代代因丧失生活能力而狂乱的子孙们，逐渐继承了家督。最后的户主是独身，放弃光辉的家族盛名，独自度过漫长的人生。地球上已经不存在 F.格夫希塔尔家族的任何成员了……更何况，殿村君，你会轻易相信那把扇子的出处吗？我虽说不是什么鉴定家，但我知道这把桧扇是日本王朝时代之物。但又怎么样呢？桧扇也像是一场梦境……"

"今天请尽快为我准备好护照。我明天回日本。轮船当然要经过瑞士。"

A 所说的话，我似乎都没有听到。淡然地抛离了他的忠告。桧扇在都城，这已经是不容怀疑的事实。

（1943 年 12 月 18 日至 1944 年 1 月 5 日午后 5 时，
十八岁至十九岁）

也速该狩猎

　　某年秋日，也速该①架鹰策马，驰骋于斡难河畔。窥视河中游鱼的鱼鹰在空中飞翔，羽翼闪闪发光。对岸森林的叶丛辉映着太阳，看上去犹如涂满绿色的油漆。——打从这一年春天来到蒙古野外之后，也速该的嗓门变粗了，喉骨突出像箭镞。也速该强壮的手掌，已为弱者难于抵挡。也速该知道，自己应是一位为万象起名的人物。也速该前面，大海也应自觉为他让路。父亲巴尔罕斥骂他、打他耳光的时候，也速该怒火中烧，咬牙切齿，猛地握紧刀把子。父亲见此心中窃喜，兄弟之中最疼爱他。风自西方起，风自北方起，风自南方起，风自东方起。马儿发狂了，怯于幽灵。一旦受也速该驾驭，不管多么剽悍的马，尽皆等同于焦褐色的小羊。幽灵害怕也

① 元列祖孛儿只斤·也速该（1134—1170），蒙古族乞颜部军事首领，孛儿只斤·铁木真（成吉思汗）之父，出征后在一次与塔塔尔部落的战争中俘虏塔塔尔部的首领铁木真兀格，此时恰逢妻子诃额仑生产，便给出生的儿子起名曰铁木真。井上靖 1958 年创作历史小说《苍狼》，描写铁木真统一草原、称雄漠北，以及后来横扫欧亚，建立元帝国的戎马倥偬人生。三岛本文则以传奇性文字重点记述也速该抢亲的故事，早于《苍狼》十三年。

速该。蒙古的天空刮起七色飓风，风中栖居七色幽灵。一天深夜，也速该窥见自己的弓箭自动站立起，走出帐篷，奔向月光照耀的原野。也速该从床上折身而起，厉声喝道：

"巴尔罕的儿子也速该的弓箭要到哪儿去？"

弓箭"咔嗒"倒地，帐幕像大海一样飘摇不止。

还有一次，也速该看到山间盆地上空，幽灵们互相战斗。杂沓的马蹄声震撼山河。天亮以后他去盆地观望，发现昨日的绿草，悉数变成血红色或紫褐色。也速该不欲单为人间之王，也速该想成为那些既无自知又无主见的芸芸众生的王。统治权生来就在他手中。他只是看到这些。也速该还想要的是不需亲身参与的统治，亦即盖世无双的统治，是唯一的与神灵的创造相类比的权力。也速该的王国就在也速该的心中，亦即不久就连也速该本人也不复存在的也速该的心中。露宿野外，彷徨林莽。好猎之族，不知此路将尽。也速该弓马一生，老臣、父亲巴尔罕对年轻的也速该也惧他三分。终于，箭矢脱离弓弩，也速该统治一切。劈沙斩尘，飞镝如流，光耀长空。遥远的森林，传来渐渐消逝的鸣声。纵然箭矢射云容易，但又因云彩不会流血而不喜。天上碧血一滴，使蓝天白云罩上一层阴翳，射中的野鸭箭镞般向地面猝然坠落下来，群鹿在远方森林里吼叫。鹿的骸骨经不了一夜，就会遭到狼群无声的吞噬。晨光闪烁中，鹿的脆弱的骨骼，顺着森林中的河水流淌。骨头被流水磨尖了，似残月一样清白、透剔。猎人呵，莫要射杀野鸡，要射杀黄鹰！莫要射杀野鼠，要射杀野猪！倘若狮子鬣毛倒竖，如向日葵般龇牙咧嘴向你扑来，你就将它射杀！老虎披着黎明时分硫黄般的毛皮向你袭来，你就把它射杀！狩猎如何深刻地投身于对象呢？这是一个难以追及的距离，甚至比箭矢的速度更快。然而，这段距离却将对象置于无限靠近人的地方。而且，如此相近，成为一种永远的间距。犹如物体与物体之恋，狩猎永远没有完成。也速该爱看天空云彩的来往。那无缘的多情的云啊！云里没有对象。不，云彩将对象藏于自身内部。正因为如此，才会那般展开阔达的优美的轮回。云彩是天上猎人的上乘之物，那么地上狩猎的上乘之物是什么呢？不久，即便因发现而进入他的统治之下，也速该依旧不知道，那就是恋爱。

也速该虽然有知但尚未命名的东西有的是。鲜花、小鸟、胆小的羊羔、美丽的鸳鸯……所有的亲切优美、无依无靠的东西，为何能赢得人们的挚爱与恋慕？所有这些东西，也速该都故意不予命名。死去的母鹿睁大的黑眼眸，狩猎回来，好似雕镂的宝石一般，顷刻间闪耀于夕暮的天空。离群的两只小羊羔在桧树林里徘徊，内心不安地相互依偎而眠。也速该故意不给这些起名字。也速该的愤怒有时毫无缘由地如烈火燃烧。他看到森林草丛中，一公一母一对白猫，一边互相磨合、互相狂叫，一边做出不可思议的动作来。它们对着一无所知的也速该展示出来，向也速该请教他尚未解决的谜，这只能被他嘲笑。非礼即叛逆。也速该愤怒了，遂将那对白猫夫妇斩首。然而，不久，他战栗起来。那两只满身血污的白猫，抽搐着，喘息着，相互求救般地依偎在一起。一举一动，就在眼前。一副可怖的缓慢。

有一天，他又去山中狩猎，无意地误入鲜花灿烂的原野。花丛上无数只白蝴蝶，一双双一对对，轻轻地联翩飞翔。他疯狂地跳下马，挥剑向四方乱砍一气。不巧，互相交合的两只蝴蝶，停留在刀把子上，纹丝不动。蝴蝶静静停着羽翼，映照着刀身，看上去如鲜花般娇艳。也速该不由得欣赏起来。愤怒清醒之后，告诉人们最初的盲目。人能对自己心中的昼夜明确地加以分辨。奇怪的是，也速该感到勇气衰退了。懂得了是谁妨碍他的统治。他弄清了未知的敌人。他自己不曾介意的年龄，眼下开始介意起来了。年龄永远是桥，同时也是架设其上的谷涧。以往的他，无意识地从谷上飞跃而过，眼下的也速该，飞越之前看看谷底，然而却不是可能性的局限了。也速该进入可能性圆圈的中心，他第一次将可能性据为己有。过去的他，将此变成可能性的俘虏，他只能相信这一办法。也速该走入圆圈的中心，其实不就是正要走出圆吗？七种幽灵再度显现。忽然，巨大的云朵自草原的远方飞度而来，他不再叱咤，而只是凝视。他没有追击，而是迎接。云朵灿烂地打草原上空掠过。云彩很少降临他的头上，如今数条光线照亮了马背上的他。白马的毛皮光洁好似绢丝。也速该深知，他将衔命利用别的勇气，奔向第二种狩猎。他已经是进过一次圆圈的人。对于他来说，这回是开始走出圆圈，也就是说投身于对象应该成为可能了。如今，也速该的腕子

欺骗栎树，受他手指操作，弱弓似芦苇般折断了。他的肩膀
比马背还宽。父亲巴尔罕还有老臣们都害怕他。巴尔罕的儿
子也速该真乃霸者之器，他眼看就要抓住月亮的桅杆，将天
上的太阳车驾驭。年轻、美丽与暴力的也速该一应齐备。就
像夏天，令人想起枝头葱茏的绿叶，充满青春活力的树果。

　　接近斡难河流域的上游地方，是活缓的山崖；下游则是
一派草原，接连不断的灌木林和荒地。如今，也速该到达之
地，是逐渐高起的灌木林，遮挡了沿河一带的景观。灌木林
里隐栖着小动物和鸟类，野鸡、黄鼠狼、野鼠、小白蛇之类。
云彩轰轰隆隆打天上飞过。照亮对岸树林的阳光稀薄了。也
速该勒住马，有人从下游沿着河岸走来。马嘶。然而，马鸣
声立即随着也速该的头发向后飞去。察知主人心思的老鹰立
在主人肩上，凶悍的双眼盯望着灌木林远方的河原。一辆浅
黄马拉的红色车子，辘辘的轮音鸣响着静静走近了。淡黄马
不见有执辔的人。赶车人骑在马背上。红色的车是迎亲的轿
子车。那位御者看上去就是新郎官。也速该拴上马，同老鹰
一起躲在沿河附近的灌木林里。

　　车子停住了。那男子跳下马将马缰绳系在大石头上。他
撩开红车的布帷，伸手扶着车里人从车上下来。穿着新嫁衣
的女子远看起来，宛若白孔雀或白天鹅一样美丽无比。他二
人手牵手说说笑笑向河边走去。河岸的景色渐渐明朗起来。
然而，透过叶丛清晰可睹的，却是那位俯身低头饮水的女人
的侧影。河水里映现出她的面孔像月亮一般银白。女人站起

身子，瞧着云朵。云的流动的阴翳仿佛要把女人的身子猝然撵走。新娘子婀娜的身姿翩然玉立，经过河水润泽的樱唇闪耀着光辉，丰茂的黑发随风披拂。由于男人的遮挡，看不见她的面颜。新娘子鲜红的长筒靴和洁白的裙裳，映着阳光闪闪烁烁。也速该知道，那红色的长筒靴里，盛装着怎样的肌肤雪白的小腿，还有那羊奶般的白脚丫儿。

也速该翻转身子，鹰应着主人的命令飞上天空。他们两人惊讶地转过头来。也速该轻快地钻出灌木林，白马早已解开缰绳。也速该飞身上马，又加了一鞭子，头也不回，疾驰而去。骏马在草原上驰驱，直奔远方的露营团地。此时，也速该面前麇集着浓密的幽灵，马有些畏怯，只好低头奔驰。幽灵摸一摸也速该的耳朵，又摸一摸他的面颊。幽灵们向他传达了潮水般重叠而厚重的低语声。他看到幽灵们巨大的鼻子和手臂露出来又缩进去。幽灵从鼻孔里喷出多彩的虹霓，听到了青铜器相互击打的钝响。还听到了奇妙的歌声，那是吉兆。他们在祝寿。不久，幽灵留下野炊后的馨香云散而去。绕过缓缓的斜坡，再次登上远方的山丘，那里便是父亲巴尔罕的营地，眼前出现了众多的幕舍。

也速该喘着粗气到达兄弟们的幕舍，也不想下马，喊道：

"乃昆！哥哥！"

乃昆跑出幕舍。

"达里泰！"

弟弟达里泰跑出幕舍。

"什么事，也速该？要打仗吗？盗贼在哪儿？"

"把鹰接过去。"也速该在马背上心情急迫地说。

弟弟接过老鹰："哥哥，我去备马就来。"说罢跑出去了。

也速该这才开始脸上放出光辉。

"也速该，我也去吗？"乃昆问道。

也速该点头。

"好啊。"

乃昆跑回幕舍佩剑。

风越刮越猛。弟兄三人策马扬鞭离开幕舍。

从斡勒忽讷部族迎娶来美女诃额仑的蔑儿乞部族的契勒敦，将诃额仑扶上车，解开系在河边岩石的马缰绳。此时，他听到很远很远的地方，传来杂乱的马蹄声。站在岩石上眺望，三副坐骑明显正向这边奔来，方位是巴尔浑营团。契勒敦深知那个种族的气质，听说他们厌恶卑怯，不会先去抢夺妃子。他知道，不管自己跑到哪里，他们首先都会追上他把他杀掉。他们杀死契勒敦后，就会夺走妃子。不，契勒敦一旦被杀，妃子当然归他们所有。他从车外对女人说道：

"你在这里等着，契勒敦一定会回来的。"

他深知应该大胆地隐蔽去向。他给马喂过牧草，飞身上鞍，扬鞭疾驰，有意穿过与斡难河构成直角的灌木林。此时，契勒敦乘坐的淡黄色坐骑，暴露于无法隐身的荒地中央，只好一溜烟向前奔驰。前方有座光秃的低缓的山丘，登上长满茂密灌木丛的山顶，左侧下山的路径分为两条：一条通向苍郁的野兽出没的合撒尔森林；一条左右盘旋之后又回到原来的荒芜之地。三兄弟看到一骑人打前方横切而去，乘在马背上的是个男子。追！此刻，契勒敦早已登上山丘，他和兄弟三人之间有一段不小的距离。契勒敦来到山顶，假装向合撒尔森林，其实是像鸟儿一般飞向荒野之地。穿过灌木丛，那里有一条狭窄的地缝，向河畔敞开出口。契勒敦沿着这条地缝疾驰。地缝最后到达河滩附近，逐渐连接着沼泽。那是一座小型沼泽，水里栖息着有棘刺的鱼，还有大雁的巢穴。场面宽阔，通向河畔。契勒敦水花四溅地迅速穿越沼泽地。看到这里，新娘子满眼含泪，沿着河岸奔驰而来。契勒敦向诃额仑的红车子奔去。

"啊，契勒敦，赶快逃走吧，快!"

"诃额仑!"

"那三个人是来杀你的。三匹马跑过原野时，我站在石头上遥望，马的影子一匹更比一匹凶猛。虽然不断草，但口里吐白沫。那三个人是来杀你的。快些逃命吧，契勒敦！别管我。"

"别瞎说，诃额仑，那三个人到矮丘那边的森林里找我，或许到了晚上，天黑之后，他们找不到我，就会回去的。诃额仑，干吗老盯着我的脸瞧呢?"

"契勒敦，风出现奇怪的黄色，一个劲儿打旋儿。"

"不要说出凶兆！你要叫我完蛋吗？我是来接你的。咱们一起乘马回我们的家园。"

"不行，女人骑马，马脚就会变慢的。"

"诃额仑！"

"不，契勒敦，快逃跑吧。哪怕早一步呢。只要你活着，童女定能见到童男。就像斡难河里的鱼，自有见面的时机。只要你活着，还可以找到别的诃额仑，喜欢找多少就能找多少。快逃吧。不要管我啦。就在这里，嗅一嗅我身上的薰香吧。"

诃额仑脱掉短衣递过来，契勒敦在马上接过去。两人因悲痛而颤抖的双手相互碰撞在一起。诃额仑掩面失声痛哭，契勒敦早已不再踌躇。他穿过最初渡过的灌木林，直向刚才记在心里的地缝最窄的地方奔驰。正在这时，三兄弟的坐骑也排成一列沿着地缝向斡难河驰驱。也速该大喊：

"站住，有马从草原上跑过来，能听到马蹄声。"

三人勒马倾听。头顶上确实有击鼓似的轻轻的响声朝附近奔来。地缝的天空，一派静谧的湛蓝，犹如一枚遮在地缝上的琉璃盖子一抹平整。那声音迫近身旁时，鼓音震撼着大地，灌木与草丛为分割线的细长的天空，刹那间梦幻般地浮现出硕大的马的身影。地缝的底层，尚未变成云翳的浓荫，转瞬间印在地面又快速一掠而过。契勒敦的坐骑打头顶飞跃而去。

"啊！"也速该牙齿咬得咯咯作响，朝那跃过崖头的家伙追击！

"不，"哥哥乃昆将他制止住了，"你一人去斡难河监视那个女子，我们两个追击足够了。那女子也许会逃走的。"

"乃昆，那女子会逃走吗？"

"达里泰，你一人单独去斡难河边。"

"等等，乃昆，女人会逃走吗？"

"达里泰，你一个人去斡难河……"

"不，乃昆。"

也速该严加制止。此时，也速该的心情与斩杀狸猫时相似。已经没有什么解不开的谜团了，只有解开来的痛苦。较之嫉妒的痛苦，预想中的嫉妒更令人痛苦。也速该开始瞄准也速该本人了！天上行云般的也速该势不可当，然而地上的也速该却悲哀伤悼、苦痛非常。不过，也速该不会停留在一个地方。契勒敦的身影一跃而去，也速该心里张弓搭箭，立马静候。

"女人不会逃走的。三人一同追击吧！"乃昆突然想明白了。

"想干就干吧，也速该。"

也速该为之莞尔，权作回答。三人坐骑次第出了地缝。淡黄色一骑直奔盘桓于草原尽头的圆丘，人马瞬息而逝。兄弟们踏遍草原上的灌木林，接着直奔斡难河左边的森林。突然，一群野猪逃出灌木林来。一只狐狸，不时地从草丛中窥视着鸟兽的踪影。漠漠地平线，团团云彩相拥飞过，逐渐染上浩大无边的暗黄色。太阳明显地倾斜了。

却说斡难河畔的缓缓圆丘，重叠连绵，直至斡难河的源头不儿罕岳的高峰。就是说，那低矮的连绵的圆丘是山脚地带。稍稍高起的连山是中腹。竞相耸立的众多圆丘的堆积，塑造了一座山岳的悠悠姿容。不儿罕岳可以称得上是顶峰。这些圆丘相互抱合的谷涧与盆地，都有意想不到的绿地和流泉，其怀中也拥有优美的森林。然而，圆丘最外围的山脚，却连接着沙漠最后的边缘。熟悉道路的契勒敦，心里只想沿着有流泉的一道山谷向山间奔驰。他走上一道较为低矮的圆丘背后无人知晓的逼仄小径，绕过山端，来到斡难河对面的森林。森林中夜色已经逐渐降临，各种小鸟和夜间活动的野兽都在飞鸣、嚎叫。契勒敦舍弃爱马，喂它一个红辣椒，叫马狂奔而去，再也不要回头留恋自己的背影。马向远方跑去。契勒敦单身进入森林，又从对面钻出来。他听见森林于山野包围的狭窄的绿地里泉水的鸣响。契勒敦奔向绿地，喝了泉水，躺下身子。契勒敦躺在泉水旁边，仰望天空。天上倾斜的日影透明而又美丽。西向的森林和山坡灿烂辉煌，而东向的森林和山坡似服丧一般黯然无光。只有流泉闪现出静谧的明朗。池水的正中央好似溢满了碎百合。不久，飘浮于天空的云朵染上了不吉的葡萄色。契勒敦想到本来迎娶又忽而失掉的娇妻，随即掏出怀里的短衣，捂在脸上。头底枕着冰凉的绿苔，脑袋却抬得很高。树梢当风呼啸。契勒敦不由得陷入忧郁之中。

　　醒来之后，发现来时刚走过的森林的出口站着三个人，一直看着契勒敦。光线暗淡，看不清脸孔。只有头发的轮廓，如火焰般灼然燃烧。兄弟们发现契勒敦那匹淡黄色的坐骑，正在森林入口狂乱徘徊，看样子很想奔入林子里去。

契勒敦拔出佩剑。也速该没有拔剑，一个人三两步走到距离契勒敦五六尺远的地方站住了。他目不转睛地瞧着契勒敦手中的剑，就像渔夫凝视着河里的游鱼。此时，只能听见潺潺泉声。忽然，契勒敦的利剑如鸟翼在空中欻然闪过。不知何时，也速该拔出剑来，及时挡住了契勒敦的剑。契勒敦容易受到夕阳光线正面的照射，契勒敦打算顺着池畔躲避开来。契勒敦知道也速该很年轻，知道他脸上尚未长出坚硬的胡须。契勒敦渐渐感受到眼前的青年就是有名的也速该，立即显得骄矜起来。他假装躲避霞光走向池畔，打算把那青年最后逼入池中。翻腾的泉流明净，洁白。也速该回应着契勒敦。两人围绕池子的各个角落战斗。也速该继续向契勒敦进逼。两人绕过半个水池。此刻，夕阳从正面照射着也速该的脸孔，双目炯炯，闪射着迷人的光芒。他面颊通红，也速该的脚跟不知不觉接近水边，契勒敦不失时机地举剑猛刺，尽力伸展臂膀。契勒敦刺去一剑。也速该趁势躲开，同时挥剑以对。池水扬起白沫，水声哗然。契勒敦被砍去头颅的尸首，一时稳住，接着摇摇晃晃地站在原地，仿佛留恋着落入池水的头颅，随后向水池倒去。颠倒的尸体从腰部以上，眼看着沉入水中了。两脚凭空踢蹬了一下，随即静谧了。池水猛地腾起黑红的阴翳。

哥哥和弟弟一起跑来拥抱也速该。也速该面颊通红，奔向马边。

"不要着急，那女子不会消失。"乃昆冷笑道。

他挽住也速该，叫他将剑上的血和溅在衣服上的血仔细地漂洗干净。达里泰发话了：

"也速该哥哥，你杀死的不是那个男子，被你放走的那个人早已渡过了斡难河。"

也速该正要说什么，乃昆接下去：

"别说了，你呀，你不知道，女人和男人想法不一样。"

接着，三人并排直奔斡难河原。那河原总是弯弯曲曲，薄暮中，河面泛白，湿漉漉的砂碛黑黝黝的。风，息了，云朵燃烧晚了。远远望见那轮红车子犹如一朵罂粟花。

女人像迎接自己丈夫似的，泰然自若地迎接着三兄弟。女人要看三个人的剑，发现剑悉数清洁，女人莞尔。然后，她便许身给臂膀坚如树木的也速该。也速该将新娘子打扮的诃额仑抱上车子，放下帷帘。乃昆跨上自己的马，牵着达里泰的马先行出发了。也速该将自己的坐骑拴在车辕上，牵着缰绳。达里泰赶着车子。车子离开斡难河，走向只有诃额仑觉得陌生的山脚。一旦走进暮色苍茫的草原，女子便问道：

"那是什么声音？"

"那是马踏夜间青草的声音。你的车子被我的白马以及无数灵马拉着前进。那是刚才，车子经过原野时的响声。"也速该若无其事地用微弱的声音说道。

女子沉默不语。过了一会儿，车子上传来女人激烈的哭声。

啊，我的丈夫契勒敦，

我的丈夫啊！

一头迎风的头发像鬣毛，

多么高贵，我的丈夫契勒敦。

荒野之畔，饥饿的身子，

狼一般，润泽的母鹿一般，

从未躺倒的贵人！

如今，你是多么漂亮，我的丈夫。

两条辫子，一条在背后，

一条在胸前，有时在前边，

有时在后边。

有时飘打胸前，

像尘埃里的白色荆棘憔悴，

我那可贵的人儿契勒敦，我的丈夫！

啊，消失的人儿啊，

我可怜的丈夫！

她一边歌唱，一边哭泣。她的歌声激起斡难河水千层浪花，使得河床上的森林发出阵阵轰鸣。为此，原野各处的野兔，竖起了雪白的耳朵，使得赶车人达里泰也感动地唱起了下面的歌：

越过几道山岭，你所拥抱的人儿，

渡过几条河水，为了你的小鸟般的芳心，

啊，诃额仑！

也速该的新娘子啊，你这般哭泣，

这般伤心的人儿啊！

你现在尽情地大喊吧，

很快就要躺在也速该新房香枕上的美人啊，

那个人早已把你忘在脑后。

即便你寻他而去，啊，诃额仑，美丽的王妃啊，

你不知道他在哪里。

不如沉默，沉浸于悲戚的晚霞。

为了又一天的黎明，

沉默，为了也速该王子。

　　手里牵着缰绳的也速该听到歌声。他的一颗心正在为了奇妙的悲哀而战栗。抢劫的荣光就在此种悲戚之前，如露水般瞬息即逝。难道我已经厌倦于我针对自身的第二次抢劫了吗？不，不是。也速该明白，除了统治之外，还需要王子的礼让。此次狩猎，各种令他眼花缭乱的猎物，犹如失去的东西本身闪闪放光，眼看就要信步于他们王朝的天空。也速该的箭矢，也速该的弓弩，都不会感到畏惧。他永远是一名猎

人。他永远要做桥梁。也速该第三次狩猎即将开始。那深不可测的悲戚啊！也速该于此，对于箭矢，对于弓弩，他都作为已经逝去的对象，不再触及。他将于自我存在以外光辉屹立。

当天空布满光亮闪烁的星辰的时候，也速该的新娘子乘坐的红车子抵达幕舍。就这样，也速该获得了斡勒忽讷部族无与伦比的丽人诃额仑。

（1945年4月8日，二十岁）

耀子

极为迅速而健康的死,潮水般涌进这座都市。死是他人的事,持有这种想法的人很多;对于可怖的死,抱有亲近之感的人也不在少数。他们酩酊大醉。此种醉意对于死生也要摆出架势。车船中乘客们的目光,犹如围栏中的兔子,相互忍不住很想对话。朝夕受目光包围,人人都感到疲惫憔悴。没有疲倦之感的人,没办法只好任其肥胖。

都市每一夜都在扩大废墟。

江木将活跃期的肺结核病当作一枚头衔,他在前年秋季学生征兵和去年毕业后征兵期间,由于军方对此种花销颇大的疾病敬而远之,其后,他便在父亲保有股东的 N 国策公司,一半上班,一半闲荡。

只因自己没有气力,江木好多方面都需有人帮助。他将类似豪杰的自恃,深深藏入心底。正因为他太熟知豪杰人物的所想所思,所以他认为,自己为何不能成为豪杰?不过,人们早就风传他很懒惰。

两天旷工之后，他来上班。坐在斜对面桌边略显肥胖颇为健康的女子，同他搭话，寒暄。她的笑很讨人喜欢。她似乎有些滥用清纯趣味这一手腕儿了，这使他有些畏葸。将资料转送给她的少年职员，对她毕恭毕敬。每当接受一份资料，她总是脸蛋儿涨得通红。

"她，究竟……"江木问道。

"冈耀子。"同事回答，"前日你没来那天，她才进公司。听说是冈专务的侄女儿。"

此后，他接着江木的话题："她那副谨慎的打扮和始终一贯的暗送秋波的眼神，怎么说呢，很像个孩子和老顽童的表情呢。"

"嗯……"因受到昨晚空袭没有睡着觉的疲劳的刺激，江木故意打起精神硬是来上班，困倦地回答说，"挺可厌的女孩子。在这空袭最热闹的时分，什么喜欢和被喜欢，东拉西扯，实在令人不胜其烦呢。"

此种老于世故的谈吐，实在是江木未成熟的表现。因为担心自己宝贵的无气力被毁坏，他对她有所顾忌，警惕自己莫要强行堕入色恋。即便不如此，江木对于办公室内的人际关系，实在感到畏惧。那种环境，同僚的坏话、领导者的坏话、生活的愚痴、战争的展望，以及新闻知识的温习……和平时代办公室内的安定与朴实所形成的人际关系，每晚在某处总会有些人和物变成灰土的时候，反而愈见高涨，弥漫着大蒜①的气息。有时会使人食欲大增，甚至唤起吃人的欲望。

当日归途，江木在薄暮的车站等电车时，发现自己眼前耀子的身影。

她有意收缩着后背，故意装出没有注意到江木的样子，眼睛看着前方。

为了逃避征兵而到公司上班的小姐们，提前两小时都回家了，眼下耀子一直在干什么呢？

电车来了，拥上一个入口的人群，偶然使得他们俩碰面了。耀子透过乘客们的面孔缝隙，从远距离朝江木微笑着，想同他搭讪。对于耀子来说，对着今日刚见到的男子微笑，同对自己兄弟的微笑，不知道如何加以区别对待。

乘客们都在传说，今晚上东京不在瞄准范围内，所谓大型编队机群纯属误报。大家不分你我，似乎毫无顾忌地相互大声交谈着。被搭讪上的人，同样也用一样的大嗓门回答。乘客们的衣服，泛着泥土的气息。

换乘郊区电车时，耀子追上了江木的脚步。江木无缘无故地担心起来：她会不会跟到家里来呢？车子跑了一阵子，不一会儿，车轮的轰响含着耳鸣般执拗的低音。哎呀，消息

---

① "大蒜"的日语发音为 ninniku，与汉字"人肉"发音相似，此处似有双关之意。

灵通的人在说话呢。阴郁的暗夜，也会有人隔窗倾听。那声音次第脱离车轮的轰鸣，不折不扣伴随着那种低语。

不一会儿，警报变成追击电车令人不快的断续音响。电车仍像着魔似的一个劲儿疾驰。

耀子不时仰望着江木，面颊闪现着摇摆不定的微笑。

> 这个女人的眉毛过于浓密，
>
> 这个女人的眼眸过于灵动，
>
> 这个女人的鼻官品相上乘，
>
> 这个女人的红唇过于光亮，
>
> 这个女人的耳朵过于柔情。
>
> 咬咬她的耳轮，会有一丝甘甜。

江木有些无聊，他在肚子里有控制地暗暗哼起这首歌来。

走了两站，电车灭灯停开了。来到不大会成为轰炸目标的郊外，停车不开，并劝说大家躲避。乘客对此种做法感到愤怒，大家为了看空袭，一起来到车站近旁的广场。

拖曳着沉重铁锁的轰鸣声，震动着阴霾的天空。

"我徒步走了，到下一站就好了。对不起。"

"哎……"江木不置可否地应和着。

送行，看起来定要威胁无力气的安宁，但又可以使得他的无力气获取锻炼。

"我送送你。"

"啊呀，是吗?"耀子没有硬要劝止。

两人沿着郊外曲折黑暗的道路，深一脚浅一脚地走着，犹如踏入梦幻之中。天空的远方不时闪过红光或绿光，广漠的云丛被彻底照亮。其间，仅有的晴空看起来犹如黎明时分的天空。

郊外电车的一座车站近在咫尺。

他俩来到高耸的黑漆大门旁边。耀子摸索着打开一边的小便门。"请吧。"她说。那扇大门的响声听起来多么暗淡。

江木很想休息一下，直到警报解除再进入门内。

大门内玄关一带，可以窥见一丝透过暗幕照进来的光线。耀子揭开暗幕。

"噢，小姐。"里边传来女人压低嗓门的声音。

耀子招呼站立在外头花盆旁边的江木。

玄关内部由于太暗，看不清人的起居行动。

"进来吧，请坐。"江木被指定坐在坐垫上。

眼睛习惯过来了，看见一位坐在门边板台①上的中年妇女。她戴着防空头巾，仰面躺在那里，背后有老女和女佣支持着。她在打呼噜，明显看到鼻翼一翕一动的影像。整个脸孔，直到嘴角，涂满了白粉。

耀子又到外面看看天空的样子。老女只是给江木递过来坐垫，什么话也没有说。

——————————

① 原文作"式台"，玄关内铺设木板的部分。

突然响起广播的声音，报告不久就会解除警报。江木感到扫兴，急着要回去，但却被进来的耀子不加考虑的大嗓门打断了："这回可以了吧？"

老女用肩膀摇晃一下睡着的女人，耀子凑近她的耳畔说道："妈妈，我是耀子。已经可以啦，请回房里休息去吧。"

女人微微摇摇头，张着嘴睡着了。

耀子为她脱掉鞋子，吩咐老女："茂婆，将那只手抬高些……"

老女、女佣和耀子，三个女人一同抬着那个女子。接着，耀子的眼角对着江木露出一丝微笑，使得江木猝然泛起不知是欲望还是恐怖的情绪。

耀子和那位仿佛变了一个人的多嘴多舌的老女一起回来，硬是劝他进屋去。他已经不再犹豫。在好奇心或别的名目的替代下，自己的未成熟或许恰好给了他掩人耳目的借口。

宽大的屋子十分闲静。走廊如废坑般纵横交错。

"遮光的房间太少了。"前头引路的老女为他打开顶头的隔扇，出现一间六铺席的房子。

"这里是我的客厅。"耀子说着，从后面赶过来走进屋子，坐下来郑重地行礼。

"谢谢您把我一直送回家。"

江木坐在光亮的地方，似乎感到刚才的感情没指望，因而甚感无聊。耀子默默无语，不停摆弄着桌布的穗子。附近轰鸣的警报声几乎震破鼓膜。

"啊呀，我硬是留您，怕会遭到夫人的骂吧？"

耀子突然大声说道，她的粗门大嗓令江木不敢相信自己的耳朵。耀子的面颊不再发红，同在办公室里相比，简直是两个人。

"别开玩笑啦，我去年刚从学校毕业。"

"真的？父母都在这边吗？"

"不，疏散到信州①去了。家里只有我和一位亲戚。"

"那么说，今晚就可以住在这里了。"

江木睁大眼睛，谈起其他事情。

"刚才，哦，那是我母亲。"

"她病了？"江木问道，似乎还未完全清醒过来。

"嗯，她脑子有点儿问题……"

"是吗？"

"医院近来反而危险，所以上个月转回这里来了。啊，你不会感到恶心吗？"

"不……"

"可我没认识到我是这般境遇的女人。我显得非常开朗，对吗？公司的人都说些什么来着？"

"啊，我今天才开始上班……"

江木思忖着，自己同耀子初次见面的那一天早被她忘

———————

① 长野县一带地方的古称。

掉了。

　　"我要的是男人和米饭。羞耻？不，作为女人，如何才能吃上饭呢？只要凭着这副眼光看她们，你就会明白。"

　　耀子几乎不做饭，她风风火火说个没完。

　　"干吗不去当兵呢？躲兵役有啥秘诀吗？"

　　"身体不好。"

　　"看样子，你挺健壮的呀，非常健壮。身子多重？"

　　接着她又说："哥哥去年战死了，他是海军大尉。我喜欢海军士官，他们一天到晚看着大海，眼睛都很明亮。您为何不加入海军呢？"

　　她接着说："无论如何，我要活过这场战争。"

　　"战争眼看就要结束了，不过那时候，我和你都得进入那个世界。"

　　"男人是这样。不过女人可以死两次，只要想活就能活。"

　　"死两次？"

　　"第二次才是真正的死。第一次我不好说。您真讨厌，明明知道，还来问我。"

　　"不要听好话。"

　　"知道吗，傻女人不知道二次死，或许比男人更早死。敌人要是登陆，我就光着屁股跑出去。"她接着说，"东京的男青年越来越少啦，电车里看不到三十岁以下的人。只有中年人，穿着一身脏兮兮的国民服①坐在车上，真叫人受不了。"

耀子说着，眼睛里仿佛看到各种幻影，时而晦暗如云翳，时而辉煌似夕日。倘若认为耀子内心有羞耻感，那么她的言语的淫荡就是存留着的一个证据。说话断断续续，随处充满着腥臭的沉默。江木每当听到从她嘴里泄露出来的关于男人的故事，内心深处就产生呕吐的感觉。仿佛是在讲述自己的近亲相奸，令人无地自容。江木清楚地看到，他凭借日夜无力感巧妙躲过去的那种沉滞、薄暗、邪恶的空气，以及都市各个角落无孔不入的危及居民牙龈的气味儿，使得这些恶浊气体得以转移的瘴疠之气，布满了耀子头顶的空间，像凤凰展开了毒辣辣绚烂的羽翼，从那耻部零落出黑雾般鲜红的血滴。

江木仅仅凭借自己的无力面对一切。当然，也有耀子那样有效的方法，那只能借助生理上可厌的膂力。

他朦胧地感到疲劳的快慰以及头脑在远方的疼痛。

耀子似乎到下一间房子去了。他看看表，已经八点过了。他打算等耀子回来，就向她告辞。可是下一间房子一直没有动静。时光运走甜蜜的疲惫，一刹那过了二三十分钟。江木想找茂婆，他起身来到走廊。

"到哪儿去呀?"

———————————

① 二战中日本男人穿的类似军装的衣服。

102

不料下一间黝黑的屋子传来了耀子的声音。

"你在那里啊,我想回家啦。"

"时间还早呢。我有些不舒服,对不起。或许是天热的缘故。进来看看吧,外面柱子上有开关。"

拉开灯光明亮的障子,江木犯起了犹豫。

成排的华美的夜具。耀子躺下了,半张面孔埋在棉睡衣里。

"江木君,帮我一把,拜托了……"

强忍痛楚的声音,听起来显得很暧昧。江木没办法,只得坐到她的床边来。

"叫人送药来吧,我必须回去啦。"

"您说什么?"

耀子从睡衣里转过身子,趁势将浑圆的赤裸的肩头挣脱出睡衣,在灯光里闪耀着光辉。

江木突然联想到她母亲干裂的薄薄的嘴唇,还有那涂满白粉的脸孔。

"哎呀,讨厌,真是令我惊讶。我从刚才起就这么一直候着呢。"

她摆脱睡衣,身子一丝不挂。

恐怖和情欲越来越在江木心中搅和在一起。

刚才每每用此种方法抵抗着这种黑暗的压抑,眼下这种发现将他和耀子拴在一起。不过,耀子的膂力将他打败,摧毁了他的无气力,君临他之上,追得他无路可逃。而且,他只能口头上说着："别开玩笑啦。"接着就像老人在嘴里叨叨咕咕，"干这种傻事，将来会后悔的呀。"

听到这句话，耀子重新坐直了身子，红潮开始涌上脖颈，满脸羞涩，赶紧将睡衣拉到膝头。

"您是否搞错了什么，您是对女人说话吗？"

不知何时她已经将手搭在江木的上衣上了。

"快脱掉。哎，您不知道我这样很冷吗？"

"我是个寂寞的女子，您知道吗？这是初次。"耀子醉汉似的舌头都转不动了，她执拗地重复着。

"啊！"她望望电灯，哑着嗓子大叫起来。围绕眸子的眼白异样地湿润了，不住地流下泪来。"羞愧，耀子不好。羞愧。我说了，不要看我的脸……赶快熄掉，快！"

黑暗中，她咯咯地笑着，依旧滔滔不绝。

"今天同您见面时便有预感，等望见了您的眼睛，周围已经觉得夜幕降临……"

如此这般，夜越来越深。江木或许耳朵的原因，再度听到警报声。可是这回却仿佛是从远景次第升起的巨大阴影。

"一架啊……"

耀子稍稍离开他的嘴唇，只吐出了这个词儿。江木的嘴唇因为她那令人难以承受的热吻，变得像沙漠一般干涸、荒芜。只有耀子的樱唇永远都是莹润的，在江木的嘴唇上像蛆虫似的爬个遍。江木感到热风吹遍他的嘴巴，宛若沙漠之旅，饥渴难耐，口干舌枯。他的太阳穴周围紧贴着耀子的太阳穴，感受着激烈的脉动。他的头脑疼得就要炸开，简直就像难以承受的炫目的阳光直接照射。

井底似的黝黑的天宇，袭来一道懒洋洋的轰鸣。

就是警报中的那一架。

这种单调而沉闷的钝响，给人永远停滞于头顶的错觉。江木悄悄转过脸，侧耳倾听。由于微微蠕动着身子，脊背充满盗汗，既湿且冷。他想，这就像临死的人走不出某种感情，于一时平静中听到的响声。衰弱不堪的五官听到远方幽怨的音响，方觉察自己依然活着。江木从夜空的轰响中，触及近似怠惰的确证。

他极为切身地感受到夜间高空某种空寂的生命的跃动。处于被动心态作用下的此种情况下，开始痛切地感受到清冽、辽阔的夜空，以及正在移动着的一条生命的轨迹。

江木的身子一动不动。

耀子的腕子再度死死缠绕着他的脖颈。接着，她又说："哥哥是个漂亮的人儿，美男子。不过，兄妹之间，总觉得别扭。我还是喜欢您……"

第二天早晨，耀子没有上班。

江木路过家里，稍稍迟到了。令他奇怪的是脑袋特别清醒，身子像冲洗后一样轻松。

郊区电车连接省线①的这座车站，聚集着大批逃难的群众，仿佛节日里跳舞跳得疲倦不堪的人们，相互簇拥着回家一般。

等车期间，一个黑红脸膛的男子，故意大声地讲述着冲绳获得全胜、敌人无条件投降②的话题。

是什么使得人们如此狂乱呢？江木扪心自问。人们各各尚未意识到这一点。然而，正需要一种意志的力量，将此种狂乱彻底摧毁，才有可能获得复仇。战争这玩意儿，是一种极不正经的事儿。今天早晨，江木似乎想到了这一点。

（1946 年 6 月 27 日，二十一岁）

---

① 交通省管辖的国营铁道。
② 自 1945 年 4 月始，美军登陆冲绳之后长达三个月期间，岛民因受欺骗而同美军对抗，在强制之下集体自杀以及受日军虐待而死者多达十万之众。

恋爱与别离

这是十九岁初夏时候的事。对于那个季节，我可以用朋友耍弄我的一句问话加以归纳：

"哎，水野，你接过吻没有？"

吴君那天晚上来我家闲聊，冷不丁冒出这样一句问话。为了避免尴尬，我们只好谈些平素不太提及的学校里一些无聊的事。我之所以结交吴君这类话不投机半句多的人为友，多半是因为"同道学家交往而带来的一种肉感快乐"的缘故。如此一来，尽管事先设想到会有此种唐突的提问，我依旧不能正面凝视吴的眼睛。

他那一副认死理的眼神中，依旧储满着"你乘坐过轮船吗"之类小孩子般的提问。这是属于一石二鸟的问题。由此一来，不仅将"我是乘坐过轮船的"此种明显的骄傲的优越感放得和缓些，还要故意让对方说出"我还没乘坐过"之类的话，以便进一步扩大效果。

"不……没有……"

我老实回答。

我之所以老实回答，是想让他充分知道我满心的"大人"情趣。忍不住大笑也好，一时不回答让他困惑也好，要想折腾他一下，会有好多手法。

不过，我之所以老实回答，是因为我体会到，这是在此种难堪的场合中唯一自救的道路。我想叫他知道这一点。

然而，在吴这个粗杂的年轻人面前，任何事都是徒劳。他重新坐正身子，接着用打网球练得很粗壮的指头，将香烟杵在烟灰缸里，像捏死一条活虫一般揉碎了。

"这话只能在这里说（这是他的口头禅）。我接过，两次。"

"……"

"也没什么，比想象的差得多。"

"是吗？"

我对自己笨拙的回答感到欣喜。

过了一阵，他又问：

"水野，我问你，你想跟女人说话吗？"

"非常想。"

他听到我沙哑的回答，毫无掩饰地露出一脸同情。

"下回，你不是要到我们家来玩吗？姐姐那里总是有很多朋友，你不妨跟她们聊聊看。"

一天晚上，吴家的客厅里，他和我正在言不对路地瞎聊时，觉得背后似乎有人进来，我便挺直了腰杆。于是，那轻轻的足音钻向桌子底下去了。"鲁鲁。"吴唤着它的名字，随即将一只满身涂满肥皂泡似的发狂的小狗抱上膝头，凭着一副人高马大的身子，少女般地同小狗对起话来了。

我想回家了。

眼前百宝架的玻璃上突然浮现白色的影子。"阿兴不认识鲁鲁。"似乎是习惯于灼热阳光的南国的嗓音在背后响起。吴默默将小狗架在肩膀上。

"你在这儿呢?"

一股香水的气味儿直冲我身边袭来。

"啊呀，欢迎。"

来人睁着大眼睛跟我打招呼，拿我像个孩子。这种场合，一个上了年岁的女人瞪起眼睛的神情，我在小时候多次碰到，如今，我已经是成年人，今天竟然又在这里遇到了。

出于憎恶，我敢于直接望着对方的脸。可是，我浑身泄气了。我生来从未见过这样的美人。华丽的长脸蕴含着一丝忧愁。吴的家乡听说是纪州①，她那稍显厚重的樱唇，濡湿的口角儿周围，并非没有果实般严冷的淫荡的阴影。洁白的璎珞缀满丰腴的胸间，身子略略显露着慵倦。

她从我眼前犹如遇见妖怪一般转过脸去。醒后初闻的吴的可憎的声音传入我的耳朵。

"他是水野……"

吴粗声粗气地做介绍。

—————————

① 纪伊国别称，大约包括现在和歌山县全部和三重县部分地区。

"谢谢您时常关照我弟弟。"

这是家长会上家长的口气。

"我去叫佐伯君来。"

她从弟弟手中接过小狗，一边说一边快步跑出房间。

"佐伯君?"

我带着深深的疑惑问道。

他是五年前本校网球队的老将，他还没去参军吗? 为啥会待在这里? 我急切地想知道。对他的一切情况都想知道，包括他住在何处，几点起床。

"佐伯君就像我们家的孩子。"

"哦?"

这时，佐伯和她一起进来了。

"洗澡水好吗?"吴和老学长彼此对等地嘻嘻哈哈地交谈着。

"嗯，洗澡水很好。"

我用一副严肃的目光仰望着佐伯。我的眼睛明显地对他的入浴予以谴责。住在别人家里，不应该保有着连洗澡都毫无忌讳的亲密关系。

"啊，这不是水野吗? 好久不见了。"

听到他那充满朝气的青春的腰肢落座于椅子上的声音，我仿佛受辱似的脸色惨白了。

佐伯当着我们的面，确乎像个老练的成年人，一切都应对自如。他的脸上仿佛写着这样的字句: 比起你们，老子我接受过数十倍的接吻。接吻根本算不上什么，比这更坏的事也干过两三次。他的表情，似乎只到这里为止。可悲的是，我们甚至还不够充分年轻，佐伯的一席话，使得吴越发像个小孩子了。

我一时忘掉了那位美人。忘却的安心使得我的心胸变得平和了。

她架着腿，将小狗抱在膝头，一边抚摸一边看着佐伯。过于纤巧的素指揉搓着繁乱的狗毛中的狗耳朵，在我看来真是一副颇为过分的奇怪的行为。

洋酒送来了。

她为何光裸着腕子？啊，因为现在是夏天吗？我多次想改换一下尚未做完的梦境，我沉醉了。她和佐伯似乎站在看不见的屏风的对面，吴和我又重新返回无聊的会话。吴用那通红的无感觉的舌头舔了舔玻璃杯口一圈儿，我看了觉得恶心，再加上他的眼睛老是转向佐伯。而且，佐伯一笑，他就模仿他笑，口角边露出孩子般撒娇的微笑。佐伯显露出一脸认真的可信赖的表情，他又无意识地学着他。

至于她和佐伯两个，时时有意无意地互相喝错了杯子。喝完后似乎故意将杯子紧挨着对方的杯子放。不知何时，她的膝头已经没有了小狗，代之而来的是揉搓着的一块手帕。刚才看成狗耳朵的莫非是眼睛搞错了？而且，她那带有光闪闪快速的谈吐，只是打我身边瞬间掠过，不论等待何时，她都不肯对我瞧上一眼。我不是为了"同女人对话"才来这里的吗？

"是呀是呀，"她用手帕掩住口笑了，使得笑声更加纷乱起来，"夏子小姐挺怪的啊，因为听您说了那些事，她跑来我的房间哇哇大哭起来，说要回东京。"

接着又说：

"是呀，当时杉村脸色出现惨白的表情，他仍然喜欢友子小姐。"

这年夏天的前半，他们是在山中湖度过的。他们聊起那时的事。有时，神气活现地乱插嘴的吴，大家只是对他报以淡然一笑，他却显得很满足。看到这些，我对吴在山中湖的地位有了大体的了解。

十点钟过了。

夜间的骤雨，仿佛超越作为先兆的风，突然开始在窗外响起。穿过喧骚的树林间隙袭来的风，狂乱地吹拂着绣花窗帷。

她站起身去关窗户，动作袅娜地绕过家具之间。这时，佐伯及早跑到一扇窗户旁边。吴或许打算去关走廊的窗户，他慌忙向廊下走去。

只有我一个人坐着没动。我遭到不愉快的冷落。她所关闭的窗户就在我身边。她向夜雨伸展玉臂，我盯着那洁白柔滑的素腕，脑里泛起联翩思绪。

"女人皓腕纤纤。"我真的醉了吗？

那扇窗户总是关不好，水沫映着室内的灯光，晶莹闪耀地溅到她的前胸上来。裙裳飘扬。我不情愿硬要站起来，只能按照预期的进程办事，如此的失望莫名其妙地变得残酷起来……正如预料的一样，佐伯关好窗户后又走近她的窗前，然后轻轻推开她，关好了窗户。窗户关好之后，骤雨的暴音，清一色变成沉闷的轰鸣向头上压过来。

发生意想不到的事还在后头。我的身影他俩肯定是看不到的。两人回到原来的座位前边，就那么站着，迟疑着。佐伯的手忽然碰了一下她的腕子。

"淋湿了。"

他似乎说了这么一句，掏出手帕，轻轻地按在她的臂弯上，照着那濡湿后越发显得素白的纤腕，稍稍残酷地擦了一下。

"那只手。"

这回他笑着明确地说，她同样微笑着，天真地伸给他另一只腕子。

对于他来说，简直不敢相信眼前会有这样的事。

"已经行啦……"她的生硬的话语，使他很感惊讶。女人的目光直接转向了我，仿佛直到现在才发现我在这里。

"水野君，再多喝点儿。"

她说着，拿起酒瓶。

"哦……现在，我够了。"

她微微蹙起眉头，这时，吴从走廊上进来了。

"水野君学得老成多啦。"她对着弟弟半开玩笑地说。我听了很生气，涨红了脸。刹那间，我庆幸自己作为一个生气的男人出现在她的面前。我对等似的朝她生气，犹如一次脱胎换骨般的成长的喜悦，不是吗？

"水野君平时很爱说话，今日却十分老成。"

此时，我对吴的粗杂的青春，忽而抱有好感了。

眼下，我只想同她接吻。少年时代，接吻或触碰的行为，只是一个抽象的难题，与那时相比，如今我所想象的空间开阔多了。不过，我依然不会停止作为抽象的问题看待之。稍稍的具体性，例如"唇"这道作业，只能转换为"她的唇"，我感到我已经获得了大部分成功。同时，又尝到其具体性迅即被吸入抽象的问题中的滋味儿。好比狗捡到一根骨头，喜出望外衔回狗窝，独自慢慢享用。由捡到一根骨头还要到处寻觅，务必得到一块肥肉，那是大人的逻辑。不久就会变成大人的快乐。

决意想接吻的男人，竟然没有勇气写上一封情书，还有比这更滑稽的矛盾吗？事实上，我现在的年龄，读一部小说，比起一个浪荡公子用尽各种手段将女人弄到手这样的情节，还是那种耐不住梦中冲动的来袭，紧挽着陌生男子脖颈的女人更叫人着迷。

小说的主人公，务必有一次偶遇女子并与之结为临时夫妻的情节。但实际的人生，男人所遇到的女子很少如此。年轻女子自矜于清纯芳洁，并不在意对方男子多么白净无瑕。

这是当然的，又是矛盾的。

这是没法子的。我每每有事无事都要跟吴家打电话。因为只要没有女佣代理，她就会直接来接。我想尽量多倾听一会儿她那透过彩绘玻璃的光线般的嗓音。要是提起吴，本来明白无误的事情，我也要絮絮叨叨向这位姐姐问这问那。她的回答，时时伴随着绿叶丛中红果般的笑声。倘若吴来接听，"什么事？"他这么一问，我肯定立即变成个结巴。只有听到她的娇音，剩下的一天才会变成节日，才能明确地识别出我的幸福与不幸。

放学回家，路过吴家附近的书店，耐心地消磨着时光。要是碰到偶然机会，她会从书店前经过，我便假装着走出书店。然而，我又不好时时盯着门外不放，也得不时转身做出寻找书籍的样子。唯有这时，迷信般的心跳猛然高涨，两手发抖，又担心怕店员发现了。但是，同她偶遇又能如何呢？我什么也不会说，只能一个劲儿点头哈腰罢了。

我的心开始被一种邪念控制。奇怪的是，我再也不敢去他家里了。我对这种赤裸裸的访问感到很害羞。按响门铃，然后对前来迎接的人说："我是水野。"其实，这和"我是想同小姐接吻才来登门的"这一说法，没有任何不同。

其间，她出现于我黎明前的梦境。我于梦中做出各种丑行。而且更为滑稽的是，我一边丑态百出，一边确信，即使我这么干，也不会被她发现。纵令她回头观看，那张漂亮的面孔还会照样对我展现。醒来，我感觉从眼角到额际都满布着冰冷的干涸的泪痕。

某天夜晚，我独自一人坐在书斋里，心情突然狂乱起来，对着手镜中自己的嘴唇吻了吻。镜子抵在嘴唇，冷冰冰的，使我觉得可畏。我凝视着镜面上渐渐退隐的唇型的水雾，切实地感觉到我被可怖的罪愆彻底打倒了。

或许因为此种心绪暂时不得拂去的缘故，借着吴的邀请可以最后一次慢慢瞧看她的机会，也被我毫不客气地谢绝了。那是吴对同班同学应征入伍祝贺宴会的一次回请。

同她见面那天起又过了一个多月，报纸上发表了征收学生兵的消息。初中升学考试落榜刚好适龄的吴，十二月前必须入伍。因为他将在乡下应征，他说他要提前半月回老家纪州。为了避开车站上吵吵嚷嚷送行的人群，对于自己出发的日子自不必说，就连提前回乡的日期也只透露给了两三个同学。

我掐指等待着吴出发的一天，那时正逢菊花盛开的季节。前一天我就去理了发，烫平了制服，擦亮了皮鞋。

第二天早晨，对着洁净的镜面，我发现一两个月期间，面颊消瘦了，颧骨下有了阴影。我很想嘲讽一下这张面孔，更想嘲讽一下未能同时发现这张脸孔的人。这就是我真实的心情。

坐在开往东京站的省线电车车厢内，想起自己根本谈不上什么恋爱与别离。什么恋爱，不就是一面之识的女子吗？因此，也谈不上什么别离。不过，从另一方面看，我于仔细品尝过的喜悦和痛苦中，暗暗有了自恃的依据，不论是模仿与观念，或者悲哀与喜悦，确实一度属于我自己。那么说，我也具有与之别离的权利。

吴正在和一个不太漂亮却很爱笑的少女交谈，朋友来了只是稍稍打了声招呼。是的，他并不希望来太多的朋友。佐伯不知为何没有来。我眯起眼睛遥望着吴的母亲、姐姐以及一群亲戚，他们被已故父亲的公司的同事围成一团。她的巧笑，远远望去，犹如百合瓣的牙齿闪闪发光。这使我很难置信我们随时就要分手，眼下正在逐步接近那个瞬间。身子立即放松，心情随之舒畅起来。四周的慌乱，弄得我麻木不仁。站在她背后是一位高高身材、穿着洁白炫目的白色衬领、似乎像是未婚夫的青年，即使如此，也未能使我受到佐伯所给予我的那样的冲击。

发车的时刻临近了。我和吴谈着话，她似乎有什么事向弟弟这里走来。我的心跳随着她轻捷的步履逐渐加剧。

吴倏忽望着我说：

"这是姐姐……这是，水野。"

看到我表情生硬，他一定误以为是初次见面。我没有马上纠正他，而是灵机一动，陶醉于某种空想之中。我一心幻想着，她或许还记得我，并会提醒弟弟的疏忽，带着双重的亲密感同我搭话吧。不仅如此，她还会于刹那之间，说出这样的话来："弟弟走了之后，更加寂寞难耐，你可要经常来玩呀。这两天有空吗？"

我的脸上浮现出轻薄的微笑，恐怕我自己看到了也一定觉得恶心。

然而，她早已径自采取只是对着弟弟说话的姿势，对我却不肯轻易瞧上一眼。

"初次见面，今天，谢谢啦。"

金光闪耀的快速的问候，其后便没有下文了。接着，她立即同弟弟急匆匆聊开了。我感到我的脸红到了耳根。事情不过如此。我又能以冷静的目光看待她了。她丝毫不顾及我的那种剧烈的悲喜，始终是一副奇迹般没有任何变化的娇媚的面孔。我不知道人心会如此软弱无力；但我明白，别离的感情里或许会有一种不可缺少的苦疾。我，果真有过别离的权利吗？

发车的铃声响了。

她和吴还有那位未婚夫一道上了车。他们要送吴到纪州。我和朋友们聚在车窗周围，机械地相互说些现成的问候话。

车厢内光线模糊，她微微低俯着优美的侧影，手套戴了脱，脱了戴。我贪婪地凝望着她那香冷的云鬟，以及稍稍厚重的朱唇。

打从幼年时代起，我就特别喜欢透过暗淡的汽车车窗，观察女人的面颜。今天我看着她，宛然一位画中丽姝。或许，此次我的付出的总和，超越漫长的幼少年时代曾经付出的总和。

如今，她正在伴随着轻轻摇晃、逐渐移动的车窗离开了，她不仅是从我一个人身边消失，而是一刹那从整个世界消失了。

（1947年3月，二十二岁）

好色

　　好大的鼻子。在奈良大佛殿买的墙上的挂件能面，有着一副大鼻子。能同赖安比较鼻子大小的，除了这副能面之外，找不到第二个。脸孔的正中间坠着鼻子的招牌，只看这块招牌就呈现着典型的形状。鼻子作为艺术品是通用的普通的颇为气派的鼻子。就连薄菊石①也能为这种鼻子增添品位。

　　公威孩子时代所见到的关于赖安脸孔的记忆，首先是从鼻子开始逐渐浮上脑际的。接着，响起了那位老人高亢的富于神经质的声音，听到了沉痛而无意义的呜咽。来自底层的夸张的动作与表情，犹如名优的一个难忘的动作被美化、被唤醒。

　　祖母的孙子公威，在长年卧病的祖母厢房的病室，多半时间都在老老实实读书，像个女孩腼腆地玩耍。每当这时，没有任何前兆，魔幻般的赖安就出现了。老实说，这不仅对小孩子太"突然"，即使对大人也自然是一种预告。为什么呢？因为病床上的祖母的头发，也盘成一个漂亮的小发鬏儿。

------

① 脸上浅白的麻子。

用人告诉赖安来访。

"啊呀，是上野的舅父啊！"祖母在护士的搀扶下坐直了身子。公威阅读中的童话集总是偷偷夹块饼干再合上，这是他的老习惯。障子门外榻榻米走廊上的脚步声越来越逼近了。门开了。首先，看到了大鼻子。接着，出现的是一位身穿葵花纹饰宽脚裤的老人。祖母一见到，忙不迭喊叫着，恨不得一把抱住他，几乎倒在床边。

"喂，阿夏，阿夏！"

夏子是祖母的本名。赖安虽然每隔三个月就要来看祖母一次，但简直就像相隔三十年后父女见面一般，非要演出一场激动人心的场面才甘心。如此冷静的年老的外甥女也没办法改变，只好悲悲切切照着他的做派表演一下。

"舅舅身子骨倒很健朗，真叫人高兴。"

"噢，阿夏呀，阿夏。"

公威看见赖安眼里浮出泪珠，感到很不理解。祖母背后也说，那种戏剧场面实在叫人受不了。因为演戏才会流眼泪吗？赖安的眼泪储满了眼眶，再多一滴就会溢出来，是吗？那么说，只要压挤一下松弛的下眼睑，指不定就像水枪一样，"扑哧"一声喷出一股子眼泪来。

谈话期间，公威走出房子到另外的房间同女佣玩克郎球游戏。有时，前来访问的年老的舅舅同外甥女的相见场面，在孩子们的心中也留下美好的印象。有时，微微听到祖母磕烟管的响声。两位老人，至少刚一见面时，彼此客客气气，相互谦让，心情平稳地交谈着。说着说着，赖安又哭起来了，祖母只好不住说些体己话，悄悄安慰他。

这个时候，祖母的可爱谁也比不过她。平素，听到她冲着下人们发牢骚，只能甘拜下风；不过对这些人，只要比自己更高明，她也会莫名地变得冷静起来。赖安舅舅也是个既任性又暴躁的老人，他随时都会发脾气。每当舅舅开始发出歇斯底里的哀愁时，祖母就像一位大姐姐，一直保持冷静的态度，身个儿小巧的祖母缩成一团，整个脸孔蕴含着孩子般天真的睿智。考虑问题时，一副认真而可爱的担惊受怕的样子，额头的皱纹里，似乎正飘浮着日落时分可爱的小型而深红的夕云。而且，她所考虑的内容，似乎牵涉到祖父巨额的借贷，以及毫无指望的归还，以及逐渐迫近的最可怕的被扣押的危险。

眼下，祖母安慰着悲悲切切哭泣着的舅舅，她那小小的梳着小鬏儿的脸型，没有暗红的阴翳，而是充满坚定、明朗而周到的考虑。这也是对赖安舅舅所发的牢骚不打算认真加以抚慰的一味沉醉其中的情感的连续。一个叫阿清的女佣，此时的态度无意之中没有将主人看作主人，东家对她也越来越冷淡；饲养的山雀由于女佣的不经心死了，由此想起自己的日子也不多了；旧领地的红色报纸又登载了中伤赖安的新闻；年轻的神主一天早晨看见赖安也不打招呼……赖安整天置身于这些无数不值一提的杂事之中。祖母一面哄劝着病人，听他诉说；一面将满布皱纹的细白的小手掌，压在刻印着精巧的花鸟图案的银色烟管上，轻轻叩击着。

站在障子门外倾听，两人的谈话时而高昂，时而低微。有时，舅舅又猛然大笑起来。两人动辄吵起来，但似乎越吵越亲近。谈起话来没完没了，祖母甚至无暇吃上一口她所爱吃的鸡蛋素面和森八的千岁寿司①。或许一方面是，这位赖安从未有这样一位亲人听他叙说，任他发牢骚，因而对这位年老的外甥女怀着感谢的心情；另一方面，祖母作为对方的外甥女，对这位无话不说的舅舅怀有疼爱以及轻微的优越感。但是，到头来必定以吵架告终。

"这些不提啦。"祖母说道，"我母亲的遗物手表，寄存在您家紫檀木螺钿百宝橱里的，还记得吧?"

"这件事我不知道。我没见过紫檀木螺钿百宝橱，更不记得寄存的东西。"

"不，确实是寄存的呀。去年 11 月 28 日，我叫人带到了寺坂。"如此的记忆力，说明祖母真是天才。她害怕抵债，将那些不太引人注意的家财，一点一点藏在舅舅上野的家里。

"这件事我不知道。"

"这话是挡箭牌，哪能不知道呢? 是您亲自陪我去仓库的呀。"

"你这是栽赃，你没有寄存硬要说寄存，打算逼死我吗?"

"我说存了就是存了嘛，没办法呀。"

"我没有你存的东西。"

---

① 金泽森八"和菓子"（wagashi，日式点心）店的传统名点。

"舅舅，"祖母渐渐上火了，可爱的小眼睛因真正的发怒显得炯炯有神，"我阿夏为平冈（祖父的姓名）日夜操劳，苦心经营，怎么，您想明争暗抢变为己有吗？我并不是喜欢一生吃苦，谁也不会情愿……"

祖母说着说着流泪了，她不得不撩起汗衫衣襟擦擦眼睛。她想起以前有一天在这间屋子，被某个无理的高利贷者撞倒的情景。她回忆起自己富于传统血统的矜持，使她坚忍着度过了无数屈辱的日子。

舅舅也忽然哭丧起老脸来了。不过，这回却不像来时那样能够消融在甘美的泪水之中。因此，他也只能挑起嗓门，扬起鼻子，大声吵嚷。当时的这位舅舅，有些地方他是自找麻烦来着。

"好吧，你既然这么说，我们只好去该去的地方彻底弄个明白。"

"说得好，那就去该去的地方吧。我当然也希望弄个明白。"

应酬到了这个份上，也顾不得声音外泄，使得幼小的公威不知出了什么事。公威自打出生时候起，就有老练的守护人阿菊跟随着，她竭尽全力将这个家发生的一切同公威隔离起来。因此，公威一生首次听闻祖父家里可怖的经济状况，是在祖父祖母去世之后。或许赖安舅舅和祖母的问答中有着太多天真的因素，阿菊没有神经质地解答公威的疑惑。她对公威说，到了那份年纪，人就变得爱吵架了。如果你在学校里喜欢跟人吵架，那就显得太奇怪了。她联系到一些老习惯启迪他。不一会儿，榻榻米走廊上又传来吧嗒吧嗒的足音，赖安一边用提兜碰撞着挡板，一边闷声不响地回去了。女佣们带着怜悯的表情为他送行。紧接着，祖母想到是自己赶他走的，这样很危险，又委派学仆悄悄跟在后面，一直送到上野。赖安厌恶汽油味儿，不愿乘汽车回家，他是乘坐摇晃不定的电车小心翼翼回家去的。

"那鼻子就是广告，似乎到处宣扬他是好色之徒。"

年轻的叔叔批评赖安。待在母亲身边的公威当时虽然不过十岁，但已朦胧感知叔叔这话的意思。那副鼻子定会招来祸害，公威由此联想到童话故事。不过，他真正确定下来那副鼻子是好色的祸根，并由此受到惩罚，是在赖安去世多年之后。本来鼻子是遗传的产物，贪恋女色亦非鼻子造成的结果。然而，人一生下来，终生的行为与报答，不都预先藏在鼻子之中吗？所有惩罚的意思尽皆徐徐自鼻内而出，不是吗？先祖流传下来的优秀的鼻子具有特别象征的意义，赖安之所以能够表现出这一点，只能归结于他的好色。

松平赖安子爵，相当于公威祖母母亲的哥哥，水户德川家族之流，代代均为水户附近宍户①的藩主。公威有时也感觉自己身上某个地方流淌着长于讽刺的水户人的血液。赖安的

---

① JR（日本铁道）常磐线和水户线交叉点。中世时属于宍（"肉"异体字）户庄，江户时代是水户德川家支藩松平氏一万石阵屋（管理机构）所在地。

124

父亲松平主税头①，与水户烈公属于堂兄弟同事。主税头生有三子一女：长子即后来的松平大炊头，次子赖安，三子福岛县森户藩主、闻名遐迩的美男子赖平，女儿即公威的曾祖母高子（被称为高姬）。稍通维新史者，一定听闻过"筑波骚动"这件小小的案子。对于水户家来说，这是一桩既有幸又不幸、既是名誉又是污点、令人哭笑不得的事件。武田耕云斋举起反叛幕府大旗（用金银丝线刺绣日月图案的旗帜，即征讨朝廷的反叛之旗），因失败被斩首，史称"筑波骚动"。不过，当时的水户中纳言本是个才智低劣的昏君，具有时代敏锐感的松平大炊头，既是水户家族的亲戚，考虑水户家之将来，牺牲自身，自觉与耕云斋共举大旗，致使水户先于他藩高扬勤王之帜。骚动的结果，负有责任的大炊头与手下七十名家臣切腹自杀。岂料明治维新成功之后，由于大炊头亲手所绘的这一勤王伏线，水户藩获救。德川家族继以发扬光大，作为次代藩主、后任子爵的松平赖安，一生获得照顾。为了保障赖安的我行我素之脾性，最终导致其兄大炊头切腹这一结果。

话分两头，单说赖安的妹妹高姬，乃娇美豪毅一女子，照片中所见晚年之面影，眉宇间充满倔强与爽利之气，秀挺的鼻官、小巧而谨严的口唇，无不呈现着微妙而富于雅趣的

---

① 主管税务机关主税寮行政长官。

调和，由此可以窥探封建时代女性特有的洋溢着清冽的 stoic①般的非情之美。其中，那种冷彻、干涸的貌美深处，眠寝着审慎的思绪，虽稍施微妙摇动，辄然苏醒；但对于她来说，此种永无止境的午间潜睡，最为甘美，仿佛可以窥探出她的一番用心：她在顽固地极力使眼睛不必苏醒。大凡封建时代的美女丽姝，尽皆于心底深处，牢牢固守着此种可谓"灵魂的午睡"。这就是后代人们称之为"热情"的别名。

自少女时代起，高姬就凭借沉稳的性格令人怀有敬畏之念。有一回，她跟随身边侍女在庭院中散步，草丛中滑落一条小蛇，谄媚般地缠绕着她的纯白可爱的足颈。侍女们又惊又怕，一时想不出如何对付的办法。然而，此时的高姬不声不响，冷静地将腿伸进池水之中。小蛇立即脱离足颈，蜿蜒着身子远游而去。她十六岁时，嫁给公威外曾祖父、即祖母之父永井岩之丞为后妻。岩之丞之母，即永井玄蕃头②夫人，本为德高望重、无比慈爱之人也。然而那些一直服侍已故前妻的侍女们，依旧对她大发永井家族之权威。身似五百罗汉

---

① 英语：克己，禁欲。

② 永井玄蕃头，即永井尚志（Nagai Naomune，1816—1891），讳名 mune，号介堂。三岛由纪夫高祖父（祖父之祖父）末期幕臣、玄蕃头。三河奥殿藩主松平乘尹之子。继承旗本永井氏，官居从五位下，幕末旗本（一万石未满之武士），致力于幕府海军创设及涉外公务。参与签订日本与俄、英、法等国通商条约。在政争与将军继嗣问题上支持一桥派而失利。井伊直弼没后复归。生来富有交际能力，大肆活跃于禁门之变、大政奉还等历史事件之中。鸟羽伏见之战后，随庆喜荣归江户，其后又同榎本武扬共赴虾夷，任函馆奉行，同新政府军作战。

的众多侍女，加上十三名学仆，暗暗耍弄奸猾手段，以迎纳这位十六岁的新娘子。一个春天的午后，高子和五百罗汉们共同坐在立有前妻牌位的佛坛前边。此时，忽然飞来一只蝴蝶，款款欢舞于佛坛之间。蝴蝶振翅飞翔，似乎要降落在某位侍女的头上。于是，侍女们故意冷嘲热讽般地大声嚷嚷起来：

"喂，蝴蝶啊，看到了吗？你眼前不远之处，正坐着一位摸错门儿的媳妇呢！你是想飞到她那里去的吧？"

我要为不熟悉过去传说的青年读者添加一句注释：按照当时说法，蝴蝶是死者的灵魂。

公威丝毫不怀疑，受到此种侮辱的高子，表现出的沉着冷静的表情，同蛇缠足时候的她大体没有什么两样。

赖安是这位沉着冷静的女子同母所生的兄长，兄妹二人总会有些相似的地方。妹妹此种老成、冷彻，在哥哥那里，或许作为更加阴郁的封建君主的酷薄而体现出来。反过来设想，哥哥那些不必要的冷酷的表情，在妹妹这里，作为她处世所必要的程度上的和缓之策，抑或发生了一些变化。酷毒变成良药。不过，这种酷毒并不美好。

赖安自少年时代起，稍稍超越少年时代所表现的一般倾向，喜欢残酷的事情。一次，他叫家臣逮住一只野猫，命令他在猫的脖颈上坠一块石头。这位傲慢的少年，搬出一张扶手椅，躺在上面，枕着胳膊肘儿，纹丝不动地眼看着自己惨无人道的命令逐条执行的情景。家臣将坠着石头的猫深深沉入泉水里，趁它不死又将猫提上来。这只猫未成落汤鸡先变落水猫，痛苦之余发出人一般的哀嚎。接着又被沉入水中，趁其未死再次被捞起。就这样，受尽磨难而死去。

但是，他的少年时代一半被禁闭。其缘由是其兄大炊头之罪责，转由赖平及当时七岁之高子共同承担，并从此开始过上了黯淡拘谨的生活，直至高子十三岁为止。当年，朝廷出世，赦免其罪，肯定其勤王之志，受大炊头恩遇，水户家族赐予东京目白之宅邸。赖安成为子爵，十七岁结婚。

可以想象，少年时代半被幽禁的压抑而拘谨的生活，让具有天生的激烈而冷酷心性的少年胸中，孕育着种种偏奇的幻梦。家庭禁闭室外，时代烈火熊熊燃烧，形势动荡不息。众多青年受伤，呻吟，呐喊奔走。人们仿佛辗转往来于跷跷板之上。赖安冥顽不化，终生厌恶仗剑出行。他既爱好和平，又必然爱好女色。此种性格继续养成于并非孩童时代的那种拘谨的生活之中。他对时代的动荡与政治装聋作哑，并以此为自豪，但自己的欲求应该如何变动，如何融通，则比别人敏感一倍。他对"寂寞"具有可怕的过敏的感受。寂寞，以及脱离于这个社会与人生的孤立状态，正是这些教会了他"女人"的意义。唯有女人才证实了他的孤独。或许女人的此种功能，同时又或许是使他对于称作"女人"的女人，不能长期持续爱恋下去的缘故。

十七岁的赖安初婚的对象，是同姓松平的赞州高松城主的女儿。作为他八次婚姻的第一次，他与她好歹一道生活了八年。婚后第二年起，开始染上"厌倦"之症，并成为赖安终生痼疾。不知是何种因由，虽然至今弄不清她到底美不美，假若她很美，这就是原因。性情之好若表现高慢，那么高慢就是原因。厌倦的同时，赖安开始虐待夫人。作者这篇小说虽然有些小小趣闻，但公威除传闻之外，其他一切皆不依靠想象。因此，这种虐待的内容如何且不去提它。然而赖安的虐待之中，大体上并未含有萨德①那种癖好。不问男女，赖安不论对谁，都非得满怀憎恨才感觉舒服。他说话令人厌恶，不顾亲情，喜欢制造事端。他在并非直接憎恶妻子或什么人的时候，就更加露骨地表现出一种中伤癖来。他总是爱讲别人坏话，非这样做就不得安心。实际上，这才是他愉快的安息，其心情犹如刚刚实施一种善行。怀着好意对待他的人，虽说都是些没有恶意的毒舌家，但不论如何考虑，也并非完全没有恶意。只是对于他来说，这种恶意已经超越个人，比起普通人来，此种憎恶转而针对以个人形态出现的人生类型。或许此种说法较为接近。这是后年的事，他把可憎的人的肖像嵌镶在春画影集里，自得自乐："哈，此人也干过这等事啊。"这纯粹是娱乐，不是要给人看了吹嘘一番。是供单独一个人欣赏的游戏。

一旦对夫人厌倦，他在平时生活中一方面残酷地欺负她；

---

① Marquis de Sade（1740—1814），法国情色文学作家，提倡性虐待。代表作品有《贾斯坦》《索多玛120天》等。

一方面又染指侍女群里新来的旧家臣的女儿。他把这个女人生的孩子纳入户籍并施以正式教育，目的就是让他继承松平家族。这个多少有些病症、过于老成的美貌青年，因患肺结核而辞去宫内省工作，二十八岁就亡故了。赖安正妻八人，仅知道名字的女人就有二十四人，但没有能最终继承他血统的人。不仅如此，更叫人奇怪的是，他在各处生的孩子，除那个青年外，尽皆死于幼年时代的脑膜炎。看来，赖安的血脉中，有着不为人知的污浊，这种先天的污浊，预先就准备对他的行为实施报复。

身边的女人一个个也都变了。因为他在文明开化之中仍然固守往昔一成不变的公卿生活，光是这些摩擦作用，自然就使得他的金钱减少了。年轻时耽于游乐，吹笛击鼓，无所不能。他不断将金钱散给那些跟随他游乐的帮闲人物，散钱之后又对那些前来感恩戴德的人冷眼旁观。他在年轻时候就有这样的兴趣。有的人喜欢看到别人对自己的金钱顶礼膜拜，他和这种暴发户的趣味完全不同。对于那些不是膜拜自己而是假装膜拜自己的人，眼看着他们拙劣的表演，也很有意思。从某种意义上说，那些人是将一种残酷的实感在自己身上做实验：除了金钱自己就是个毫无价值的人，从而获得被颠倒的快感。这些人从骨子里说，不过是以血统作为骄傲的证据罢了。这位最后过着公卿生活的人的心境里，映照着各种复杂的反射，这也是不难理解的。薪俸并不重要，代代获得实惠的松平家，除了目白宅邸之外，本所北二叶町还有别墅及广大的土地。还有关原合战①时获得的菩萨的印笼②。颇为耐花的金银。各种东西都很廉价地卖掉了。大炊头切腹时使用的正宗名刀，虽说是家族中的瑰宝，但赖安七元钱就卖给收破烂的了。这把刀辗转各处，最后由岩崎家所收藏。不过，这是大地震前的传闻，事情真相到底如何，如今一概弄不清楚。

将正宗的宝刀七元钱卖给收破烂的赖安，可以说已经能够看出价值观念开始崩溃的征兆。对于价值已经麻木③了。这不同于为了七元钱决心卖掉宝刀借以显示威严，而是表现了无论七元钱还是正宗宝刀，对于他来说都无所谓。瞧那位收破烂的脸色，一旦将"七元"和"正宗"结合起来，就可以取魔鬼首级的神色，赖安在他身上看出了滑稽。这种"错误"的结合，实际上一点也没搞错，为何就无人知晓呢？我似乎看到他一副讪笑的面孔。说他好色，正是如此。"我既不想用'七元'购买'正宗'以表现慷慨；也不想将'正宗'用'七元'卖掉以显示风流。仅仅是'正宗'在路旁偶遇'七元'罢了。一旦邂逅，就敞开心扉，交流欲望，寻求合作。"然而，更有意思的是，即便仅限于喜欢女色的人，其麻木的态度中，也会别有新的发掘，临场做戏。赖安对于女人乳房和

---

① 关原合战（Sekigahara no Tatakai），安土桃山时代，发生于美浓国关原地区的一场战役，德川家康获胜，三年后成立德川幕府。
② 盛印鉴的袋子，亦指腰间杂物小布袋。
③ 原文：nonchalant，麻木、迟钝、冷淡等意。

脚心都具有独到的一家之言。

　　每逢更换正妻，皆并非来自好地方。赖安的贫困越来越加剧了。弄不好甚至会从大杂院的居民中兆选。在本家（水户德川家族），曾让赖安住在向岛小梅旧水户宅邸。那里是风景秀丽的居所，有一座明治大帝曾经观看划艇比赛的房子。然而，由于生活费供给不足，赖安只得捡起往昔学会的扎花技艺作为副业，贴补家用。扎花名人，一边经营扎花批发，一边高挂"扎花指南"的招牌。弟子们中，据说有个叫立松房子的女人，怜悯地望着这位年龄老衰的子爵，还在从事这项容易发生肩疼的作业。藤、樱、玫瑰、百合等，摆满屋子，赖安对美丽的庭院以及远方明媚的隅田川风光，望都不望一眼，依旧专心致志物色漂亮的弟子。打那时起，他业余开始喜欢摄影艺术，并成为终生乐趣。他把弟子带到另外房间拍裸体照。他忽然向鱼店老板借款一万元用于摄影。看来，当时的鱼店也出得起这笔钱。本家一句话没说，替他连本带息还给鱼店了。

　　赖安虽然不嫌弃一时心血来潮的恋情，但他生活中总是在身边最明显的易污之处，放置一个女人。从这一点上看，他或许是个洁癖之人。作为对象，这次他选择阿冬为他做饭。八位正妻，一个个走了，赖安从此以后没有真正的妻子了。

　　阿冬说不定就是赖安唯一钟爱的女子。为何这么说呢？因为从未有过像她这般彻底的、哪怕一言半语都不顶撞这位

"殿下"的女人。殿下买来七个糯米团子①，叫她一个不剩地吃完再离开家门。阿冬肥胖的身子坐在窄小的四角椅上，俯下身子开始吃糯米团子。吃到第三个犯起踌躇。

"哎，快吃！"他命令着，头上爆出青筋。

阿冬含着眼泪开始吃第四个，但从第五个起又放慢速度，在赖安的大声叫骂之中，终于吃完第七个团子。当她咽下最后一口团子时，大粒大粒的泪珠滴落在膝盖上。为此，当天晚上特意请医生来了一趟。

谈起食物，赖安偏偏喜欢粗劣食品，尤其爱吃被看作下等鱼类的鲨鱼冻。点心类喜欢糯米团子。他还说将团子用两手拍一拍更好吃。不用说，此种恶趣，来自"目黑秋刀鱼"②之类的传说。由于长年生活贫窭，自然养成了此种习性。不过，当他向人介绍糯米团子"用两手拍一拍更好吃"的同时，露出一副狡猾的微笑，令人怀疑他这话是否可信。这种mystification③的做派，无疑来自一种贵族趣味。

因为教授扎花过不上好日子，又凭借本家的厚意，获得了最后安居之地上野东照宫宫司的职位。从这时候起，赖安对本家白眼视之。他因拿钱少而衔恨，替他还账反而说是多管闲事。听到被任命为宫司，就说是把老人当玩具。本家的

---

① 日语名大福饼（daifuku），一种用豆沙、草莓、地瓜等物做馅儿的点心，即夹心糯米粉团子。
② 日本落语（单口相声）：某公卿架鹰狩猎，路过东京目黑，偶然吃到农家炭火烤秋刀鱼，叹为美味，从而得出"秋刀鱼只限于目黑"的结论。
③ 英语：故弄玄虚，神秘化。

户主，或许早已被他换上一颗春画首领的脑袋了。上野东照宫社务所被围上一道长长的黑墙，成了一座幽暗的住宅。赖安认为是本家将自己封锁在这座牢狱般的建筑以及空气之中。他相信有朝一日一旦摆脱这座宅第，就能完全回到过去。他依然没有在意围绕在他周围的"衰老"这座无形的牢狱。社务所的各个房间中，他和阿冬的住居只有八铺席和六铺席两间屋子，他虽然吃的都是给神仙上供的点心、大米、萝卜和胡萝卜，但依旧穿着仙台织的绸缎宽腿裤。铺席面上的低齿木屐①一如往昔。八铺席房间里一律摆放着各种幽黑色葵花纹饰的木雕家具。这位好色的大鼻子、脱离常规的老人端坐其间，那些葵花纹饰同他的那副姿态，显示出多么奇妙的调和！

"殿下睡了。"至今人们还是这么称呼赖安，谁也不会说"老爷子睡了"。阿冬就因郁闷而死在这座六铺席的房间里。

可怕的寂寞终于来临。寂寞再次将赖安从衰老里驱逐。抑或他的热情只能永住于寂寞之境。其中，人人都希望获得的老朽之后平和而温润的寂寞，仅仅起着遮掩衰老的作用。在东照宫迎春典礼上，他裹着黑色的丝绸腰带，演练从社务所如何走向拜殿。在黄罗伞的辉映下，他的贵族风貌即可显现出青春的美丽。观众都以为是走来一位古代人士。于是，赖安丝毫不怀疑被他老年之美打动的年轻女人的存在。他衣冠楚楚，威风凛凛地打石板路上通过。阿冬"七七"未过，

---

① 原文作"驹下駄"（komageta），用同一块木头挖成的木屐。

他就把女佣阿清弄到手，并且染指阿清亲戚家的一个年轻女子。阿清没有生，那个年轻女子第二年生下赖安的孩子。赖安七十四岁，那孩子不到三岁死于脑膜炎。

对于殿下来说，阿清不是他喜欢的女人。电影画面的演变，每出现西洋之物时就瞌睡连连，有时甚至鼾声大作。每月一遍歇斯底里，弄得他束手无策。他认为将这样的女子分派到自己身边，本是出于本家的险恶用心。他为之感到愤恨。他写了字条交给阿清说，自己死了之后，她可以从本家领到十万元钱。那时他的手发抖，已经对不准照相机的焦距。他从东照宫任上回家，一息尚存，便从杂物箱里拿出各种秘藏的春画观览，以求自慰。有时也和阿清一起看，共同取乐。

眼看宫司的职位也不能胜任了，他的老朽的身子被转移到水户近郊。在那里，完全见不到女人，身边只有一个粗俗的水户青年学仆伺候他吃喝。他从早至晚一个人嘀嘀咕咕鸣不平，扯开嗓门大讲本家的坏话。为此，待遇上涨，每天的菜单和德川国顺[1]的母亲完全一样。

终于到了八十岁。虽说没有什么大的病症，但周围的人都写到过即将来临的死亡。仿佛被关在村山蓄水池畔的别庄内，类似软禁。就像死囚犯的监房，一切摆设都在对他施以训诲，令他悟达。他至死不悔，有何可悔之处？他只是受不

---

① 德川国顺（Tokugawa Kuniyuki, 1886—1969），字子行，号涛山，谥号明公，日本华族，政治人物与军人，水户德川家第十三代当主。曾担任贵族院议长及日本红十字社社长，获侯爵爵位（后升公爵）。

了寂寞罢了。遍寻家中，没有女人，这使他无法容忍。他认为，没有女人的世界，无论如何都只能是错误的。在那种地方老老实实过上一天，等于将自己八十年岁月一笔勾销。

松平家姻亲田中太郎，因大舅松平子爵的突然到访深感惊讶。八十岁的殿下将拐杖轻轻放在玄关一隅，进来了。

"您怎么啦？"

"逃出来的。"

赖安平静一下心情后回答。年轻的姑娘们很久没见过这么魁伟的鼻子，觉得受不住，都躲进老远的房间里偷偷窃笑。想必全家骚动，家长焦急不安，将会火速同本家联络的吧？赖安明明知道这一切，他冷笑地环顾着周围。尽管如此，晚饭时依旧围绕这位贵客，大大热闹了一番。饭后，孩子们都各自回自己房间，赖安对田中家的长子夫妇说，有件好东西给他们看。说着，他从提兜里掏出一只黑色丝绸袋子。长子看到这只袋子，似乎猛然想到了什么，接着"不会的"。他又断然否定了自己的记忆。然而，出乎他的意料，他的记忆完全正确。赖安子爵像玩戏法一般，抓住袋底，将里边的东西抖落在仙台纺宽腿裤的膝盖上。那是一个男女交合的博多偶人，还有几张折叠整齐的裸体画。

（1948 年 5 月 31 日，二十三岁）

玫瑰

你知道被玫瑰杀死的诗人吗？他就是爱玫瑰花胜过一切的赖内·马利亚·里尔克。

秋天来到瑞士偏僻的小城穆佐。这里已经不是赖内·马利亚·里尔克的定居之地了。他住在近旁的维尔缪旅馆里，有时似乎害怕近在咫尺，有时又被不可理解的引力牵引到那里。里尔克向穆佐城迈动了脚步。那里是他晚年著作《德维诺的悲歌》和《献给奥尔菲斯的十四行诗》诞生之地。

秋季的一日，里尔克乘坐的马车，离开维尔缪旅馆，沿着行人稀疏的山路，向穆佐城辘辘奔驰。这是 1926 年 10 月上旬的事。道路沿深深溪谷蜿蜒曲折，群山连峰，戴雪高耸。里尔克斜倚着病弱而倦怠的脊背，将无力而清澄的大眼睛投向山顶。他想起歌德在柯克尔翰山顶留下的诗句①，其中最后两行，雪崩一般回荡在他朦胧的心田里：

等等，暂时停住脚步，

你不久也将在这里安息。

五十一岁的里尔克的风姿，似像又不像一个功成名就、心胸开朗的中年人。数月之前，一位访问过他的法国诗人这样说：

"里尔克看起来就像一只安静的濒死的大鸟。"

这种形容未必切中肯綮。他的衰弱，有着一种切实的、并非徒然属于悲剧的东西。他的一生的工作，皆是于事物的存在中，将流转之物慢慢凝结为一体。他于"事物"本质中，发现"时光"不朽的塑像。对于这样的人来说，肉体的衰弱算得了什么？他实现了浮士德最后的话语："你实在美丽，暂时停下脚步！"他的衰弱，近似实现预言之后艾迪坡斯的衰老。诗人将缓缓握在一起的干白的手指，放在毛织的护膝小毯子上，借以抵抗车子颠簸引起的对于疲劳的焦躁。

---

① 这里指歌德于 1780 年在伊尔默瑙附近柯克尔翰山顶猎人小屋板墙上写下的名作《旅人夜歌》（*Wandrers Nachtlied*）。歌德写给朋友的信中说："在领地内最高的柯克尔翰山上过夜，以躲避城中的喧嚣、繁杂以及纠缠不清的人情关系。"《旅人夜歌》下半段诗句大意为："山峰连绵，上有休息小屋。微风扫过树梢，看不见风的足迹。小鸟在森林里沉默不语。等等，暂时停住脚步，你不久也将在这里安息。"

不久，辉映于丰蕴的秋光的灌木丛远方，出现了穆佐的城塔。这座小城是唯有塔著名的小馆。同时，W. B. 叶芝①隐栖的格尔威州的小城，也是这样的小馆。较之称为城，称作草庵更合适。

　　守门的老女佣没有出现，马丁给马饮完水，骑马到小城背后去叫老女佣。里尔克沿着树叶间洒下的阳光照射着的石板路，奋不顾身地向门口走去。他挂着足以支撑身子的拐杖，直奔上锁的牢固的栎木大门。

　　城里，映照过外光的眼睛深感暗黑，唯有通往塔顶的螺旋阶梯，微微泛着白光，那是从没有装铁叶板的窗口射进来的光线。里尔克手拄拐杖站在门口不动了。有件东西遮挡了进入馆内的路径。

　　想起了阶梯上面书斋的情景。块状木材镶嵌的平顶天花板，小窗，房间一隅放着铁制零件和葡萄木雕的长方形衣箱，17 世纪制作的家具，嵌有妻子儿女往昔照片的圆桌，多抽屉的樱木书桌，桌面上摊开着写作中的两篇作品。他度过怎样的白天，怎样的夜晚？不用说，他所从事的工作是创造，并且是世界上非凡的创造。他将充满认识上痛苦的长久的休憩，强行带进容许写诗的医院休息室坚固的木椅上。医生姗姗来迟。难以预测的迟滞。休息室充塞着死亡的臭气。里尔克等

———————————

① William Butler Yeats（1865—1939），爱尔兰诗人、剧作家。投身爱尔兰文艺复兴运动和独立运动。作品有诗集《阿辛的流浪和其他的诗》《塔》，戏曲《沙钟》《鹰的井》等。1923 年获诺贝尔文学奖。

待。一切的存在只能等待，别无办法。当他得知医生会很快为他治好病，这使他增强了勇气。所有的夜晚，他都在忍受死的痛苦。令人目眩的顶端，他避开光线攀登，接着，早晨便将形体拉回约定好的轮廓之内，回归凡庸的明光之中。治愈，如见天使般的可怖的欢喜，完成，于某个夜晚袭击了里尔克……

里尔克以相同的姿态站立门前。院后传来马嘶。外光从里尔克的背后潜入，照射在嵌镶彩色玻璃的地上，犹如黄金的指爪，纹丝不动了。

有人会拒绝这位城馆的老居民进入吗？他不是惧怕已经停止的创造吗？他在这里病卧，不也担心被看作是自己死亡的一种创造或一部作品吗？他不是害怕创作的痛苦而忍耐，于死的静谧中再度获得复苏吗？他不希望死在这座小城。

通往小馆内里深处的小门打开了。薄明从门外流淌进来。老女佣回来了。她在伏下身子关门的时候，耷拉在胸前的一串钥匙，闪闪发光，射入他的眼帘。老女佣走过来，规规矩矩说着古典式的问候话。她知道诗人的气质，避开老一套的寒暄。尽管如此，天生的一副好性情，使得里尔克久久回归于儿子般的欢乐之中。

"请随便找间房子歇一歇吧，特别是书斋，每天都打扫得很干净呢。"

"今天不想进去了。"

里尔克说着说着，脑子里浮出一个念头。

"我来散散步，想顺便摘几朵玫瑰带回去，能借给我剪刀用一下吗？"

像里尔克这样能够听懂谐音的高贵的诗人，不会随便接触地上音乐的。打从他住下来之后，小音乐室就不能使用了。但他很喜欢靠近音乐室的庭院的一隅。荒凉的玫瑰园被杂草掩埋，一半变成野玫瑰群落。不过，花很多。小枝条儿搭在玫瑰窗的窗棂上，两三朵鲜花窥伺着布满尘埃、空无一物的黑暗的房间。这里，没有遮盖阳光的东西。院中的太阳，似乎被扫到一角来了。

里尔克把拐杖横放在草上，不用拐杖长久站立，这在他很困难。他屈着膝盖，一只手拿起剪刀，挑中了几枝玫瑰。

众多的花朵，向这位虚弱而高贵的诗人的脸孔展露花冠，面对着歌咏它们本质、透视它们存在核心的不朽的诗人的面颜。生物中最精妙、最神秘、最娇美的存在，在这位诗人没有任何希冀的深邃、无为的眼瞳前边，展露着无我的曾经属于自己的秘密。在里尔克优美的诗句中，玫瑰花又化为被反复证明过的曾经悲痛丧失的存在。那不是认识之手，而是通过有着共同命运的宇宙灵魂的手，所揭示出来的羞耻与痛苦。痛苦的回想似微风，摇动着繁密的草木。玫瑰被诗人呼唤着名字，受苦之余又试图引诱诗人。里尔克似乎微微迷蒙的眼眸，停驻于一朵妩媚的玫瑰花上。叶子未被虫蚀，正是含苞待放之时。花瓣紧裹，一副艳丽慵倦的风姿。那朵花对着里尔克的眼睛，稍稍低垂着头。

诗人伸出剪刀，用另一只手擎着花枝。不料那里一根尖锐的棘刺，深深扎入他的掌心。里尔克疼痛地握紧拳头。他忍着剧痛，对着太阳张开手掌，查验伤口。或许不是什么了不得的大伤吧，但展开的掌心在阳光照射下，仿佛被钉子刺破，流出一滴鲜血。

两个月后的 12 月 29 日，为了治疗伤口，诗人住进瓦勒山疗养院。

孤闺闷闷

斋藤一接到电报就立即跑过来，只见水尾清隆坐在草地向阳之处的藤椅上哭泣。电报上写着：

> 有急事，速来。

斋藤总是从玄关一旁的小柴门直接进入庭院。巴掌大的院子。墙壁对面的网球场，战时被辟为旱田，这座住宅因遭受战灾而荒废，如今被养鸡场占去一半。战后，水尾家在废宅上建造了面积约莫十五坪①的房子，供嫡子清隆夫妇居住；同时将周边地皮处理掉，只留下一百五十坪的院子。清隆的母亲同常年患病的父亲一起退隐九州老家。这座位于青山南町面积十五坪的住宅的户主，就是清隆夫妇、女佣和九只活鸡。人生活在这块磕头碰脑儿的褊狭的小天地里，九只鸡们却在当初打算大肆养鸡而建筑的半个网球场大的围栏中昂首

① 坪，土地面积单位，一坪约合3.3平方米。

143

阔步。连死加被盗，只剩下九只这个零头了。

昭和二十二年（1947）秋天。这座房子盖成后已经过了半年，与之同时种植的草坪长得很茂盛，连接缝都看不出来了。

斋藤看到他连招呼也不打，心里感到很奇怪。只见清隆蒙眬地盯着院子的一隅，只顾扑簌扑簌地流眼泪。斋藤摇摇这位大个子朋友的肩膀。仅从"清隆"这个名字就会联想到他可能是个瘦削的青年，其实并非如此。清隆既白皙又高大，两眼之间十分宽阔，鼻梁高隆、秀挺，口唇呈地包天状。一句话，很难以言语形容。

"怎么啦？为何打电报叫我来？"

"走了，今天一早就走啦。"

"谁呀？"

"屋里的……"

焦急不安的清隆说道，似乎有所觉察，赶快又加了一句："慧子，她……"

清隆所说的那位"屋里的"，曾经在他学习院高等科时代，屡次弄得老师们伤透脑筋。他们家有早婚的家风，因为四次考试都落榜了，就在上学的时候结婚了。这也没有什么奇怪。不过，每次午休，清隆总是到老师办公室借电话打，时间大体都在一定的时候。他踢踏着操场上的沙子，径直朝这边走来。透过窗户看到他那硕大的身影，教员休息室沉醉于午饭后杂谈的老师们，苦笑着说：

"那位‘屋里的’又来啦!"

"哎呀呀。"

不一会儿,从一半敞开的门扉内,看到了清隆那张神色茫然的面孔。

"想借一下电话用用。"

"啊,进来吧。那里不是说话的地方。"

他挠挠头走进来,立即拿起听筒。

"赤坂三十一号,哎……哎……是的。喂,喂!是我呀,清隆。‘屋里的’在吗?哦,请叫她一下。‘屋里的’吗?喂,喂,是‘屋里的’吗?身体还好吧?我吗?还好。今天放学后我就立即回家,知道吗?你可要待在家里呀。"

这位一副好心情的丈夫,一回到教室,就一个劲儿把德语冠词的变化搞错。但不管怎么错,他都泰然自若,和中午打电话时的态度一样。

水尾慧子是一位具有神秘风格的年轻夫人。因为什么都不知道,所以她的美显得很神秘。她所知道的,只限于过年吃年夜饭,歌德是德国人之类。她喜欢穿洋服,举措进退,身上宝石,言语运用……无不周全,所以那些喜欢讲求美与知识相一致的人,一概认定她是个神秘的女性。此说之所以有些道理,那是因为所谓"神秘",只隐居于空洞的境界。

这两个双方都不差的神秘的年轻夫妇,或许是天生的一对儿。至少在战争结束前,他们琴瑟甚合。慧子的流产是足以称为不幸的唯一的不幸。她在内地工作单位,走门子通关

145

节，度过了清隆一年多的军旅生活。可以说这在不幸之中是数不胜数的。

战争结束，慧子巴望以前两人的生活立即回到身边。他们俩吃过的东西有树叶制作的炸肉排，棠棣花煎鸡蛋，吃起来很香，根本没有什么胀肚子之类的感觉。两人作为生活费使用的钞票，不知怎的，老觉得都是假钞，她对丈夫时而催促，时而鞭挞。清隆不想学社交舞，她把他带到舞场上去。不是因为那里有什么，慧子本来就不是对不道德的事抱有兴趣的女人，倒可以说她的缺点在于过分地健康。

昨日，慧子趁清隆不在，便和从家乡带来的中年女佣梅子，一同拎着大旅行包，回故乡镰仓扇子谷游玩去了。傍晚，给山里出身的十八岁女佣打来电话，说今夜住在那里了。还意味深长地留下话来，叫清隆明天早晨打开慧子镜台右侧的抽斗看看。

当晚回来很迟的清隆，听到传话，夜里就打开了抽斗。信写得很长，意思是两人分手的时候到来了。最后表示，再也不想见面了，保重。晴天霹雳！清隆仔细检查了一下西装衣橱，慧子的衣服和身上首饰一件也没有了，不知是何时带出去的。他向镰仓挂电话告急，出来接电话的梅子，对着昨天还是她主子的人断然说道："夫人不接电话。"

清隆发现桌上的烟灰缸里有个沾着慧子口红的纸烟头儿，他哭泣着点燃烟头儿吸起来。刚刚学会抽烟的慧子，吸了一半就扔掉了。

翌日早晨，他给亲友斋藤发电报，又亲自访问大井占卜师。

这位诨号为"白龙师"的女占卜师，同水尾家有点老关系。她梳着"二百零三号高地"①的发髻，为一时所罕见。清隆知道这发型的名称，还是她教给他的。

二楼上脏污的八叠房间，便是占卜师的客厅。隔扇破烂的地方糊着旧杂志的广告，其中一张是栗岛澄子②的照片，一张左团次③《崖畔》的剧照。清隆一头闯进去，坐在方角坐垫上。

"不必气馁。"占卜师说道，"年轻人有些什么苦恼啊？"

清隆觉得没有什么可隐瞒的。

"怎么办呢，慧子逃走啦。她留下一封信，和女佣一同跑回镰仓乡下去了。"

回去后，清隆把占卜师的占卜结果一一告诉了斋藤。

"占卜师说，她总会回来的，不过还是有些困难。但是白星总能'克掉'黄星。我怀疑是我母亲和慧子的母亲合伙干

---

① 中国大连市附近高地，标高二百零三米，日俄战争时期，曾在这里发生过激战。日本人借此形容女子高耸于颅顶的发型。此种说法流行于1905年日本大获全胜时期。
② 栗岛澄子（1902—1987），舞蹈家，电影演员。曾作为松竹蒲田电影制片厂明星，主演过《虞美人草》《珍珠夫人》等。
③ 市川左团次一世（1842—1904），大阪人，歌舞伎演员，明治剧团座主，与市川团十郎九世、尾上菊五郎并称"明治三名优"。

的。因为分家时本该分给我的财产，大都被母亲记在弟弟名下了。慧子的母亲说的不一样，她早就对这件事感到很生气。不过，弟弟是母亲的心头肉，实在是没法子的事。但我现在懂得了，这事在社会上通不过。"

他的一副孩子般的语气里，时时夹杂着此种奇妙的悲剧的台词。

斋藤听着午间报晓的鸡鸣，在这个家里，一切都朝着反常的现象发展下去，他为此十分感慨。

清隆从以往直到今天，说话时偶尔会流口水。今天因为眼泪上涌，话里加倍地增加了撒娇和牢骚。

斋藤是他幼年时代的朋友，如今是同一所东京大学的文科学生。斋藤学英文，清隆专攻语言学。斋藤有一颗稍稍显得冷淡的亲切之心，虽然并非十分可靠，但属于那种一味听话的男人。他放松大学课程，偷懒在家时接到清隆的电报，换上西装就来了。这个人的可厌之处，在于年纪轻轻就喜欢不合乎年龄的暗淡之色，打着参加葬仪的领带，上衣里整齐地穿了一件背心，背心最下边的扣子，英国流地敞开着。四方脸，无表情，老是喜欢摘下眼镜揩拭一番。他似乎脑子来得快，凡事一看就明白。他为此而感到自豪。

他一边听一边擦眼镜。

"那么怎么办呢？我们应该如何尽力使慧子夫人回来呢？"

"这个嘛，"清隆陷入沉思，"看来，这个问题不可能很快解决。我实在太寂寞啦。你就待在这儿吧。怎么样，今晚就请住在我家。"

"那就这样吧，只一个晚上。"

斋藤刨根问底，终于知道了慧子出奔的经过。

这位神秘的少女，似乎决心要把历史颠倒过来，一切都从头开始。两位母亲的不和加剧了她的行为。但战争灾难结束后，清隆的母亲曾在慧子的老家住过一段时期，曾风闻慧子的母亲说她是白俄出身的破落户伯爵夫人。她听到这句无辜的坏话，十分恼怒，有人证明她真的是毛发倒竖，那就是梅子。

战争结束后，慧子醉心于各处的舞会，她在那里见到了许多不打算结婚而一味耽于游乐的同学。尤其是邂逅闺密康子，成为她情绪动摇的原因。康子变得漂亮多了，拥有众多男友，清隆的同学松岛，这位打扮出众的青年，成为她正式的情人。她们以幸福美好的游乐生活，同惹人怜悯的慧子夫妇比较一番。她煽动慧子：

"活得浪漫些！"

她每每这么说。

"那阵子如入五里雾中，把那个男人当作自己心目中的未婚夫，就这么结婚了。比起舞会上那些活泼的年轻男子，家里的汉子实在不算年轻。哪里知道男人竟是如此千差万别呢？我开始觉得，清隆充其量也能算作三流，想想我实在太傻啦！"

慧子终于弄明白如此简单的道理，不能不说是一大进步。

慧子的优点在于忠实自己的想法。不爱说话的她，也不和丈夫商量一下，就毫无怨恨地计划着出奔。梅子担当慧子母女之间的联络事务。

"赶快实行吧，其后我会帮助你做事。像清隆这般毫无好处的男人，你一个女人跟他一辈子，不是白活了吗？妈妈既然很赞成，她不会不满意。清隆所得到的，就是大家一起出奔。"

"就这么干吧，小姐（梅子始终不肯称慧子为夫人）。老母亲都答应了，还在踌躇什么呀？"

梅子是个有点学问的女子，以前曾说过："有人用'kogi'的目光看着我。"一下子真不知她说些什么。她竟然用了个词儿，"狐疑"①。

一无所知的慧子，就这般离开了一无所知的清隆的家门。否则，她照康子的吩咐，正要找个喜欢的男子放荡一番时，也大不会被清隆发觉，她应该有些聪明的办法。她的出奔，或许有着少年般于冒险之中试图暗结相好的无目的的纯洁之处，一旦实行起来，又不能肯定出奔的原因就是不喜欢清隆。当然，从另一方面看，她也很难说清楚一开始是否喜欢清隆。或许正因为既不讨厌也不喜欢，就天真地下定决心出奔了。

斋藤下定这番结论，这或许对于没有分析才能的清隆来

---

① "狐疑"两字，音读为"kogi"。

说，只有自己将被置于孤独的境地最重要，哪里还顾得上解决的办法，他只是一个劲儿哭泣。

庭院暗淡了。清隆看看表，从藤椅上豁然站起来，"啊，忘啦。"他大叫一声。

"什么事？"

"晚饭没有菜。梅子把最好的东西都带走了，杉子有杉子的事，我只会煮饭，别的什么也不会。所以，我要去买菜。把这事儿忘了。"

"现在去买也不迟。"

"要是既不煮饭也不烧菜，你也一起去吧。我一个人去买菜，挺难为情的。"

斋藤正式婉言谢绝一道去，但他耐不过清隆的再三请求。再说，斋藤对清隆如何买菜很感兴趣，要亲眼看看。

战后终于迎来第二个秋天，但周围一带还被废墟覆盖着。用"覆盖"这个词儿形容也许欠妥，但瓦砾间茂盛的荒草和唧唧虫鸣，较之废墟更能使人们感觉到新鲜的自然的归来。袭击都会中央的自然支配的真趣，不会那么容易离去。比起那些不成样子的临时建筑，人们更愿意于野草的寂静中细细品味即将回归的和平。

这一带也一样，曲曲折折的电车道旁，拥塞着一排排临时搭建的商店。打刚才起就像失去理智的清隆，再也不像过去那样泰然自若了。斋藤为此感到遗憾，但来到店里购物，忽然又苏醒过来。斋藤看到此番情景，有点儿自鸣得意。

要不要买几片香肠，清隆对此考虑了好久。乡下每月寄来的生活费，自己一旦用起来，究竟能抵上几天，他心里没有数。从不注意节俭的清隆，眼下也在一味考虑如何节约用钱了。

"五片十五元？十片二十五元？那就请将十片的分量切成五片吧。"

肉店老板以为他在开玩笑，没有生气地回击他。清隆很认真，最后买了五片排列在竹箅里的香肠。味道有什么不同，光看外表是弄不明白的，他向斋藤征求意见。

"十片是优惠价。"

"噢，是优惠啊？"

清隆似乎还没有真正弄懂的样子，他买的五片轻薄如纸的香肠，都是预先分配好了的：客人斋藤两片，自己两片，女佣杉子一片。

接着，清隆想到生意兴旺的油炸食品店买点儿炸虾，斋藤劝止了他。

"最近，这些东西都涨价了。"

清隆拉着斋藤随处转悠了一遍，随后觯释着。

"买点儿饭后吃的水果吧。"

清隆说着，路过水果店买了四个柿子。两片香肠是没有果片的。

当天的晚餐很寂寞，虽然开了无线电增强热闹气氛，但美国的相声听不懂语言，怒涛般的笑声反而使得仅有两人的晚餐很无趣。清隆用现有的鸡蛋做的蛋包饭放盐太多，很咸；掺入薯麦的米饭没有烧好，成了一锅稀粥。斋藤决心明天早饭前逃走。

"昨天晚上，"清隆指着相邻的八叠房间，"我独自一人在我和慧子共同居住的那间房子里，阅读侦探小说一直到早晨。"

"你会逐渐习惯的。"

"你小子真不够朋友，你哪怕哄哄我也好嘛，就说她马上会回来。"

"嗯，她肯定会马上回来的。"

"你再真正地说一遍。"

"说真的，她不会马上回来。"

"啊？你真冷酷。不过，你再冷酷我也不生气。今晚就住下吧。"

"我知道。"

吃罢饭，清隆就说很想搞个慧子追思会之类的活动。清隆让斋藤躲一躲，他也许内心预感到夫人不会回来了。清隆越想越悲伤，斋藤一旦对他深表同情，他就立即将慧子留下的古九谷①茶碗、缺齿木梳以及影集等，一起捧出来，一一讲

———————
① 江户时代，明历（1655—1658）至元禄（1688—1704）年间甲贺国（滋贺县）九谷烧制的瓷器。

述着。

"这把梳子是战后第一次去百货店买的，很好用。有一次我拿来梳头，弄断了一根梳齿。"

接着，他开始讲述影集。慧子独自一人的照片都全被揭下来带走了。从她这个决绝的态度上看，斋藤判定她不会再回到这个家里来了。

清隆究竟哪一个缺点引起她如此厌恶，成为离家出走的缘由呢？

斋藤虽然对这一点不甚了了，但晚间他们被窝挨着被窝，耳边听着清隆不绝的哭泣，对这位大个子男人纤弱的心胸，有了一个大致的估计。

"慧子不会回来了吗？"

"会回来的……会回来的。"

"她要是回来，我会给她买好多东西。"

"也该分给我一些呀。"

"说说看，你想要什么呢？不过，你真的认为慧子会回来吗？说说你的真实想法。即便说她不会回来，我也不生气。"

"我想她会回来的，一定会回来的。"

"既然你说了，我就放心了，哪怕骗我也好。那么，何时回来呢？"

"那谁能知道呢？"

"她是我最爱的女人，肯定是梅子不好，否则就是受松岛的煽动。你看呢？"

154

"噗——"

"你别睡着了，打起精神来！"

"别吵，哪有彻夜陪你穷聊的朋友啊？"

"要是我惹恼了你，请原谅。我不说话了。"

好一阵子沉默。其间，听到他哭泣，甚感惊讶。斋藤起来，到厨房找到一些剩下的酒，端来给清隆喝下，自己也喝了一些。清隆一边搬出些陈腐的话，说什么酒是玉帚，一帚扫千愁，一边喝着酒。斋藤呢，一概不听他的，钻进被窝睡了。

第二天早晨，清隆不顾斋藤的阻止，硬要去镰仓弄个明白。说罢就离开了家门，他希望斋藤今晚还住在这里。斋藤拒绝了，清隆依旧满怀抑郁地央求他。

"不管出了什么事，我都不能留下。我要变得神经衰弱了。"

"啊，不要这么说嘛，今晚我会老老实实待你的。"

"好吧，一言为定。我知道你很寂寞，即便不是我，哪怕每晚都有个朋友陪陪你也好啊。"

"说得对呀，说得对呀。"

"今天，你去镰仓很忙，我去联络朋友。找个像我们这般关系的朋友，不论谁都行。然后以轮流的方式继续下去。只要每晚能消解你的寂寞就行了。"

"谢谢你，这么说，今晚上会是谁来呢？"

"我去商量商量看。"

斋藤一本正经地说道，暗自下了决心。他告别清隆，立即返回家中，给松岛打电话。松岛今天同样旷课在家，听声音刚刚起床。斋藤在电话里大致说了下面的意思：

"水尾家里，夫人出逃啦，弄得他一筹莫展。看他太寂寞了，昨晚我在他家住了一夜。今晚希望你能去陪陪他，最好同康子一道去。多一个人也好，他肯定欢迎。"

"OK。"松岛为人开朗，豁达，看重友情，"好的，我答应啦。朋友嘛，没法子的。"

接着，他忽然想起了什么，问道：

"哎，水尾真的叫我带康子一起去吗？"

"哦，因为他一个人睡太寂寞，可以看得出来呀。"

斋藤打过电话，满心高兴地摘下眼镜揩拭。

仅仅接过电话，就能很自然地察知松岛的性格，以及清隆在松岛和斋藤心目中的概念。当代的色男的特色，就是并非纯粹之人，因此不出此例的松岛，他的行动并不在乎人的感情。他本是个体育健将般的多情者，一个标榜表里一致的男子。一方面在用意不良的人世观察家斋藤的眼里（他在大学研究的对象就是萧伯纳①），即便有松岛这位同伴敦促他，但他好歹知道清隆的弱点；再说，他一想到松岛也要对付那

---

① George Bernard Shaw（1856—1950），爱尔兰剧作家。因作品具有理想主义和人道主义精神获 1925 年度诺贝尔文学奖。

薄如纸片的香肠盛宴，心里感到非常愉快。

当天在镰仓，清隆未能见到慧子，他碰了一鼻子灰，回到家里，看到松岛和康子两人，在客厅的地板上，应和着WVTR①的爵士乐跳交际舞。清隆怀疑自己的眼睛。松岛优雅地继续举着脱离女人纤指的左手，同时对他挤挤眼睛，招呼道：

"哎，怎么样，身体好吗?"

他用破钟般的嗓门喊道。尽管如此，清隆敞着脏污的衬衫领子，用倦怠的怨愤的眼神对他们打量了一番，就对松岛辩白似的说了句"你是稀客"的话。

"接到斋藤君的电话，他说你太寂寞，叫我们两人住在你这儿。"

清隆露出一脸欣喜。

"啊，好的，谢谢。"

他欲言又止，此时，松岛巨大的手掌在他脊背上，猛推了一下。

"别再哭丧着脸啦。打起精神，今晚痛快地玩一场，驱除你的不快。放心吧。"

清隆因失意和疲劳身体不支之时，又被推了一把，忙不迭抓住了椅背。

因为是晚上，立即记挂起晚饭的事。说着说着，两人说

---

① 二战时设在日本的美军放送局，隶属NHK（日本放送协会），战后撤销。

不必担心，他们各自都带来了盒饭。

清隆感谢朋友的情谊，心想，也许斋藤对自己的一份晚饭有所交代，那就等着吧。没料到这对恋人丰盛的盒饭，根本不许别人伸筷子。两份相同的三明治叠放在一起，饭后的水果各自两片，就连插水果的牙签也只有两根。清隆看到这些，更不想外出购买鱼肉山芋饼了。

受对方影响变得具有更加奇妙的虚荣心的清隆，也要向对方展示一下豪爽。他随即向肉铺打电话，要老板杀了鸡送来。今天的晚餐，他想叫两位客人吃得更高兴。到头来，这顿晚餐使得清隆犹如恶魔附体。

"玩玩扑克吧。"松岛说道。

"占一卦，看看慧子何时回家来。"

"放心吧，她一定会回来的。占什么卦呀，你想得太荒唐。"

康子说道。她答应和松岛一块儿来这里，既感到有种责任，又出于女性的好奇。

夜间的户外，北风呼啸。松岛伸了个长长的懒腰。灯光下，闪耀着肥白的面颜，其精力过人完全可想象出来。

"已经困了?"

康子问。

"水尾君也要睡了吧?"

"我哪里睡得着，睡着后一旦梦见慧子立马就醒，醒来之后痛苦难耐。所以我尽量减少睡眠时间。"

清隆尽管身子疲惫，但和松岛决然不同。

"是吗？那，对不起，我先睡了。"

"啊呀，你也太过分了。"

"可不是吗，放着你一个人不管，也太可怜啦。康子，你先睡，怎么样？"

"不过……"康子思忖着。一副蕴含某种阴影的睫毛下面，不住闪动的眸子，仿佛沉迷于到底是违绕还是服从男人命令的想象之中。

"我也等一会儿再睡。"康子说。

清隆心想，康子既然采取公正的态度，松岛也会答应她的。清隆硕大的身子压得椅子东摇西晃。他绞尽脑汁，打算夸赞她几句。

"康子小姐实在漂亮啊！"他说。

康子想，假如自己有这样一位拙口笨腮、只会说上几句谄媚话的丈夫，则没有比这更为安全的事了。

"怎么，我很漂亮吗？这可是清隆君的判定啊。"

她一边强忍刚打了一半的哈欠，一边对松岛这么说。于是，正望着康子这边的松岛，也在强忍着连连哈欠，此时，两人互相对望着，打了一个大哈欠，同时大笑起来。

"我们也困了呀。"

"看到即将打哈欠了。不过，困倦来得太快了，还处于困倦期吗？"

"哪里，谈不上什么困倦期。"

"或许和困倦正相反呢。"

"讨厌!"

她只撂下这么一句，清隆还是听不明白。

过了五分钟，清隆说道：

"对不起，再等会儿睡。我很寂寞，你们不是来陪伴我的吗?"

至此，一个话题也没有了。最后，松岛感到气恼。

"哎，即便守灵也不会断酒啊。"

"算了吧，少说这类话。"

康子将手提包上的金属拉链弄得咔嗦咔嗦响，强睁着困倦的眼睛，同言语相反，从正面斜睨着清隆。

清隆小声地说：

"对不起，现在没有酒。"

松岛趁此说道：

"好吧，失陪了。"

松岛和康子退回隔壁八叠房间。已经是夜间两点钟了。十五坪的屋子，这间是八叠，卧室兼客厅；剩下的只有女佣的四叠半和室。八叠房间有三床被褥，按一定距离并排铺在一起。清隆本来打算彻夜待在隔壁房间，他在两位客人接吻的时候打开障子门进来，说了声"对不起"，就一头钻进左端的被窝。

松岛看到清隆先是忍受着长久的压抑和忍耐，如今又缺乏关怀和照料，在这样的刺激之下，他也不能不考虑清隆很可能出轨。他熄灭台灯，向黑暗中伸出手臂。对方也伸过来手臂。松岛和康子秘密相握，忽然不知道睡意飞到哪里去了。

外面风停了。虫声喧骚不已。他不断翻动着身体，被褥剧烈地晃动着，甚至波及睡在中间的松岛的床铺。

康子稍稍用力拉住握住的手。松岛习惯于黑暗的眼睛，可以窥见她那焦急的微小的眼瞳和闪光的牙齿。清隆翻身也到达了那里。松岛蓦地回头窥视一下，对着康子摇摇头，示意她时间还早。

于是，枕头上葫芦花般洁白的容颜，眼看着转向后方，同时，康子的手也要从他手中滑脱了。松岛担心她会像海边的水涧落下去，打算将她的手拉回来。他不由从被子里露出了肩膀。此时，友谊的反省，突然攫取住他的心，隔着一件运动衫的肩头，接触了冰冷的被子，决定了他的欲望。随之，他的身子落到铺席之间狭窄的间隔上。这时，康子在被子里朝一端偏倚着身子，悄悄准备随时接纳他进来。

他俩总是习惯寻找好时机，不能发出声音的规制，变成了强弱适度的刺激。

不幸落难的清隆，夜间凝注于不眠的耳朵与眼睛，醉心地全身心投入，窥视着事情的整个过程，好奇心为他带来刺骨的痛苦。他有生以来第一次感受到如此的悲戚。

清隆觉得自己很可怜，并为此而哭泣。此种儿女之心实在显得同清隆不太贴合。他想起直到两三天前，一直同他住在一起的慧子，再看看睡在眼前的别人的老婆，他的透明的眼泪不由得扑簌扑簌滴到洁白的平纹布枕套上。其间，两天的不眠与疲劳，使他突然陷入奇妙的安心感与困倦之中了。他睡了，显露着他的那副大男子的睡相，泪痕依旧光闪闪留在他的面颊上。慧子看了也会动心的吧？

第二天早晨，松岛带着一副极不好意思的表情，而康子却显得十分沉着冷静，这使他甚感惊奇。她拉开窗帷，秋天明丽的朝阳充满庭院。草坪上飞来一些麻雀，她投去面包屑。她不知道麻雀喜欢不喜欢吃面包屑。她也不管大小，照着已经切成的形状胡乱投过去。对于她的这种性格，稍稍冷淡看着这一切的松岛，也觉得颇为有趣。

餐桌上已经摆上了面包片、鸡蛋和牛奶，三人就座。今天早晨，客人的面孔反倒有些浮肿。清隆睡得很好，他的面色十分清爽。

清隆若能显示出一副精神抖擞的态度，那就更具堂堂男子的气象，说不定会赢得康子的喜欢。然而，他依旧唯唯诺诺，马尾穿豆腐，提也提不起来，卑屈地问候着：

"昨晚睡在我这里，真是太感谢啦。"

恋人们互相对望了一下。

"昨天跟斋藤商量过了，按轮换方式，希望每晚有一人来陪伴我一下。对不起，今晚上换了别人了吧？"

听他口气，仿佛他不再接受他们再住一个晚上。

"明白了，"松岛一语挡过，"谁都可以，找一个人每晚来陪你一下，哎，对吧？"

这种粗暴的言语，不用说隐含着作为朋友的一种羞惭之情，但清隆听了，松岛关于"一个人"的说法反而伤害了自己的感情。因此，他想及早加以修正。但转念一想，如果他们俩认为可以，又会成为昨晚的一件憾事。于是，他连忙说：

"不，即便不是一人，三个人、五个人都行，唯有热闹最重要。"

送走两位客人，今天也不再白白向镰仓跑了。清隆慢悠悠地走到学校，好多旁听课程都暂时停课了。他又到有乐町看了场电影才回去。出乎意料，家里一时很热闹。

"啊，慧子吗？你回来啦？"

他从门口直到玄关，沿着石板小路，一路小跑直奔客厅，差一点撞到前来开门的杉子身上。这时，不知何故，身子差点儿被人抬到半空里。

往日的老同学，各人都穿着校服，里面一件高级斜纹衬衫，五人站成一排，合奏吉他。大家都用手掌重重地拍了一下他的肩膀或脊背，说：

"哎，打起精神来！"

"坚强些，别气馁！"

"咳，老婆跑了，整日哭哭唧唧的，有你这样的男人吗？"

清隆知道，朋友们都来安慰他，希望他振作起来。他望着朋友们的脸，越看越觉得仿佛自己有什么喜事，大家都来为他祝贺一番似的。这喜事到底是什么呢？思来想去，弄不明白。

总之，他想使自己的头脑变得清醒些，便打听五人乐队的由来。

结果清楚了，原来这是感到内疚的松岛做出的报偿。松岛为了朋友，八方奔走，集合起清隆所希望的最多的五个人。为了凑够五人，他不讲手段，只拿下边的文字作诱饵。

"他很可怜，去陪他一个晚上吧。他说了，准备杀鸡办酒席招待客人。我都去过啦，好吃极啦！大家去尝尝，快去尝尝吧。"

昭和二十二年（1947），超出需要以上的食欲特别旺盛的时代。

听到这个消息，清隆真不知如何是好。不久，到吃晚餐的时候了。挑选一位柔道二段的男子，派他去鸡舍，两手各提一只活鸡来，到后院不大工夫就宰杀好了。

清隆又记挂起大米来了，他问杉子米柜还有多少米。杉子说，按这个吃法，只怕到明天就没有了。距离下次配给日还有二十多天。

咳，做事当断不断，这是他性格的弱点。他尽量不给五人吃米饭，专门到走廊上把宝藏多年的洋酒找了出来。

玄关的门铃响了，出去一看，又来了四个学生，站在门外一齐对他行礼：

"老师好。"

清隆已经完全蒙在鼓里了。也许是斋藤万事听信松岛，不知道他哪里耍点小手法，做了有趣安排的结果。到头来，自己只好主动提出接待这四个学生。因为无意中听到松岛关于鸡的宣传，自己要是去吃，显得行为太卑微；但回头吃那薄如纸片的香肠以示报复，那就只好听任两只鸡被这些客人大啃大嚼。这件事也毫不留情地对四个学生说了。

一眨眼，两只鸡被吃个精光。那个柔道二段又被指名站了起来。

"剩下的只有六只了，要是全都宰了，那就糟啦。"

"好的好的，放心吧。"

柔道二段出去没多久，提着已经宰好的五只鸡来了。他站在一脸茫然的清隆面前，动作灵巧地扒光了羽毛。

"这样，招待客人足够吃上三四天的。"

清隆跑去一看，仅剩一只的鸡，在宽广的围栏中绕着圈子拼命奔跑。眼看着可怕的情景，只好回来了。

吃鸡，喝威士忌，弹吉他，喧闹一团，吵得邻居跑来诉苦。

"水尾，他指明了，只好你去道歉。"柔道家说。

清隆只好过去请求原谅。

当晚，五人胡乱挤在八叠房间里，四人睡在客厅的沙发以及相连接的安乐椅上。清隆好不容易借得一床毛毯，裹着身子在客厅地毯上睡了一夜。说梦话的，打鼾的，整个晚上连续不断。前面一人的梦话刚刚结束，后面一人的梦话又悄悄开始；左边一人的鼾声刚刚停息，右边一人的鼾声又在隐隐兴起。

不知怎的，天亮了，九位客人也都不打算立马回去。

"对不起，没有米啦。"清隆说。

"那就去买吧。"一个人说，他只顾埋头看报纸。

"没钱。"

清隆重复了一句。于是，大家凑份子，由抽签中选的人去买黑市米。

清隆整天显得失魂落魄，客人反倒都很沉着。热衷于打麻将的四个人，清隆给他们说话，他们也不作回答。其中，两个人招呼都不打出去了，一人不断弹吉他，一人继续读报，一人频繁地打电话，叫来个黑市生意人或不知底细的女孩子，天南地北说个没完没了。清隆对这帮朋友的素质深感惊奇，但这一切都是后话。

昨夜没睡好，浑身骨节咯咯作响。夜间这才发现，今日一整天都无暇思念慧子。

他到院子里，去看了看宽阔的围栏中唯一剩下的那只鸡。鸡舍内部寂悄无声，那只鸡似乎睡着了。

于是，忽然想到自己的现状，连个睡觉的地方都没有，不由得感到愤愤难平。他想，今天晚上务必要睡个好觉才行。

因此，他应该再稍微抖擞一下精神才好，然而清隆做不到这一点，却显露出另外一些奇妙的方策。

清隆任自家里的吉他曲调和扑克牌的声响，淹没在香烟烟雾萦绕之中。他胆战心惊潜入仿佛已成他人之家的自宅中，换上西装，戴上绅士帽子，披着春秋风衣，神不知鬼不觉，动作从容镇定，不惊动任何一个人。

清隆穿上鞋子，出了大门。

镰仓扇子谷慧子老家，半夜里门铃响了。全家一片惊慌，不敢出来开门。于是，梅子出来了。

"哪一位？"

"是我。"门外传来了回答。

"若是看小姐，她不愿意见面啊。"

"我有别的事，请开门。"

慧子的母亲出来了。

"出了什么事？她已经憔悴不堪啦。"

"听我说，我连睡觉的地方都没有了。"

"你家里到底怎么啦？"

"家里没有睡觉的地方啦。今晚想睡在这里，哪怕一个晚上也好。"

听完事情的因由，夫人仿佛被他的一股子傻气惊呆了。她有些生气，又觉得值得同情，就容许这位跪在辕门前求情的女婿留了下来。

就这样，一天两天三天，最后在慧子娘家逗留了十多天。其间，不管有多少迂回曲折，至少现在慧子还是他的妻子。在青山南町他们夫妇的住地，从早到晚，一帮子毫不讲礼貌的朋友自由进入，泡在那里不走。慧子又爱笑，对谁都一样亲切。唯有这两点，同他以前封闭的夫妻生活稍有不同。而且，世上这种事儿常有，打从发生这件事之后，清隆在"我们的伙伴"中，获得了"头脑灵光的男人"的好评（我也是那九人中的一个）。倘若能唤回最可爱的"屋里的"人，搭上八只鸡不是很划算的事吗？

（1950 年，二十五岁）

美食家

　　看到客厅里的人都在说话，门外一个劲儿还有客人不断涌来，笠原歌子既不想从门口进来，也不想打后门进去。她只想靠近庭院边缘，对着一墙之隔的窗户打招呼。这么一来，就很自然地进入了前往客厅面对面说话的过程之中。

　　主妇定子邀请她：

　　"请过来，到我家来吧。"

　　歌子主意已定，她说道：

　　"今天就在这里好啦，老是去打扰你……"

　　"没关系，还是过来吧。"

　　于是，歌子再度撒起娇来。

　　"站在府上廊缘就行了，我可不是客人哪。"

　　"快别说那些见外的话，还是过来的好。"

　　受到如此"三顾之礼"，歌子终于站在脚踏石上，灵巧地脱下光脚穿着的不合季节的白色凉鞋，拎着一个又大又重的足足可以装入三岁孩子的波士顿手提包，走进客厅。

　　接着就是一个多小时的穷聊。两位夫人完全沉溺于一点儿也不枯燥的谈话之中。其内容大致如下：

邻家的狗和自家的狗搞恋爱了；家庭配给所有个好心的人，每月都多送些砂糖来；眼下的姑娘家都不知道和服的穿法；女人戴墨镜的风俗最可厌；最近的小说内容奇丑，不堪卒读；小说家应该多缴税；日本有品位的中年男友少而又少；最近老是掉头发，真叫人担心，肯定是洗发剂的质量有问题；战后的电梯定是设备陈旧，乘在里头把手上添加了体重，两腿悬在半空，万一掉下来，所受的冲击会很小很小……陈谷子烂芝麻，这些话题一点也不显得单调。

定子靠着这般有趣的对话，引得歌子进入如下重要的话题。定子不但不感到寂寞，反而更加忘我地倾听下去。这位着迷的听者，说话人几乎不被觉察的微妙的阿谀，仿佛抓挠着她喉头的痒处，听得她猫儿般眯细着双眼。

歌子战前故事般的生活，都是作为严谨的银行员之妻定子所不知道的事。了解这方面底细的歌子，对于定子的甘拜下风觉得很满足。

"到了五月就及早热起来啦。"歌子说，"丈夫死时变卖的轻井泽别庄，你呀，从来没去玩过呢。"

"很遗憾，你多次邀请过我。"

"已经不能再邀请了，每年都得等待着出海逃出东京。没料到做了这笔生意后，这二三年，夏天东京的暑热反而好过多了。真是奇怪呢！细想想，人啊，就是爱胡折腾呢。"

"最近，谁都不会再去避暑了。我们家里，战前就对别庄采取反对的态度。不管是靠山靠海，到了夏天租间房子住倒也很舒适。"

女人家的会话，说到这里已经不是对话了。称作什么好呢？应该叫作梦幻平衡线，对方的言语已经不再进入自己的耳朵。更何况人只不过是快节奏音乐的伴奏者罢了。

"我们这些人，每年都待在别庄里，拼命住旅馆，什么富士谬旅馆，一住就是一个夏天。那可是个非常好的旅馆，令人难忘。即使住在轻井泽，为了时常改换心情，也要在旅馆住上一个星期。丈夫对旅馆的饭菜十分挑剔，到轻井泽总是去平台宾馆。"

听了歌子的这番话，定子不熟悉这些旅馆，觉得保持沉默比盲目附和更为上策。这回也是默不作声。然而，歌子（这些旅馆即使大都被接收）一生中再也不会第二次品味此种生活的准确的预测，使得定子放下心来。不仅如此，还使得她很幸福。嘴角上出现了审慎的微笑。

"还是过去好啊。"歌子说。这是老老实实的叹息。

"还是过去好啊。"定子也说。这不是老老实实的叹息。她的丈夫已经升为副总经理，且银行的薪水无人可比。老实说定子如今应该活得很自在。

两人说了一会儿话，眼望着院子里高大的树木，初夏的阳光满满地照耀着开满硕大白色花朵的树枝。那是泰山木。那花正像桌面上用白色餐巾折叠的花儿，在似有若无的微风中摇曳。

"对啦对啦，忘记做生意啦，真糟糕。"歌子说。

为了不使这样的话语带着卑屈的调子，作为准备运动，刚才的长谈还是必要的。她从波士顿手提包里，掏出一个细长的包装，抽出一半，在定子眼前晃了晃，那是包装完好的一打香烟。

"这个，要吗?"

"噢，是这个，要一条。"定子高声回应，"我家丈夫最近变得奢侈了，就爱抽这种烟。"

"都是我把他们害啦。"

歌子抽出一条香烟，看看周围，从桌子底下交给定子。

"你还是那么胆小，谁也不会看到的。你完全可以敞开胸怀，堂堂正正地干嘛。"

"活在这个世上很可怕。"歌子的话里充满感伤，"但总得活下去呀。您知道的，还得抚养孩子。……最近托人订购的雪花膏也带来了。这东西还没出现在银座的白日商店里。"

定子默默接过瓶子，打开盖子，用小手指肚蹭了一下，嗅嗅香气。

"好香! 我要了。"

"下边，我也不好意思向你推荐啦。咖啡一磅一瓶，要吗?"

"为何不能向我推荐呢?"

"价钱少许涨了。当然，比市价要低。先前的进货渠道不行了，不能像以前那样便宜了。"

这种富有诱惑力的话语，轻而易举打动了定子的虚荣心。定子立即回答说：

"没关系，我要。说是少许涨价了，定是超过一百元了吧?"

"可不是，"歌子有点儿迟疑，"噢，比平时涨了八十元，这还是咬咬牙舍命降价的结果啊!"

"啊呀，真对不起呀。"

一旦谈生意，定子对于歌子说话的语气总显得很随便，但是作为老好人的亲切的度量越发明显。定子两手抱着货物，回到自己屋里去取钱。

歌子接钱时再三推让，当然，她并不是不想要，只是说："别客气，何时给都行。"

"钱的问题，还是当场算清楚的好。"

定子满意地敲敲和服腰带的上缘，话语里稍稍带着教训的口吻。

平时每到这时候，歌子总是像屁股上挂起了船帆，兜着一股风儿逃回家去了。这次仿佛很不情愿拿到这笔钱，有些坐立不安的样子。实际上，歌子接过钱之后的会话，她害怕一不小心会流露出卑屈的感情。

她总是这样，但今天没有急着离开。或许要等到吃晚饭的时候。定子心想，纵然是长年的老朋友，渐渐露出厚脸皮来总是令人厌恶。这时，歌子似乎主意已定，开口了。

"我说，有件事儿拜托你呢。"

"什么事儿？"

"我呀，本来想以过去的老相识们为对象，做生意最安全。但转念一想，还是多开些商路为好。最近，相邻的一家刚刚买下住宅搬来居住的宫岛先生，要是你知道他是个值得信任的主儿，那就给我介绍一下，好吗？"

"这事儿好办，虽说一个月前才认识。那么，要我做些什么呢？"

"我听附近一家鱼店老板说，那家里当家人的生意很红火。据说他是以前商工大臣宫岛先生的儿子，现今在一家口香糖公司担任要职。"

"关于他家，如此急着搬来，是因为发生了不幸。他夫人死了。"

歌子听到此说，回头想想，感觉到似乎有某种预感。

定子给邻居写了介绍信。第二天一早，歌子拿着名刺，贵客般地敲响了宫岛家的大门。

这座宅邸是旧华族①的旧宅基地，即使降价，至少也得二百五十万元，所以一直未能卖出。前庭宽阔，通往大门的有一条铺满鹅卵石的小路。五月的朝阳在小路左右两边的树林里投下斑驳的日影。小鸟鸣啭，使得歌子回忆起往日拜访过的各种大户人家的景观来。往昔作为客人通行的道路，如今

———————

① 日本于明治维新后至《日本国宪法》颁布前（1868—1947）存在的贵族阶层。

走着一个黑市商人。然而，不论谁见了都不会将她当作黑市商人。苦难中定制的流行一时的长裙礼服，近似于晚礼服的华美的丝绸西装，配上轻柔的窄口袖，同朽叶色的花纹料子十分协调，周身发散着难以用言语形容的高雅和威仪。

女佣出来了。

介绍信上写着：

　　一位以前的朋友登门拜访，商谈一些工作上的事情，请务必给予关照。

她被迎接进入客厅，令人大煞风景的是，屋内没有豪华的摆设，但比起低俗的趣味，这样反而更好。或许因遭逢不幸，心情烦乱，家中尚未来得及整理的缘故吧，歌子给予了善意的解释。

"啊，欢迎。"

宫岛以一身流行的结城捻线绸衣着出现了，歌子端庄地站立起来打招呼。

宫岛绝不是一副贵族风貌，更像自幼培育起的少爷般为所欲为、精明强干的事业家，给人一种灵活机智的豁达的印象。小个子，圆面孔，略带南美人的脸色，精心修剪的八字须，丝毫不显得滑稽。头发乌黑，整齐地分开着，举止高雅，为当代青年所远远不及。

歌子只是一瞥，便产生好意。

一旦聊起来，略感遗憾是，他稍稍带有地方口音。

"有何贵干？"

宫岛爽朗地问道。

"啊……"

歌子并未立即进入主题，而首先谈起同邻居定子的交谊。

宫岛只是含着微笑听着。歌子思忖着，应该转移话题了。

"我有一事拜托您，说出来很是难为情啊。"

歌子慢慢腾腾把手伸到波士顿手提包里，让人怀疑仿佛真的装着一个婴儿。

"我呀，答应对方负责东西的推销工作。我的已故丈夫大学时代的同学来了，承蒙她送给我各种各样的东西。最近，银座的白日店摆出了各种货品，但都偏于陈旧，缺乏像样的东西。我带来的虽说是一样的东西，但都属于新品。首先，都是店里没有出售过的。所以……"

歌子带着嘘寒问暖的口气，举止优雅地开始介绍商品。

听她讲解的宫岛的态度也很高雅，即便明白也决不说破，以免谈崩了。这无疑是一副绅士的派头。歌子思忖着，他会如何反应呢？使她大大放心的是，为此又增加一位"品相雅致"的买主。

"是吗？近来想必夫人很辛苦吧。啊，我很敬佩呀。首先看看货吧。"

一不注意，掏出了香烟下边的护肤霜。宫岛一看到，颇为扫兴地眨眨眼睛。

"不要，女人的东西我不要。最近，内人刚刚去世。"

"哦，是吗?"歌子的脸上显现出哀悼的神色。她明明知道，为何又装作一无所知前来访问呢?"真对不起，我一点儿也不知道。"

结果，宫岛买了一瓶威士忌，接着又向公司全体职员介绍，有礼貌地请各部门负责人及职员订货。歌子喜出望外，放宽身心，按照老习惯，又在心里幻想着战前生活中的各个细节了。

"没想到现在干起这种事来了，战前我经常和丈夫一道出外旅行，吃饭;最近即便去旅行，以往的旅馆都被接收，就连银座也没有一家过去那种可意的餐厅啦。"

她提到旅馆时，宫岛的眉毛耸动了一下。歌子倏忽注意到这一点。她的作为女性的神经微妙地动了起来。

"可不是嘛，比起战前的豪华，战后的豪华简直就是一种低劣的模仿。举例来说。"他指着桌子上的威士忌酒瓶，语调里带着戏剧台词的味道，一边精心构思修炼文章，一边喋喋不休发表感想。

"仅仅作为一个例子，当着你的面，实在不好意思。看这种威士忌，战前在银座酒吧、餐厅酒吧……不论走到哪里，这种东西总是搁在柜子最上一段，落满灰尘，哈欠连连。现在呢，大家都喜欢喝了。那个时候，威士忌受轻视。因为是进口货，那时候谁也不愿意走进舶来品中。即使是苏格兰威士忌，也能很便宜地喝到口。例如老帕尔威士忌[1]、王中王威士忌[2]……"

"的确是这样啊，做这种生意比起降低自己的身份，更令人惊奇的是东西的质量水准降低了。香烟、酒，还有化妆品，都不是过去欧洲货了，真是不好意思啊。"

"说得对呀，我们战前的生活，尽皆为欧洲最佳趣味的模仿。啊，先父活着的时候，我们全都深受其惠。"

"令尊就是那位商工大臣……"

"嗯，颇为顽固的老爷子，他要是知道儿子是西式糕点公司的老板，非得断绝父子关系不行。"

"哪里，哪里。"

"不过，由于老爷子讲究吃喝，我也自然讲究起来了。喏，单说西餐，美食家最看重的是饭前冷盘[3]。"

"欧德维尔（Hors d'œuvre）！欧德维尔（Hors d'œuvre）！"歌子的舌尖上反复滚动着这个法语单词，"思来想去，魂牵梦绕，最高兴的是能尝尝欧德维尔。"

"想必您是知道的，这种法国大菜的冷盘，最时髦的当数 Cocktail d'huître、牡蛎 Cocktail[4]"。

歌子对于法语之后宫岛的翻译不服气。

---

[1] Old Parr，老帕尔威士忌，英国苏格兰 Macdonald Greenless Ltd. 生产，酒瓶呈四角形，咖啡色酒标上有印象派巨匠画的老寿星的头像。
[2] King of kings，英国苏格兰王中王威士忌。
[3] 西餐中为促进食欲的"前菜"。
[4] 生蚝鸡尾酒。

"最近没有店家能做这道菜了。提起欧德维尔，到处都是美国风味。加有维也纳香肠、鲟鱼子酱的吐司片，西洋芹，奶酪等。这些东西杂然并列，都是些大众菜肴，犹如啤酒店①的配菜。"

"是吗?"

歌子非难的意思表达在皱眉上。她并不因战后没进过餐馆为耻辱。

"可口泰愚·德·维特尔，"宫岛再一次堕入梦幻，"那道菜，知道吗，鸡尾酒调味汁最难做。番茄酱、食盐、柠檬汁，还有……"他怀恋地数着指头，"甲田肉菜酱和卡以恩派帕②，搅拌调和，注入鸡尾酒杯，然后将牡蛎整齐排在盘子里。其实，这种调味品的好处很少在我所试验的范围内，啊，轻井泽千平旅馆的格外美味。在那样的山坳里，吃不到新鲜的牡蛎，但不知为何，竟然有如此可口的调味品。"

一旦提到千平旅馆，歌子仿佛寻到同行知己，谈起了那些令人怀念的话题。然而，大臣令息的一通美食的高论，不容人随便插嘴。

"其次虽不是欧德维尔，而是生鲟鱼子。最近，这类东西很少见，大都是瓶装。您倒是很不讲情面啊，全都是瓶装呢。"

---

① Beer Hall，生啤酒馆，1899 年夏于东京京桥开设的酒食店。
② cayenne pepper，用辣椒粉制作的强味辣椒酱，烧肉调料品。

他说着，朝桌上的威士忌瞅了一眼，歌子冷不丁打了个激灵。

"再说奶酪，最近看不到较好的奶酪。这可是制作虎皮奶油面包的最佳材料，最近也不进口了。啊呀，情况实在不妙啊！此外还有草莓奶酪、奶油奶酪……"

宫岛掐指数着："荷兰艾达姆硬质奶酪、法国克拉夫提奶酪，等等。"

"哎呀，简直就是一名大厨指导啊！"

歌子讨好似的说了一句，但宫岛却显现出不悦的神色，不再说话了。歌子趁势神聊起来。

"我们每年夏天都要去千平旅馆。虽说有别庄，但丈夫爱豪华，几乎都住在旅馆里。您也常来常往的吧？"

"是的，每年夏天都要和已故的妻子一同去。"

"啊呀，我也是同已故的丈夫一同去。"

歌子的眼睛发亮了。邻居定子已不在话下，只有这位才是真正的同类，她到底找到了一位"战前之友"！战后，这样的朋友大都身世凋零，歌子每见一次，都要联想到自己，深感寂寞。但是见到这类事业成功的同类，她就像在自己的选举区内选出了一名最有人气的代表。

"哎呀，对啦。好久没见到他啦！"

"唉？"

"小原经理您认识吗？"

"嗯，我和他很熟，我对他无话不说。"

"我也一样。不过，他的确是个好人。"

"那座大厅……"

"想起来了吧?"

两人你一句我一句互相谈论起那家旅馆的印象，以及到那里入住的知名人士和外国某某人的名字。歌子惊诧于宫岛的记忆力，不能不暗暗佩服。

"真是个头脑灵活的主儿，否则不会成为战后成功者的一员守住一块地盘的。真是一位杰出的人士!"

此时有人敲门，女佣外出看了后回来说，车子来迎接了。

"哎呀呀，已经到时间了吗?"

宫岛似乎谈兴未尽，懒懒地动了动身子。这是一副很合乎多忙的企业家身份的举止。

"我马上就要更衣上班去了。怎么样，我送您到半路，或者直接送您回家?"

歌子很有礼貌地婉言谢绝了。她不愿意在那座寂寞孤独的狭小住宅前停车。

宫岛把她送到大门外。

"啊，太高兴啦，好久未能遇见一位谈得来的人了。唉，我的那些伙伴都显得杂乱无章。欢迎再来做客。"

歌子站在别人这座高大的门楼外，仿佛是多年前的事情了。她的眼睛被感激的泪水濡湿了，就连变得很轻的手提包，也立即感到沉重起来。宫岛微笑着为她送行，假若知道那副八字须会呈现出怎样的杰出的形象，就连宫岛本人也将感到惊诧不已。他用掌心稍稍抚摸一下光亮的头发，回家去了。

玄关前停着一辆崭新的轿车，阳光透过车窗，斜斜地照射在奶油色的座席上。司机用羽毛掸子，无聊地拍打着车体。

歌子望着这一切，司机怪讶地向她眄着，她慌忙转向右边，急匆匆向门外走去。

第二天晚上，有人猛烈敲打歌子的大门。出来一看，是电报。上面写着：

　　　预订威士忌两打。拜托。宫岛。

翌日早晨，歌子换上省吃俭用、用心定做的一套斜纹绉纱轻便礼服，没有拎手提包，再访宫岛家。

“啊呀。”宫岛带着一副特别亲密的口气来到客厅。他看到歌子一身盛装，似乎很惊奇。他想夸奖几句，考虑说些什么话才合乎礼仪，结果还是觉得最好作罢，默默地坐下了。这番心事着实为歌子所知晓，她对这位绅士的窘态也越来越喜欢了。

“接到电报后，我很惊讶。不知如何感谢才好。”

“不必客气，我问了一下公司那帮人，他们很快做出决定。应该感谢您才对呀。不过两打能凑得起来吗？”

“嗯，我立即就去张罗，两三天内必定全部凑齐。”

“是吗？那太感谢了，不知大伙儿会多么高兴呀。假若到交接地点取货需用车，请不必担心。"

"是吗？太感谢您啦。"

歌子的生意做大了，丝毫不感到卑屈。或许因为这一点，精心化妆的面颜上，又重新显露着昔日的风雅。

如此说来，宫岛打刚才起就不断瞟一眼歌子。他的目光审慎而又热情，对于很少受到男人注目的歌子来说，满心欢喜，毫无厌烦。

"这位先生爱上我了。瞧那胆小而纯真的眼睛。啊，可厌，他还考虑着已故夫人的幸福。"

宫岛比起以前不大爱开口，显得不很灵活了。他的话告一段落，突然站立起来。

"对不起。"

说着走出屋子。

回来后，手里拿着一沓钞票。

"抱歉，先预支一下吧。两打共计是二十四瓶，一瓶两千元，一共四万八千元，手续费两千元，正好是五万元。请收下。"

歌子稍稍觉得受辱了，不悦地说：

"干吗要预支呢？"

"因为相信您嘛。"

"我不要什么预支。"

"啊，那我就不客气啦，不过……"

"我是真心的呀。"

"是吗？"

宫岛伸伸舌头，八字须的一端触及了舌尖儿。他接着说：

"我是无心的。那就暂时收回吧……不过，今天是不是有点冒失，我想请您吃顿午饭，怎么样，方便吗？"

"哦。"

"找到一家好一点儿的餐馆，稍微接近战前的水平。就定为午餐吧，突然邀请出席晚宴，反而有点儿失礼啊。"

听到这话，歌子有着作为女性的反应。

女人仅用眼睛，微微表示笑意。

"好吧，那就决定了。"

"不是很好吗，生意是生意，朋友是朋友，但愿轻松愉快地相处下去吧。"

"好吧。"

歌子从椅子上站起来，接受了绅士的邀请。

即使轿车太小，坐车去用餐，对于歌子来说，也是好多年以前的盛事了。近来的歌子，哪怕是出租车都害怕乘坐。仅仅乘坐汽车就够高兴的了。她本想像孩子一般两眼盯着窗外看风景，但她出于虚荣心没有这样做。她只是老老实实坐着，目不斜视地望着正前方。

这家餐馆，位于西银座后街，名字以前听说过，但对于今天的歌子来说，都不敢瞅上一眼。然而，如今却能跟在周身崭新的毛卡其西服的绅士后边，悠悠然登上楼梯。那种战前贵妇般的生活方式，不论哪一位占卜师都无法预测得到。

两人将餐巾铺在膝头上，互相交换一下满意的微笑。歌子一任宫岛点菜，宫岛在午间的套餐里订了一道欧德维尔。

"不知会上来什么东西啊。"

宫岛悄悄用指头抹掉叉子上的一点儿烟灰，心情愉快地说："是啊。"

接着，前菜摆上了两人的面前。漂亮的加料吐司、鸡蛋、奶酪、熏鲑鱼子、海虾、乌鱼子、西洋芹……满满一大盘，都是平常一套做法。

"哎呀哎呀。"

美食家阴沉着脸，只顾香甜地吃着。

"特地招待一回，竟然是这些东西。"

"不过挺好看的。"

歌子从稍远处瞧着。

"如今看起来，真的很高级啊。"

"您这么说，我也就开心啦。"

这道菜仿佛是他本人亲手所做，出自一种责任，他的心情获得了解放，随即招呼道：

"来吧，请。"

他俩迅速变得亲热起来。第一个征兆就是午餐后归程中，歌子老老实实接受了先前的五万元预支款。

两打威士忌，两天内如约送到宫岛家中。从此以后，宫岛与歌子经常一起吃饭，一起跳舞。两人乘着轿车出出进进，定子经常看到他们的身影，不由得站在路旁，张着嘴巴茫然地观望。

歌子有两个孩子，这一点使得她谨慎行动。鉴于战前的坚毅与真诚，总是将战后的轻佻与放荡当作轻蔑的对象，一旦话题涉及这里，就连宫岛也只得沉默不语。他对所谓战前趣味一概保持盲目的尊崇。

夏天来了，歌子接受宫岛旅行的邀请，想起战前同先夫一道度夏的情景，心绪随之受到梦幻般的驱动。回忆具有战胜贞节的力量，是难以预测的。大凡此种场合，宫岛悉数扮演优良欢快的时代偶像，出于无奈，她接受了他的邀请。

夏天、轻井泽、白桦树，多么明朗多么正统①的组合啊！这种组合本身是真正的组合，是坚不可摧的、人人守护神般的幻象。两人到达轻井泽深感不解的是，那些不同于往昔的男女学生傲视阔步的身影。然而，他们的头脑里也依然停驻着守护神的形象，他们在白桦树下窃窃私语的爱恋，无疑都是出自人间至纯之情。

两人每当交谈起来，总是互相感喟于轻井泽的堕落；但对他俩洋溢于自尊心中的情侣的初夜，这座日本人所保留下来的唯一瀑布旅馆，还算不上理想之所。

---

① 原文为英语：orthodox，正统派、正统主义，富于宗教意味的神明赞美色彩。

宫岛和歌子相互悲叹于饮食之粗劣。这本是歌子受到宫岛感化的结果。但是，爱，还是给了他们众多的补偿。站在二楼阳台上眺望，对面的八风山，朝夕阳光普照之下，历历如绘的盐泽村的风景，右侧向着小沼绵延的浅间山美丽的斜面，为他们的二日之恋设置了绝好的背景。

　　"真想再多待些时候啊！"

　　早晨，歌子依偎在宫岛怀里，眯细着眼睛，陶醉般地冒了一句。

　　"好啊，再多住几天吧。我公司里怎么都没关系。"

　　这种廉价的感激之情，虽说一点儿也不像战前之风，但歌子早已不介意了。他俩要去给歌子家里发电报，要去千平旅馆周围散步，还要亲历一下古道之趣……为此，遂以旅馆为起点，乘上了公共汽车。

　　两人一下车，就沿着美国人专用的千平周围的道路，慢悠悠地散步。歌子身穿宫岛特为她定制的轻便夏装。两人臂膀挽着臂膀，眼望着树荫里可以窥见的一排排窗户，迈动着脚步。

　　"那间屋子！就是那间屋子！"

　　歌子发出惊叫。

　　"那是我和丈夫常住的房间！"

　　宫岛随之懊丧起来。

　　"真是偶然啊，我也经常预订那间房子。只有那间房子空下来的时候我才来这里，怪不得我们老是见不到面。"

"啊，好可怕的偶然啊!"

歌子天真地大叫起来。

"你我缘分，看来很深啊。"

然后他们回返古道，一边走一边随意浏览着各个店面。忽然看到一家西式裁缝店橱窗的绣花底面上，似乎停立着一只制作精巧的手工蜻蜓，引起歌子的兴趣。

"啊呀，这不是真的吧?"

"不，是真的。"

此时，打这里经过的两个男子，回头看了一眼。其中一人已经接近四十光景，是个身材魁梧的绅士。他瞅了瞅宫岛的脸孔，露出惊讶的神色。宫岛一见他，也慌忙转过脸去。那位绅士同时倏忽瞟了歌子一眼，似乎想起了什么，也没有打招呼，就默默走了过去。歌子瞧着那位绅士身上素色双排扣西装的后背，猛然记起来了，对宫岛说:

"喏，听我说，他就是小原先生，千平旅馆的总经理，一点儿也没变。"

"嗯，"宫岛阴郁地回答，"或许就是如此，人与人不一样啊。"

宫岛一心想回旅馆，歌子想起还没有给家里发电报，两人随后去邮局。歌子让不知为何有些焦躁不安的宫岛在外等着，她一个人走进邮局。

刚才那两个男子站在汇兑窗口交谈着，没有发现歌子。他们的声音虽然不高，但听到了宫岛的名字。歌子缩着身子悄悄倾听。

"确实是宫岛。"小原经理对同伴说，"真叫人吃惊，完全阔起来啦。没想到是我以前旅馆里的一个厨师，那八字须没剃掉，算是千虑一失。带来的那个女人是过去经常来旅行的游客。这世界上的事真是无奇不有啊！"

"这位厨师手艺很高强吗？"

"是啊，真想叫他再回来呢。自从到了美国人手里，只有我还留在那座旅馆。近来厨师质量低劣，真叫人能气死。"

歌子战战兢兢亲手发完电报。

出了邮局，宫岛看她面色苍白，吓了一跳。接着，那两个人也出来了。于是，他明白了一切。

宫岛挽起歌子的手快速向汽车站走去。两人在回旅馆的路上，没有说一句话。

当天夜晚，为了摆脱令人窒息的久久相对无言的窘态，他突然带着绝望的口气发话了：

"哎，歌子女士，和我结婚吧。我愿意接受您的孩子。好了，什么也不用说啦，一回到东京，就请同我结婚吧。好吗？拜托啦。"

歌子一直凝视着他，随后显露出悲哀但绝非怜悯的表情。纵然如此，她依旧半是梦境半是醒悟地说：

"嗯，好的。"

歌子回答。

两个老姑娘

常子决不气馁。

她那充满善意的心，使她对任何事情都处理得很好。因此，她并不认为世上绝大多数麻木者皆出自单纯。那种麻木本源于误解、恐怖、警惕或缺乏自信。一个怀有自信的男人，就不大会被常子等善意之人误认为高傲、难以接近，一直害怕被拒于千里之外（三十五岁的年龄正当盛年，很适合于三十岁的女子）。这样的男人见到常子不会不迷恋，以至于千方百计据而有之。

"世界上的男人大都没有自信！"

常子如此呼喊着，满怀雄心大志。

尽管如此，世上的麻木估计至少还要存续十六七年。多么长久的沉默啊！这是个千万人盲目的社会！要想获得真正的评价，需要等待多么漫长的时间啊！有的女人不论到哪里，哪怕一秒钟都需要获得对于自身价值的评赏，因为她们具有极为明显的美丽，足以赢得别人对其乳房形态的些许赞扬或投注来的性感的目光。所谓美本来就是极容易理解的，常子犹如顽固的美学家，并不想承认它。

因而，常子每天早晨上班前的化妆要花很长时间。她会英语打字，从前在 CIE 提包店工作，最近又转到美国一家航空公司担任打字员。

然而，具有此种自信的老姑娘，和具有同样境遇的老姑娘一起生活。她们两人一块儿毕业于乡间女校，甩开农家婚事，一起到东京考入女大。常子毕业于英语科，同学兼子毕业于国文科。兼子后来成为女校教师，已经工作十年，最近应聘担任电台主讲。她有时也在杂志上发表一些短文，出版了一部专著《平安朝文学随想集》，销售良好，赢得很高评价。

两人住在东京都内有名的战争废墟幸存下来的公寓里，即水道桥车站近旁的 E 公寓。只有秋千、沙地的公园般的庭院，四周连续围绕着几座半"口"字形的集体宿舍①。两人的房间在十二单元楼内，虽然有些古旧、破损，但属于西洋建筑无疑。两道门扉内，一间客厅兼厨房，一间卧室，并排放置两张床。

镜台只有一个。不过一个也足够了。虽然两人同一时间上班，早晨一块儿出行，但兼子很快穿好衣服，迅速梳好头发，扎个髻儿。十年如一日，一身不变的藏蓝色西服，从不化妆。

---

① 英语：flat，英国风格的集体住宅，同一层楼一家人可居住数间房屋。

接着，兼子在常子永无休止的化妆期间，坐在餐厅窗户旁边的躺椅上，一边伸展两腿，将爱猫阿黑放在膝盖上，一边看报。早晨过于炫目的阳光，时时照射在纸面上，她伸出作为女人颇为少见的稍显骨节粗大的手指，放下了赛璐珞制的遮阳伞。三层楼外，没什么有趣的风景，不足以愉目。

"快些呀，我肚子饿了。"

"再稍等一会儿。"

"还是抓紧点儿，上课要迟到的。"

每天早晨都是重复着同样的对话。

接着，挺着身子坐在卧室镜台前不肯动弹一下的常子，和餐厅窗户下的兼子之间，不时交换着话语。

"我呀，"她在按摩面颊，声音有点儿歪斜，"昨天出了办公室，回程的电车上，看到站在我前面的一个男子，老是盯着我瞧个没完。"

"是吗？"兼子礼仪性地大幅度伸着懒腰。

"一旦目光相遇，他便慌忙闪开，涨红了脸孔，格外淳朴。已经不是爱脸红的年纪了，他大体和我年龄相仿，是个略显阴郁的男人。"

兼子立即带着活跃的语气给以回应。

"大概搞错了，肯定是你脸上沾了煤灰什么的。不管是谁，一旦在电车上遇见满脸黝黑的女子，都会感到既惊讶又可怜，一直盯着不放的。"

"你真恶毒，真恶毒！竟然说出这等话来。坏透啦！"

常子更加热心地凝望着镜中的自己，因为摘了眼镜，皮肤显得有些松弛。对了，还是戴上眼镜再看吧。

　　常子的面颜适合戴眼镜。她颧骨突出，只有上面架着两枚镜片，才会显得调和些。她脸盘宽阔，眼睛纤巧而略嫌上挑，眼鼻自然靠在一起，镜中的整个面孔仿佛浑厚有力，尽管如此，也并非无可挑剔，细究起来，这种脸型具有标准答案般的无趣。一张薄薄的嘴唇，也决不能算是有利条件。

　　然而，常子整体看起来很不错，即便长相也还可以。每年，都是下一年有可能流行的富有智慧的新型美貌。假若有哪个长相相似的著名女演员被大肆宣传而走红，倒也万事大吉了。不过她们这种自身的误解，在于认为自己的脸型绝非一盘大杂烩，而富于个性和独创。不过，现实并非如此，即便常子认定自己是美人，别人也不一定赞成。

　　"真恶毒！"又在嘴里叨咕一句。她把昨天买的帽子戴在只穿一件连衣裙的头上，然后沉入忧郁之中。她不知道这顶帽子是托一个男人买的。

　　她戴着帽子，站起身来，走到隔壁。

　　"怎么样，合适吗?"

　　兼子倏忽瞥了一眼，这回打了哈欠之后，将手放在嘴上轻轻拍打着。

　　"一点儿也不好，活像电线杆子顶个鸦巢。要是被清少纳言看了，准得写入'毫无情趣'那段文字中：'身着连衣裙之女，头戴斗笠'……"①

常子大笑起来，她笑得很爽朗。

"看来你不是个逢迎拍马的人，将来要吃亏的！"

所以你总是嫁不出去。——这句话既损别人又损自己，对于她们来说，吵得再厉害也绝不会说出口来。

兼子专注于报上第三版的社会新闻。什么情杀啦，三角悲恋啦，金钱被情妇拐跑啦，等等。兼子对此类报道非常爱读，这是一种秘密的快乐。这位女大教授（"女校"改称"新制大学"），利用休息时间在教员休息室里读报时，总是表现出只对"文化""妇女"等栏目感兴趣的一股子热情。

兼子对化妆不感兴趣，对服饰也不感兴趣。恬淡、清净，有时幽默而又聪慧。她本人认为，这些优点全都被活埋于"丑女"这个词儿之中了。

她认定男人们绝不会朝自己看一眼的。自己的人生是多么廉价啊！她即使对于男性教员，说话也带刺儿。从礼仪作法上说，她不想使对方感到她的"性"诱惑。正如世人一般看法，老姑娘未必一味忘情于中性化。

她对于常子的友情可以说只是怜悯，是出于对类似自己

① 清少纳言，平安中期女作家，生卒年不详。约存世于公元1000年前后，曾入宫侍奉一条天皇中宫定子。著有《枕草子》《清少纳言集》等。此处指《枕草子》中第三十五段《花木》："梨花使人觉得毫无情趣，近来不被珍贵，也没有随书信往来。见到梨花如见表情冷淡之人，连叶色都那么可厌。唐土却广为多见，被写入诗词吟咏。然而细看起来，花瓣尖儿凝聚着朦胧的色泽，似有若无。杨贵妃见玄宗皇帝使从，惨然泪下，'梨花一枝春带雨'一语，比喻其凄苦的容颜，似乎并非普通之辞。"云云。

的丑女的母爱。不论常子如何苦心化妆，男人们的眼睛都不会转向她，那是绝对的事实。否则，除非太阳打西边出来。常子的化妆之所以丝毫引不起兼子的羡慕或憎恶，均来自这样的确信。

化妆完毕，常子站起身来，"哗啦"一声打开西装橱柜，兼子顺手掏出咖啡玻璃壶下面的酒精灯，点上火柴。火苗在晨光里看不见。突然"噗"的一声，仿佛小小的叹息，咖啡壶①底下稍稍沾着黑煤灰的玻璃周围，好像燃起蓝色的火焰，闪闪飘动。

兼子动了一下，膝盖上的阿黑也在蠕动，她坐直身子伸展着腰肢。兼子的大腿重重支撑着猫的温热的四肢，不断传递着一种亲和的小小力的波动。

她放下报纸，再次伸伸懒腰，唯有牙齿格外美丽。她拉起遮阳伞的绳子，窗下出现明亮而宽阔的街道，周围照旧是废墟上临时突击建造的楼，广袤的天宇。秋天早晨的天空和地平线上，只能看到精密的丝绸般闪光的云朵。街道树下 M 大学的学生们，徒步到学校去上课。他们的身影倾斜着，一列列向前走着。

那边是年轻人，这边是老处女，兼子想。人生完全嵌镶在各自的作用中，静静地向前移动，像并行的影子，多么美丽。

---

① 英语：siphon，这里应当指虹吸式咖啡壶。

这时，咖啡壶里的水很快沸腾了。蒸汽冲动着壶盖的响声充满全室。

星期天，两人多是空闲而无约会的日子，所以经常一起外出。常子一心想使兼子做陪衬，而兼子到底是兼子，脸上只是浮现着讽刺的微笑。

她俩一起看电影，有时逛逛动物园，有时无目的地在大街上漫步。每看一场爱情戏，心里就寂寞难耐，两人走出电影院，坐在人声嘈杂的咖啡馆角落里，久久沉默不语。常子热心地反复翻阅故事说明书，而兼子只是将说明书卷成一根棒棒，一边漫然敲打着窗边兰花盆的腹部，一边眺望窗外。盆栽里有四五个纸烟头插在泥土中，被揉碎了横倒着，有的沾着口红，渗着胭脂，同葡萄紫的兰花的花色，形成了污浊的对比。

"真好。"常子从说明书上抬起头来，打心眼儿里赞叹。

"确实是一部好电影，但那不过是美丽的梦幻。那般聪明的男女，那种甘美的恋爱，现实中是难以想象的。"

"不过，我对那个男人没好感。"兼子的语气里暗含着对男人报复的心理，"竟然和自己喜欢的女子分手，不到一年又和别的女人结婚了。"

然后，两人都心照不宣，即使什么不说也都各自在思考同样的问题。自己尚未熟知的男人的世界，在这个世界，寻求、获得、丢弃，又重回自由，一次次像火中凤凰一般从灰烬中站起，再展风姿。她俩都梦想找到这样的男人。光是一味苦等下去终不是办法。明明长着两只手却不能抓住幸福，这叫人怎么受得住！

要能亲眼看着男人在自己面前抓耳挠腮，那该多好！倘若更能抱住她们的大腿声声哀求，她们或许就会垂以母性的慈爱。但这些男人对她们只是客客气气。

对于男人们的这番礼仪，兼子一向感到焦躁不安，但眼下什么也不去想了。常子呢？也同样在品味男人礼仪作法的甘美情绪。

"刚才你没看到吗？"

常子急忙说。她穿一身定做的少女式水滴花纹的西装，眼镜中的双眼眯成一道细缝儿。

"没看到。"

"有个陪伴女友的青年，刚才去了化妆室^①（常子习惯以此称厕所）。"

"怎样的人呢？我没在意啊。"

"留着长鬓角儿，打扮得怪模怪样的。那人有女伴，但穿过我面前时，悄悄用胳膊肘儿推了我一下。"

"是你坐得太宽，身子越过通道，不小心碰着他了。"

"没有，不是的。因为实在恶心，怎么会碰到他呢？等会儿他回来我向你瞟眼儿。"

"他没犯罪，怪可怜的。"

---

① 英语：toilet，洗手间、厕所的雅称。

"不犯罪？你对世事太无知！"

那青年又从店内深处回到这边来。常子的椅子紧挨着高大的橡胶树盆栽，不管怎样都不会碰到她的。

常子像疯狗似的突然躲开身子，那青年大吃一惊，向下看看，常子从镜片后头怒冲冲斜睨着他的脸。青年诚惶诚恐，眨眨眼睛走了过去。他一回到座位就催促女伴赶快离开。

兼子只是在唇边儿嘻嘻笑着，朋友又干了一件蠢事。她顺手从老式的提包里抽出袖珍本的《和泉式部日记》①，手执小小红铅笔，在一节文字上画红线。这是明天上课的部分。

> 恋人殿下薨去，又接受弟宫的求爱。②
> 要是依旧眷恋旧情，你就不必拜见。她若有事问你，你就说只凭言语一时说不明白，还是看看这首歌吧：

> 昔嗅橘花香，今闻杜鹃啼，
> 眷眷怀旧情，双栖本一枝。

> 她写了这首返歌交给来人带回给弟宫，以表示接受他的求爱。

---

① 和《枕草子》同时代出现的古代随笔，作者为和泉式部。
② 恋人故去后的和泉式部获得故人之弟帅宫敦道亲王所赠橘花，并在返歌中表示接受他的爱情。

常子呆呆地望着朋友，她的咖啡杯子喝空了，嘴里还留有咖啡的味道，但不知怎的，心情总是不快活。

"走吧。"她说。

"好的。"

兼子像个五六十岁的女子，带着沉着冷静的态度看看窗外。干脆将自己打扮得老一些，可以获得一份安然的生活。这正是她真实心情的表露。

窗外，电影院屋檐末端，可以看到细微的雨丝。

"啊呀，没带伞来。"

"啊，只好等雨停了再走吧。"

两人等了半小时，喝着不想再喝的咖啡熬时间。店里很混杂，她俩今天什么事也没干，就这样过去了。她们似乎有所感叹而沉默不语。常子冷不丁儿一把夺下兼子手中的袖珍本小书，说道：

"不行，你不能撂下我不管。"

兼子露出老练的笑容。最后，这对朋友或许猛然想到，自己不就是对方痛苦的根源吗？然而她们每日呼吸着粉笔末，眼下正用嘶哑的嗓音，毫不客气地互相调侃：

"你呀，今天是不是来例假了，怎么变得这么怪？"

这种二人生活中，有一天发生了这样的稀罕事。

放学后，因为开会兼子回去晚了。常子在宿舍等得不耐烦，等兼子一跨进门，她就一下子扑过来。

"哎呀，怎么啦？疼死了，别这样揪住我。"

兼子有意走到房间一隅的桌子旁边，慢悠悠地放下提包。

"好消息！好消息！"

"你呀，真搞不懂，这份年龄还像个女学生，吵吵闹闹的。"

"我实在等不了嘛，今天干吗这么晚呀？成心欺负人！"

"我今天不是开会吗……"

"管你怎么说吧，告诉你，今天公司里有件好事儿，有位客户找到副总经理，要我立即打一份文件，是军事文件。那位客人是个风度翩翩的军曹，在我打字的时候，他寸步不离，说了好多有趣的话，一个劲儿夸奖我，说我打字打得很好看。接着凑近我的耳朵说了句'你的手指真漂亮'。"

"大凡外国人，总是爱花言巧语，阿谀奉承。"

"你好烦！我呀，打完字交给他。你说怎么着，他在文件底下偷偷握住我的手指，又凑近我的耳边说：'今晚请你吃饭好吗？'"

"哦，你怎么说？"

"我当然 yes 啦。"

"厚脸皮！立马就应啦。"

"他，他可是用力拽住我的手不放呀。于是我对他说：'五点半，我在地下休息室等你。'"

"怎么样呢，说话完全是一种军队做派！"

"看来，你疑虑好深啊。"

"首先，外国人，你不觉得恶心吗？"

"不过，他长得很帅。我呀，很喜欢外国人的单刀直入。日本人没有那样的勇气。"

兼子厌了，一味在灯下打转转。她望着常子低垂着的黝黑的面影，脸上浓妆艳抹，镜片后面笼罩着一层阴郁的白粉，这样的装扮并未摆脱一身的土气。经常看到外国佬得意扬扬傍着一个龟婆子①走路。这张面孔也能被一些人看成美女吗？

"你昏了头啦。你要是去赴约那就要受辱。那种事儿千万别当真啊。"

"信不信是你的自由，用不着吃醋。"

"我才不会吃醋呢。嫉妒你又能得到什么呢？"

"够了，够了！那好吧，明天到时候你也去休息室，要是一块儿坐，他就必须同时邀请你，那太尴尬了。你可以坐在别的桌子旁边看着，一定会感到惊奇的。没有比你更小看我的了。"

"有意思，我去看看。"

"嗯，来吧。为了补你的情，我会找个时间请你吃饭。"

第二天，常子及早换上一身西装出发了。化妆比平时多花了几倍时间。

兼子放学后，为了赶往都心常子的办公室，要多次换乘上行迂回电车。车内很拥挤，兼子绝不东张西望。她一只手

---

① 龟婆子，原指德川家康的侧室、京都正法寺志水宗清之女。

抓住提包和吊环，另一只手掏出袖珍本小书阅读。秋季快要到五点钟，天空还十分明亮，夕阳猛烈地照进车内，但已经一点也不感到燥热了。

兼子蓦然抬起倦怠的眼睛，望着黄昏时节都心的街道。报社大楼上的一圈鸽子呼哨而起，乱作一团，打眼前横飞过去，遮蔽了视野。超越高架线的大楼涂着白石灰的一侧，映照着火红的夕阳。河面上瞬间即逝的残照，猝然剧烈地映射着眼睛。

兼子不知道自己急匆匆赶往何处，要云办理什么事。即便要去见什么人，那也不该是常子。她感觉，今日黄昏里的街道，放散着酷似平素特别爱读的"三版新闻"的味道。她想，自己要是一名女记者该多好。"社会"，实在太广阔了……这么一想，又立即陷入"广大"与"可能"中不得自拔，那包裹在素色藏蓝色西装内的老处女的胸间，立即感到窒闷起来。

信托大楼地下室咖啡馆顾客不多，颇为闲静。侍女们站在柜台边聊天。即便已经预订，也迟迟不送过来。

"请来一杯可可。"

兼子说了一声，她低俯的眼睛只注意书本。

送来的可可泛起焦褐色泡沫，兼子沾在袖口上的粉笔末没有及时掸掉，落进杯子里去了。

"反正一样，每天都吸进去很多。"

正当她端起杯子送到嘴边时，门口来了一位年轻的 GI①。其貌堂堂，昂首挺胸，向周围扫视了一圈儿。看样子是意大利血统的美国人，黑发、高鼻梁，在日本人眼里，似乎有几分亲切感。他面向侍女冷冷地笑着，那种笑法似乎不怀好意。那样的微笑恰似端正的面孔中央敞开一只大抽斗。

GI 坐在兼子正前方的椅子上，用清朗的声音叫道：

"A cup of coffee."

兼子无法将这个男子同常子放在一起考虑。

常子来了，坐在外国人身边。常子假装没看到兼子，她既不敢也无暇用眼角扫视兼子一下。由此可见，常子是多么紧张。

常子同美国兵说话的姿态，在兼子面前描绘着一幅另一世界异样的图画。他俩看起来全然是一对互不相称的奇拔而怪异的组合。

"爱"就是这样的吗？兼子思忖着。这种奇妙的组合就是爱吗？那么说来，我最适合于"爱"，与"爱"最为调和。为此，我们却没有爱的资格。……我的眼光绝不会错，常子她绝对绝对算不上美。然而，在爱中，丑人也有资格担当一个角色吗？

她的确动摇了。这种动摇充满地震般的恐怖。她想堵住耳朵，捂上眼睛。最后，她还是用书本遮盖了面孔。

---

① 美国兵略称。

兼子再次抬起头时，两人已经消失了踪影。

当晚，兼子独自看完电影回来了，那是一场令人落泪的喜剧电影。

公寓房间一片宁静。一种奇妙的不安使她将耳朵朝向房门。她很快觉察了，那仅是阿黑的悲啼。将门打开一道隙缝，黑天鹅绒般的一团夜色凝固的小猫钻进来，围着兼子的脚边转悠。

房里很暗。她大声对着猫说话：

"嗷嗷，很好很好，今天好好看家。"云云。

喂它牛奶，猫舌头呱呱地发出响声，震荡着全屋。

兼子在学校里，虽然自己接触众多的青春少年，但她十分明白，那里存在着毫不松弛的自信。她一心认定学生和自己的关系，就是那种十分和谐的美好的师弟关系。她忘记了自己的丑陋。刚才，她亲眼看到常子和外国人一对时，兼子一下子发现自己的年龄与丑陋超出常子以上。她之所以对"自己"顽固地闭着眼睛，到底是因为常子，还是因为本人呢？

她将这种反省写进日记。她什么也不想吃。猫爬上桌子，在日记本上转来转去。

兼子打开收音机，又立即关上。她开始读书，又随即合上书本。常子迟迟不回来。各种想象淤塞心头，苦恼非常。假若今夜不回，到明天，她就打算同常子商量分居。

有人敲门，进来的是常子。她转头瞧着兼子的脸，仿佛是在教员室里叫来一个坏学生。

"回来啦?"

"我回来啦。"

常子的"我回来啦"的招呼放在后边有点奇怪。一瞬间，常子收回了昨晚那种狂热的态度。

"好开心呀，真的好开心。后来，我们到东京会馆里的'普尔尼'① 吃晚餐。今年接收解除之后，还是首次去那里。接着又到日本桥丸善书店下边的'迈克希姆'跳舞。那里是外国人经营的时髦的舞厅。在那里跳了三个小时的舞……"

"然后就径直回来啦?"

"嗯。"

"我知道了。你怎么不叫他来请我打字，真不够朋友。你真是……"

"你太无礼啦，竟然能若无其事地说出这种刻薄的话来。好冷酷啊! 什么友谊，一点也没有。小姑劣根! 老处女的可厌之处。难道不是吗?"

"你才是老处女!"

兼子突然声音尖厉地大笑起来，笑声一直停不下来。

笑啊，笑啊，最后咳嗽，流出眼泪。

常子默默不语地到隔壁房间准备睡觉。

兼子笑完了，发现身边谁也不在。她看看窗外，一排排

_____

① 法语：Prenier，法国巴黎餐馆名，以烹制鱼虾贝类菜肴为主。

街灯，照耀着空无一人的大街，绵延远方……一派岑寂！独自做饭，一个人慢慢吃着。熄灯就寝。这时，隔壁的常子似乎还没休息。

"对不起了。"

兼子说道。

"哦。"

"下次还约会吗?"

"后天。"

不一会儿，两人开始睡觉，但谁也睡不着。

翌日，兼子学校放假。她对常子说，自己不想外出，因为下午有课，整个上午她要睡觉。这种情况时常都有。常子毫不怀疑地去公司上班。

听到常子出行的声音，这位大学老师从床上起来。用脚尖儿将猫赶走，打开西装橱柜，找出常子昨天外出做客的那套礼服。

那是一套大开胸式的绣衣和流行式的印花裙子。兼子从三只抽斗中找出人造乳房和乳罩，她热血沸腾，两眼发亮，将这些东西摊在床铺上。仅仅知道《枕草子》课堂上这位老师姿态的学生们，假若看到了这种场面，肯定吓得目瞪口呆。

兼子对着镜台脱掉睡衣，露出老茄子般的乳房，显示着不太美观的形体。兼子将人工乳房贴在胸前，扣好乳罩，稍稍后仰着上身，于是，嘴角儿出现了自己看不见的喜悦。

她和常子全然一样。她穿常子的袜子，模仿做成常子的发型，坐在镜台前，觉得不戴眼镜会更好些。她不知道黑色的皮肤适合涂什么样的白粉，一旦涂上常子肤色的白粉，皮肤的颜色则愈显黝黑。她又搽了十几年没动过的口红，唇边随之浮出轻盈的喜悦。

"好漂亮啊!"

她嘴里反复嘀咕着。随着脸部化妆完成，兼子感到仿佛干了一件坏事，满心快乐，试着做出各种坏女人的动作来。只有作为学校老师的眼神未变，这很使她不满。

不久，她抱着猫，抑郁地坐在躺椅上。午前明丽的阳光，使得大街上疾驰而过的大卡车的影子，随着车体鲜明地一掠而过。街道树尚未泛黄，红蜻蜓停在空中，又急剧下降，刹那间停止于一米高的低空中。

敲门声打破她的幻想，兼子的心胸急剧地跳动。啊，不得了啦，一定是常子回来了。但她回头一想，她觉得那是不可能的事。她随即陷入裸体应客的尴尬境地，躲在门后，悄悄开了门。

"Good morning."

没想到高处露出一张面孔来，向她打着招呼。他就是昨天那个 GI。

"啊，是常子小姐……"

他想礼貌地握住兼子的手。接着，似乎发现不对，反问道："抱歉，搞错啦。你是她的姊妹吗?"

他说一口重音纯正的日本语。

"是的。"

"常子小姐，她不在吗？"

"嗯，她不在。"

兼子发现昨天坐在自己对面的这个外国人，竟然认不出自己来了，她感到很快活。

"请进来吧。"

"可以吗？好吧，不客气了。"

他沉着地坐在椅子上，照例傻笑着：

"Nice room!"他恭维了一句。这回兼子一点儿也不讨厌他的微笑。她开始煮咖啡，酒精灯的火焰又在空中薄薄飘浮。

GI硕大的手将帽子一折为二，又团了团，沉默不语。他将毛扎扎的手伸到桌子上，猫儿走来嗅嗅气味儿。他把猫架到肩膀上，蹭蹭面颊。猫的身子几乎隐藏在胳膊肘儿中了。

"其实，今天下午我就要立即赶往朝鲜，我是来告别的，请代为转达常子小姐好。"

"啊，去朝鲜？"

"因为决定来得很急。"

他用一向不带感情的日语说着，慢慢弯下腰，把猫放在地板上。

兼子心跳激烈，因为耳畔传来咖啡沸腾的响声。

喝罢咖啡，GI急着要离开。兼子走到门边，脊背胡乱地抵在门板上，热心而贪婪地打量着这位年轻的外国人，说道：

"再见啦，已经不可能再见面啦。"

兼子并未意识到自己的目光有多么可爱。外国人以低伏着的目光，反射性地表示明白了。兼子闭上眼睛。她怀着祝福的心情，犹如一个跳崖女子紧闭着眼睛。

"Good-bye."

GI说。兼子的面颊被巨大的手掌夹住了。她觉得那双手几乎将自己的脸孔挤扁了。她想，自己是在模仿卖淫。说不定这个GI要吻一吻她的额头吧？然而，因为过度仰着身子，结果他的吻落到她的口唇上了。

接吻一眨眼工夫结束了。他的庞大的身子迅速滑向门外。

两人握手。当她变成一个人时，兼子走到床铺边，躺在床上哭泣起来。

黄昏时分，常子打来电话，说今晚请兼子吃饭。常子在城里等兼子会合，她打算重新和兼子言归于好。

兼子照例换上那套藏蓝色西服，走在薄暮冥冥的大街上。她觉得很难再提朝鲜的事儿，只能沉默不语。

"那个人刚才来看我啦。"

常子回头看看一个交肩而过、身穿斜纹西装的男人说道。

一瞬间，兼子一反平常，她不再说什么"撒谎，你看到的是橱窗吧"之类的话，而是说：

"嗯，看样子是的。"

"他见到我啦。"

"当然是你呀。"

　　常子听到朋友这句证言心中很是高兴。打昨天起，兼子以为自己开始对常子多少怀有一些敬意。她对这个小小的变化很满足，也很得意。

开朗的恋人

一

广播里反复播送台风接近的消息，海水尚未动荡起来。今年夏天，自 7 月 25 日起，接连五六日都是炎热的大晴天，接着就是每天下雨，仿佛梅雨季节又回来了。

面对布满伊豆山碎石子海岸的旅馆，虽说不如往年客人那么多，但入住者并没有间断。去年春天解除接收①之后，外国人房客也还很多。夏天，海岸断崖上的旅馆，可以在位于庭院一端二十五米的游泳池里游泳。

神田定一坐在理发馆的椅子上。镜子映照着他那快活没有任何劳苦的面孔。这是一张普通的面孔，尤其在战后的青年人中很常见。目光炯炯、一言不发的眸子，细眉毛，薄嘴唇，不爱动脑筋，这些习惯都表现在一张脸上。定一再三要求理发师使额头上面的头发卷曲起来，他絮絮叨叨，求这求

---

① 这里指二战后美国占领军对日本实行的接管政策。

那，弄得理发师无所适从。他虽然脾气坏，但说话嘴很甜。

"老师傅，那地方再弄得蓬松些，啊，就这样。这里嘛，最好再多剪掉些。"

顺着映入镜中的夏天傍晚迟钝、阴沉的光线，他从反方向漫然地凝望着自己的面庞、橱架上的收音机，以及花插里一棵半枯的唐菖蒲。其间，他的面部奇怪地歪斜了。挂在墙壁上的价目表，并没有翻转，而是原样映照过来了：

定价表
理发：一百五十元
剃须：一百元
云云

镜子本来是反照的，然而这里却无比清晰，原样未变。他蓦地转过头去，只见镜子对面的墙壁上悬挂着反写的价目表的文字。

"噢，是那个吗?"

性格快活而有些秃顶的理发师，看到猛一回头的顾客，急忙闪开手里的剪子，自己也转过头去。

"那是为了使顾客看起来方便，是我一个小小的发明……对啦，刚才说到哪里了? 对对，这可是过去理发匠同事的故事啊。我有一位朋友，是个快活的人。这个人目不识丁，在吉原①染了病前来求医。这是听从大家劝告，好不容易采取的行动。这位医生说一口东北土话，我的朋友突然怒气冲冲地回来了，因为医生告诉他要验血。他说验就验吧，但又一脸的不高兴，说那太可怕了。医生问他，有什么好怕的。"

理发师看来这事儿说过好多次了，所以卖个关子，停了好久才继续说道：

"用屁股眼儿喘气还不可怕吗？"

定一听到这里大笑起来。是的，他已经埋下伏线，前头交代过"医生说一口东北土话"了。

理完发，理发师将散落在围裙上的头发仔细地掸掉。定一向镜子里瞥了一眼，耸了耸披着漂亮的绿色围裙的肩头。

"好了吗？"

一位表情开朗的圆脸女子，推开理发馆一半苇帘子门扉，探了探头问道。

"刚刚好。"

定一回答她。于是，他匆匆在理发师递过来的单子上签好名字，跟随那个女子，趁机用肩膀抵住苇帘子门扉出去了。此刻，一个穿着白衣的徒弟，一阵风进来，向台子上物色着什么。

"找什么？"

"不找什么，顾客要借用一下剃须后的雪花膏。"

—————————

① 旧时东京红灯区。

213

"那下头有刚装好的，拿去吧。不，不是那个，是绿瓶子。"

理发师说罢，随即自言自语：

"那两个是什么人呢？"

"哪两个？"

"刚才和你交肩出去的二百一十号客人。"

"啊，叫什么的……"小徒弟歪着脖子想，"已经四个晚上了。"

"大概是夫妻吧？"

"可能是恋人，一天到晚，形影不离，说笑不止。看来出身不一般，或许是哪里来的富家子弟。"

"不，不是。依我看，家庭教养不一定很好。"

二

神田定一和上村绫子，从理发馆出来，像平时一样，互相轻轻地扣着小手指，一直走到休息室。他们来到柜台前，宾客部主任过来打招呼：

"今天晚上七点半，旅馆前的海面上举办流灯会，晚餐后请前往观看。"

"啊，是吗？"

"流灯会太漂亮啦，我很想看。"

"嗯。"

两人进入休息室，坐在靠近庭院的椅子上扫视着周围。人们利用饭前时间，或浏览一沓沓辑录整齐的各地报纸、杂志，或无所事事茫然地坐着，或没完没了地点头哈腰打招呼，或打扑克……

一半是外国人。

两人凝望着暮色渐浓的庭院。

草坪巧妙地向海面倾斜，隔着海湾的是鱼见崎，正前方是网代岬，更远处是天城山系和川奈旅馆屋顶闪亮的地岬、大岛、初岛等。庭院仿佛向被这些地方围绕的海景中伸展而镶嵌进去的。其实，草坪的斜面下边有网球场和游泳池，再向下，隔着一道高高的悬崖就是大海。

大岛模糊的岛影之上，总是横曳着云层，即便是响晴的天气，上面依然低低聚集着阴暗的云影。或许是火山的影响，今晚，暮云众多的天空，唯有这一带的云彩更加明亮，同其他云彩不一样。抑或网代的灯火已经点燃，再加上外光的影响，看不到远方的灯光。地岬的绿色因夕晖的映照，带着极其复杂的幻影。

或许为了躲避多少有些燥热的傍晚，庭院草坪洁白的椅子上，看不见一个人影。

"代——代——木。"

背后传来一种奇妙的声音，定一和绫子回过头去。

休息室邻近的桌子边，围坐着前来避暑的一个幸福的家族：一对老夫妇和一对小夫妻，带着一个小男孩。小孩子大约三四岁，一边扭着身子在塑料椅子下面钻来钻去，一边不住令人心烦地叽咕：

"代——代——木，原町，五十五番地，清川，保——护。"

举止高雅的小个子祖母，高兴地说道：

"真聪明，真聪明，这下子，即便迷路也丢不掉啦。"

定一和绫子，互相对视，脸上现出莫名的微笑，随之转向家里人。

然而，教养严谨的家族，身穿高级印花汗衫的男青年，还有穿着袒胸露背的海滨服的女子，他们那一对没有报以微笑，宛若封闭在硬壳里，默然无语。

只有年轻的妻子，几乎无意识地对这边笑笑，而且当她觉察自己在笑时，马上恢复原来一脸严酷的表情。

她已经沉迷于战后混乱时代的回忆中，定一和当时的青年有点儿相像。

定一和绫子从那个家族转过眼睛，重新眺望薄暮冥冥的庭院。他俩一直心情快活。定一抓住爬到自己裤子上的一只蚂蚁，若无其事地按压在绫子的手心里，绫子展开掌心看着，接着冷静地抓住定一的大腿。

"好痛！"

"真讨厌！"

"我真的令你讨厌吗？那你为何一心盯着可厌的男人寸步不离呢？"

"嗯，就讨厌。"

"是喜欢吧，啊？"

"傻样儿。不喜欢也不讨厌。要说喜欢，倒是喜欢你的那点儿不足。"

"好可爱。一说坏话，就将樱唇躲开，然而那地方最可爱，让我吻一下吧。"

"别胡闹，人家看到啦。"

"快说喜欢！"

"喜欢……"

将报纸送回来的一个男人打旁边通过时，惊奇地看看他们两人。

三

因为要照顾孩子早点睡觉，吃完晚饭，清川家的年轻夫妇就领着孩子回自己房间了。老夫妇就住在隔壁。老夫人想看流灯会，但要走到海边游泳池，夜里必须通过一段石阶。结果在管理客房的侍者指引下，找到一个可以看到流灯会远景的地方——三楼楼梯转弯之处。

"儿子和媳妇不来吗？"

一家之长老博士问。

"算了，他们要在屋里哄孩子睡觉，不能离开……一对年轻人，随他们爱到哪儿。"

医院院长老博士，和夫人一起身穿浴衣来到楼梯口。热海有名的晚间静海，直到八点还没有唤回一阵风来。夜里，反而越发感到君临而来的暑热。

"啊呀，好漂亮！"

"啊，真漂亮，真好看。"

天空阴霾，不见一颗星星。海面上二百多盏灯笼，佛珠般连缀在一起。开头有小船牵引，一盏盏次第出现，接连不断，灯的一端越走越长了。

旅馆下边是宏大的西式别庄，小小古城般前景的远方便是大海。夜间的海失去距离感，远洋的海面，看起来宛若一道垂直的黝黑的屏风。那里众多的流灯，比起漂浮于海面的灯笼，仿佛垂直重叠的灯串儿，看起来似乎出现一座奇妙的都市。灯笼之色本来有橙黄、大红和碧绿之别，但从这里起近乎一色。

众多灯笼逐渐打乱了队列，有的聚拢一团，有的散在各处。似乎徐徐变化，不一会儿，收回投向别处的目光重新转到这里时，灯的集合早已不是原来的形状了。

"永远看不够啊！"

老夫人丝毫不带任何意味的语言，说得多么直率、干脆而又愉快！

"唔。"

"……是吧，老爷？刚才在楼下休息室时，旁边椅子上的那对青年男女，真叫人看了恶心。"

"仿佛将'野合'二字写到脸上。"

"那样低级，简直无法形容……不过，现在的年轻人都是这个样子，丝毫都不顾及千人万眼，没有一点廉耻之心，大大咧咧；反而我们这些人需要小心翼翼，畏首畏尾……啊，真是没办法。"

"是啊。"

"我们家的年轻夫妻谁见谁夸。"

"无与伦比。"

"是的，无与伦比，媳妇是好媳妇……"

老夫妇深知自己的余生已经不多，不久就会变为一只灯笼而消泯，因而他们对现状很满足。

"我们很幸福啊！"

"是呀，是很幸福啊！"

"我们有孙子。"

"啊呀，老爷你的浴衣的前襟打皱啦。"

老夫人依然感受到楼梯口午间余热的铁皮地板，她蹲下身子，为自己的老年丈夫用力抻一抻衣裾。

四

清川青年夫妇的房间也和隔壁老夫妇的房间一样，都是具有套间的十叠和室。孩子已经在熄灯后的房间中央的床铺上睡着了。青年夫妇相对坐在阳台上的椅子上，妻子为丈夫削水蜜桃，手拿水果刀的纤纤素指之间，果汁淋漓，一滴滴流下来。妻子浑然不觉，她正在考虑刚才遇到的那对无忧无虑的青年恋人。

眼前的丈夫是一位兢兢业业的内科医生，忠诚继承父业，在父亲的医院里供职。

"刚才在休息室，你有没有注意到坐在我们旁边的那对打扮时髦的青年恋人？"

"注意到了。"

"那一对呀，好叫人放心不下，就像走在悬崖上啊。"

"可不是嘛。"

"依我看呀，觉得非常危险。"话刚说了一半，她自觉有点儿过分，"他们到底是什么人啊？"

"这个，不知道。或许什么事也不干的吧。要么是做黑市生意的，否则年纪轻轻，是住不起白领阶层入住的高级旅馆的。"

丈夫似乎未能觉察出妻子从那对情侣身上所受到的感动。

妻子新婚之夜哭着向他坦白的事情，这位丈夫早就忘了，因而她很安心。她的丈夫缺乏一个处于此种立场的普通男人那种神经质的反应。他是一位科学家，更是一个性格迟钝、充耳不闻的糊涂人。

然而，她此刻正为一件往事所煎熬而心中激荡不已，那位青年很像是曾给她带来灾难的那个人，眼下她看到那人又同那个女郎在一起，她把他嵌入自己的回忆，敏锐地发觉这对于女郎是多么危险；此种危险的感觉可以说近似于同情或善意。为此，在冷眼相视的清川全家人当中，唯有她向那对青年男女用微笑待之。她感到这种事，必须向自己的丈夫反反复复讲清楚，只需丈夫来一句"知道了"就行了。否则，她会一直安不下心来。

"快点儿给我。"

丈夫张开笨拙的五根手指。

妻子将水蜜桃递给他，"扑哧"笑了，说道：

"这样的手怎么给人看病呀？总之……"

丈夫嘴唇周围满是水蜜桃汁，滴滴答答流了下来。

"啊，可不是嘛，老子传下的，没办法。"

妻子微笑的心情，无限地松解开来，眼下她从刚才奇异而沉闷的冲动里获得拯救，反而趁势沉浸于奇妙的瞬间幸福之中。

"我说，在别人眼里，会觉得我们很危险吗？"

"什么危险？"

"那，那就像是一对危险的夫妻。"

"看不出来，因为有了孩子。"

"有孩子就不危险了，是吧？"

"别说了，净是些奇奇怪怪的问题。"

丈夫虽然有点儿张皇失措，但妻子却把水蓝色连衣裙下半身沉浸于暗处，承受户外阳光照射的面孔上浮现出微笑。

这是一副毫无伪装的媳妇的表情。接着，她有点儿撒娇似的说：

"不让我说，你不要威吓我。"

五

于是，他们所谈论的定一和绫子，日暮时分沿着草坪越过庭院，从旅馆借了手电照路，绕弯子走下危险的无规则的石阶，向游泳池边奔去。他们要去看流灯会。

石阶一侧的树林里，夜蝉的悲鸣仿佛是漏泄出来又飞散开去，自石阶中段听起来似乎一浪高过一浪。

即使踏过这段小小的石阶，绫子也发出三次惊叫，每次都紧紧抓住定一不放。她害怕蝉叫，在石阶上跌跤了。石阶中间一段平缓之处有座凉亭，站在亭子里面对大海一览无余。有月的晚上，就连柱子上木纹也清晰可见，今夜天气阴沉，甚至四周的树林都看不清楚。

二人路过此处，走进凉亭并肩坐在木椅上，定一抱住绫子接吻。长久的亲吻之后，又相互轻轻摩挲下唇，湿润而浓重的触感给人愉悦。他俩将手臂相互挽着对方的脖颈，一边轻轻爱抚着头发，一边抱着对方的头颅，进一步深化将对方据为己有的感触。定一对于绫子的上身至腰际一带丰腴的肌肉已十分熟知，他轻轻爱抚着这些地方，总也爱不够。这时，石阶上又传来脚步声，他俩悄悄站立起来，像小孩子玩躲猫猫游戏，手拉手沿着下一段石阶向游泳池一侧走去。

游泳池附近没有人。夜间照明的电灯熄灭了，黝黑的水面深不见底。两人走到池水附近藤架下边，坐在两张并排椅子上，面朝大海。他们仿佛生怕其他客人抢位子，选好位置立即坐了上去。

"呀，好漂亮！"

绫子不由发出狂叫。

座椅前有一堵矮墙，隔断了十米多高的石崖的上端。石崖下边便是巨岩罗列的海滨，直接毗连着海面。右边是热海市的夜景，可以看到自初川河口一带至鱼见崎的电灯或霓虹灯，还有鱼见崎更远方的网代岬一排美丽的灯影以及远洋上的点点渔火。

流灯会马上就要在眼前的海面上举行。伊豆山海岸是中心，并专门为旅馆前海面展放二百余盏流灯。但前来游泳池旁边观看流灯会的顾客很少，定—他们身边的椅子上只有后来到达的一对男女，一共四位观看者。眼前，两百多盏灯笼在水面上漂荡，时时有大浪袭来，众多的灯笼乘着波峰迅即聚集在一起，高高地漂浮着。

"那些灯笼啊，现在接吻啦。"

"水上浮着一团火，外面包着一层纸，一旦水火接触，火就灭了。火和纸接触，纸就会燃烧。那样荡来荡去的，究竟会怎样呢？光有水、纸、火，终究不成事啊！"

"就像咱俩啊。"

"嗯，爱呀，爱呀，最后连纸也被大火烧毁了。或者会不会相反，纸被濡湿了呢？"

"下流！"

"女人哪，怎么这般不一样？"

"啊？"

"在床上和在外面。"

"你呀，光想着整个世界变成一张大床该多好。"

两人咯咯地笑着，绫子抓一把，定一也反挠一把。

"一个男人，怎么那样抓人。"

"眼下床上正逮住个跳蚤。"

"没有什么跳蚤，只有我。"

"看呀，咬你啦！"定一戳了一下。

"咔哧！"

两个年轻人就是这么大声胡闹，旁若无人。不一会儿，他俩不得不留意到身边又来了一对情侣，静静地坐在一旁的椅子上。

"怎么会这样静无声息呢？"

定一在绫子耳边低声说。

"是啊，一言不发，我们那般浪漫，又有什么好处呢？"

旁边的一对男女，年龄上分别和定一绫子几乎相同，只是养育的好坏全然写在脸上了。男女长相很美，端丽、冷峻。男人高个儿，身子细长，发型分切得像一个东京哥儿。女人有些纤弱，但脸型、紧闭的红唇，反而比男子更明显地显现出坚强的意志。游泳池边路灯的光线，使得定一和绫子看清楚了他们的长相。

男人夏裤外面罩着一件浆洗整洁的白衬衫，他轻轻揽着身穿淡黄色连衣裙的女子的肩头，两人闪着晦暗的眼神，眺望海上的一排灯笼。

绫子在定一的耳畔悄声说：

"不像是新婚旅行啊。"

"嗯，好像不是。"

不过，那一对夫妻似乎也不是对定一他们漠不关心。定一他俩一旦转过脸去，他们似乎都很清楚，就立即转向这边，定一再转过去，目光不巧就相碰了。灯笼的队列随着潮水的高低绕着圈儿渐渐向外海漂去。左端开头最先放流的几盏灯笼，已经燃尽，湮没于海的黑暗中了。

定一掏出橡皮糖盒子，给绫子一颗，自己一颗，两人把糖放在手心里，向空中一抛，又随即用嘴接住。两人意气相投，都取得了成功。定一得意扬扬，不由朝旁边瞥了一眼，那两人脸上露出微笑望着这边。

定一送他们橡皮糖，他们老老实实道一声"谢谢"，接受了。

"在这里住了好长时间了？"

旁边那位青年很有礼貌地发问。

"哎，已经三四天了。"

"我们是昨天晚上进来的。"

"是吗?"

"流灯会很好看啊,我们也是第一次看到。"

说话和外貌都像是个东京哥儿。

从此,他们心情轻松起来,两对男女天南地北地交谈起来。

"今年夏天有点怪啊。"

"总是心情不畅。听说到游泳池游泳,可以一天受到日光浴,我们才来这里的。"

"明天不行吗?"

"明天也不会是大晴天吧。"

"你也会游泳吗?"

绫子问那位少女。

"嗯,会一点儿。"

"明天要是天好,我也来游泳,咱们一起。"

"啊,明天……"

"明天"这个词儿仿佛笼罩一层阴翳。

"明天不方便吗?"

"不,不是。"

"是这样,说明天要去箱根呢。"

青年接过话头说。

接着就是好一阵沉默。

"明天你就留在旅馆里,和这位女士一起去游泳吧。"

"是的。"少女回答，"这样也好。"

一会儿，他们又无拘无束地谈论起电影和美食。

灯笼一盏盏消失了。

看到这种情况，青年立即站起身来。

"好吧，我们失陪了。"

"听人说，流灯消失后的景观更有趣。"

"但是太寂寞了！你们看吧，晚安。"

"我们也回去吧。"

定一转头问绫子。

"到上头吃点儿什么吧。"绫子表示赞成。

"可以，吃点儿，吃点儿，你们二位也一起，怎么样？"

"谢谢。我们不饿。"

四个人打着手电登上石阶，由黑暗之中走进有些炫目的休息室，分别了。

六

青年和少女回到二楼自己的西式房间，关起门，上了锁，两人猛烈地抱在一起，倒在床上，久久地接吻。两人离开之后，上半身躺在床上，各自望着涂漆的淡蓝色的天花板，沉默不语。

青年这才从嘴里拉出橡皮糖，扔到烟灰缸里，自言自语地说道：

"不知怎的，我呀，好像很怕死啊。"

长久的沉默。少女沉静地说道：

"我也是。"

"……啊！"

两人本来打算在这家热海饭店住一夜，今晚迟些时候离开这里，到锦之浦投海自杀。

昨夜，他们的身心获得彻底松解，想起这个世界里最后的一个晚上，似乎还是应该将快乐的绝顶永远延续下去。这是一种死前的戏闹，可以说是全力以赴的死的预演。仅仅是在正戏开幕之前，控制一下无力与懒惰。今日一天，两人都累了。脑子里只是考虑着摆在眼前的死的义务。然而切实感到的却是无可抵抗的困倦，他们等待死仿佛是在等待即将来临的睡眠。夜的到来晚了，两人去看流灯会，也是为这个世界留下一份纪念。就这样，他们在那里，遇见了那对开朗的男女青年……

"是啊，因为遇上了他们。"

青年说道。

"看样子，他们是多么幸福！"

"也许是的。"

"人啊，往往因一件小事而改换心情。"

"我也不太明白，只是看到了他们，我就立即感到死是可厌的，而且马上觉察你也会这么想。"

"是的，我和你感觉一样。"

"那一对人儿比我们坚强，不论遇到怎样的痛苦，都不会考虑到死。一看就知道他们是属于这一类人。我不愿因自己的死而招致别人的嘲笑。"

"……"

"对吧?"

"遭人嘲笑，比死还可怜啊。"

"总之，我们必须那样活下去。不过他们实在了不起，他们周围似乎充满一种活气。"

"……明天回东京吧。"

过了一会儿，少女说。他俩逐渐产生了不向任何艰难险阻低头的决心，青年猝然抱住少女，一边紧握她的手，一边叫喊:

"快，紧紧握住我的手! 我们且不要再变回去……我害怕……今晚，即便睡了，我也害怕……我们再不要有死的想法。紧紧握住我的手吧!"

七

作为他们谈话主题的定一和绫子，坐在旅馆朝北一家酒吧的阳台上，喝着冰块威士忌。酒劲儿上来之后，越发精神振奋，随即放上节奏较快①的音乐唱片，翩翩起舞。

酒吧为日式和西式两相结合，既像雅致的茶室又像山间小屋，充满俗恶趣味。天花板上依旧保留着去年圣诞节的装饰，八个月过去了，如今依然作为房间布置的一部分保留着。除却柊和枞带有一些圣诞风味之外，奇特的假花下吊着的方框般的东西，难看地耷拉下来。

大厅是北侧一角三四坪大的空间。窗户上坠着白色绣花窗帷，在夜风中飘动不已。

酒吧的顾客都是外国人，但靠近大厅一旁的餐桌上，坐着一位身穿高档红衬衫的美国人，稍稍呆丧着脸在独酌，不断地呼叫侍者添酒。不论喝多少都面无表情。同周围外国人家族团圆式的气氛显得格格不入，这个青年就去跳舞。他的每次行动都逃不过定一和绫子的眼睛。

"那小子海量啊！"

"看样子人不坏呀。"

"还像个孩子，啊呀，他正对着这边，嘻嘻地笑呢。"

这时候，响起了外国客人的朗笑和踩踏地板的声音。那个青年敏锐地朝那里瞟了一眼，眉头紧蹙。

两人跳完舞，正要走回凉台，那位外国青年过来打招呼：

"晚上好。"

"晚上好。"

----

① 音乐速度术语 tempo rubato，自由速度等含义。

定一答礼。

"一起喝一杯吧。"青年说。

"怎么样？一起喝吧，不是挺有意思吗？"定一回头看看绫子。

两人向侍者要了两只杯子，同那位孤独的美国青年坐在同一座席上。

"How do you do? 我姓神田。"

"How do you do? 我是杰克逊，属于空军部队。"

"真棒，是飞行员吗？"

定一边说边模仿操纵驾驶杆的样子。

"呀——"

GI腼腆地笑笑，点点头。

GI把他们叫到桌边来，并没有说什么。他只是一次次地主动去更换唱片，回来后重新沉迷于音乐和酒里。

一群外国顾客再度腾起一阵狂笑。杰克逊君又皱起眉头，说道："我讨厌美国人的大声吵闹。"

定一认为他是个不一样的美国人，仅仅是自己一两句英语以及对方一两句日语，就渐渐亲密起来。

"您喜欢音乐吗？"GI问道。

"喜欢音乐，最喜欢爵士乐。"

"我也是。"

"是吗，小姐也一样？我呀，我喜欢 soft music。"

接着是长久的沉默。定一没办法，问了个不疼不痒的问题："在日本不觉得寂寞吗？"

"是寂寞啊，非常寂寞。"杰克逊君盯着两只大手握着的酒杯中的汽水泡儿说道。

"找个女孩子玩玩嘛。"

"我呀，最讨厌嫖妓。"

"良家小姐很多嘛。"

"人家小姐根本瞧不起一个 GI。"

他又是三步并作两步去更换唱片，回来后说：

"我呀，非常寂寞，所以只有拼命喝酒。今天喝了十瓶啤酒，六杯冰块威士忌。我二十二岁，四年前死了未婚妻。那女孩儿非常漂亮，身姿也很美。我们相亲相爱，谁知她竟死了。"

"挺可怜的。"

"不过，我没问题，不在乎。"

他摊开两手示意。

"没什么可在乎的。"

接着，又是好一会儿听听轻松的音乐，或久久沉默着。三个人各自喝了一杯又一杯，醉意朦胧。

杰克逊君突然说道："小姐，您很像她呢。"

两人能见到的墙壁上，挂着挂历，日本电影女演员的彩照，被作为八月的彩图。

"啊，谢谢，不过，还是她更漂亮。"

"哪里呀。"他带着一副忧郁而认真的表情加以否定。接着，目光转向定一，低着眉说：

"我呀，有个请求，要不要听听。"

"什么请求？"

"我能和小姐一起跳舞吗？"

他为何要把他们二人叫到自己这边来，对他的胆量一直不懂的定一，终于明白了。他的颇为羞涩的邀请里，含有一番好意。

"有请，只要她 OK。"

"小姐，好吗？"

"好的。"

GI 的脸孔上浮现喜色，他立即走去换上自己喜爱的乐曲 *Pretend*[①]。

定一看着身高只能抵达 GI 胸脯的绫子被抱在怀里跳舞，心想："自己的女人被别的男人抱着跳舞，不也很好吗？我已是中年人的心境了吧。"

杰克逊君连跳三首曲子。然后把绫子送回定一身边，带着幸福的表情说道："谢谢。"

---

① 《伪装》，著名黑人歌手纳·京·科尔（Nat King Cole）创作并演唱的美国爵士乐曲，1953 年流行日本。歌词的大意是：伪装能够驱除忧郁，唱歌可以使人快乐……

八

两人喝得酩酊大醉回到自己房间，看看手表终于到十点了。他们透过纱窗，茫然遥望远方网代的灯火。

"好痛快啊！"绫子说。

定一有点儿不明白她的意思，但也立即跟着说：

"好痛快啊！"

绫子两手插入酒后燥热的头发里。

"我们啊，能否就这样一直待在这儿？"

"一直待下去，终于会暴露身份的。"

"真令人不安啊。"

"一开始不就明知道会不安吗？"

"明白后更使得自己不安。不知明日是田野还是山峦。"

绫子哼起歌儿来了。

"总会有办法的。我们凭着假名字住旅馆，总不至于没钱吃喝而逃离吧？"

"不过我已经厌倦旅馆的生活，空间太狭窄了。"

"我也不大喜欢住旅馆，只是觉得浪漫些。"

"估计这家旅馆结账时要花多少钱？"

"房间很好，两个人总得三万元左右。"

"如何潜逃呢？"

"有个好办法，我们没带多少东西，偷偷逃离很容易。走楼梯下去，锁上房门，窗口衣架上晒一件 T 恤衫，从外边看起来屋内有人，没问题的。这样可以赢得充裕的时间。"

"明天就走吧。"

"明天必须走。再慢慢腾腾住下去就会引起怀疑。"

他从屁股口袋掏出钞票数了数："全部只剩四千元，不知不觉间花了那么多钱！我们还买了西装。"

"再这样用下去就没有了。"

两人本是东京一家公寓贩卖公司的同事，骗取五万元资金私奔。虽说一笔小钱，总有点儿用处，尽管钱很少，但再也回不了公司了。两人很穷，拿出一万元充当绫子的手术费，买了东西，精心打扮一番，没有人邀请，就跑到热海来了。

青年夫妇、打算殉情的年轻恋人，还有那位 GI……都被定一和绫子开朗的外观所迷惑，他们都各自抓住了眼前的幸福，但定一和绫子不知道这一切。对于他们，最重要的是今后怎么办。想不出任何好办法来，只是在人前扮演一副既有钱又自由又愉快的情侣。这种梦想实现了。然而，对今后又一筹莫展。他俩却能保持冷静，心想明天总会有对策的，就这么入睡了；醒来后又觉得今天总会有办法。

两人醉醺醺的，头脑发疼。奇怪的是，愉快的心情和沉郁的情感调和一致，水乳交融，在他们胸中形成美妙的结合体，有的灼热，有的严冷。

因而，他们又在扮演一出明朗的戏剧，绫子捉迷藏般地哈哈笑着逃进浴场，将门打开一条细缝儿，朝着前来窥伺的定一的脸上喷水。

他们坐在浴场垫子上，大声喘气，接吻，倾听对方心跳。酒醒后，顿时恐惧起来。

定一立即站起来，说：

"离睡觉时间还早呢。去兜兜风吧，兜兜风吧。"

"你想得真怪！"

"怎么都睡不着，去呼吸呼吸新鲜空气。"

"有钱吗？"

"光是兜风，手里的钱够用。"

"现在到哪儿去呢？"

"锦之浦，情死的胜地。"

"我不愿意，心情不好。"

"夏夜的恐怖啊，去吧，去吧。"

"想想，还可以啊。不过好可怕，还是请侍者陪伴吧。"

"要付小费的。没问题。"

"好吧，就这么定了。我稍稍补一补妆。"

"好的，我打电话叫一辆出租车吧。"

定一取下夜间游泳池上面的听筒。

"喂喂，要一辆小型的。到锦之浦殉情胜地去看风景……嗯，顺便跟一个向导来……小汽车？马上就去。"

九

汽车到达后，健壮的向导滑入助手席，回头看了看，朝定一笑了笑。

"客人很喜欢游览吗?"

"我一旦喝醉了，就特别富于智慧。"

车子快速驶出，立即高声传出只有定一一人知道的流行歌，向导附和他一起唱。

"今晚会出月亮的吧。"

已经习惯待客的司机说道。

十点半的热海街道十分热闹。好多人涌进弹子房，射箭场也很繁荣。身穿旅馆浴衣、挽起衣袖的女人，用气枪瞄准弹子。

街灯像河水一样快速流向车后。车子横穿过填海地，沿着海岸向和田海滨行驶。车窗后的灯光，宛若先前的流灯会，杂乱无章地堆积在一起，远逝了。道路迂回上行，沿着松树林荫道左侧行驶，透过干枯的松叶，次第窥见远方灯火灿烂的热海。道路上看不到逆向而来的汽车和行人。黑暗，静谧。小型车快速登上斜坡，绕着弯子又直奔绝壁一侧。

鱼见崎隧道是一条细长而阴湿的隧道，中间没有路灯，里面飘浮着前后入口处灰白色的异样的薄明。

钻出鱼见崎隧道，立即看到右侧悬崖竖立一块巨大的木牌，上面用大字写着：

回头再想想，

神就是我们的避难所，是我们的力量，

是我们在患难中随时的帮助。

所以地虽改变，山虽动摇到海心，

其中的水訇訇翻腾，

山虽因海涨而颤抖，

我们也不害怕。

《旧约全书·诗46》

天神町　热海基督教会

然而，绫子一侧的车窗，却是看不厌的热海美丽的夜景。

"从这里开始是锦之浦游园地，要下车吗？"

向导从车内用手电忽闪忽闪照射着说。

"不用，再向前走走吧，到最吓人的地方去。最高的跳台在哪里？"

"再向前一点儿，有个叫作魔鬼之渊的地方。"

"就到那里去吧……啊，鬼火！"

受到惊吓的绫子大声叫喊起来，猝然抓住定一，司机和向导一阵大笑。

俯瞰魔鬼之渊的屏风岩，一直封锁住左侧黑暗的道路，到那里还要走上一百米光景。

"在这里下车吧？"

"好的，下车。司机师傅，请在那个角落等着吧。"

车子退下了，定一抬头仰望各处生满苍白苔藓的屏风岩。

"那中间有岩石的裂缝。"

向导打亮手电筒指引着说。

"唔。"

两边的巨岩好似门扉，中央有一处空间，生长着茂密的胡枝子。两三棵高大的松树，遮盖着海面。

"就是这里，这条小路的下头就是魔鬼之渊。"

一群小鸟蓦然呼哨而起。

借助手电的光芒，可以看到下面令人目眩的啃咬着岩石的白色巨涛。

"啊呀，好可怕！"绫子惊叫起来。

"谁也不知道从那里跳下去多少人吧？"

"嗯，一旦跳下去，就别想半道上再回来。"

"噢，虫声唧唧，阴森森的。"

"好恐怖啊！"

"从那里很容易跳下去。"

"到那里看看吧。"

"危险啊，小路下边就是悬崖。"

"向导，跳下去让我们看看。"

"嗬，别开玩笑啦！"

"瞧那白浪，真可怕呀!"

"喂，好了吧，用力大声说话，脚步就会摇晃不稳啊!"

"到那里很危险!"

"真怕人! 阿定，挽住我的手。"

"哦，不要做奇怪的动作呀!"

绫子做出要把定一推下去的样子，高声狂笑。

"靠近我些!"

定一也大笑起来。

向导也不由笑起来，当他看到好像在玩捉迷藏游戏的两个人，其中绫子边笑边猛推定一后背的情景，已经来不及了。定一拽住绫子的手，力求保持身体的平衡，他俩的身体重叠在一起，双方掉入断崖下面白色的波涛。

艺术狐

即使在日本，也像天宇受卖命①一样，自古以来，吃舞蹈这行饭的人，多少都有些脱离常规。那位伊莎多拉·邓肯②访问希腊，在雅典奥林匹亚宙斯神殿突然被古代灵感附身，于月明之下，全裸着身子独自狂舞起来。

战后，随着芭蕾舞的狂热，艺术狐广泛繁殖，芭蕾舞演员似繁星满天，而每位名优头脑里都附着一只艺术狐。其中，毛发秀丽、筋骨匀称的漂亮之狐，附着于深濑鸟子的头脑里。纵然在八百零八狐之中，艺术狐其实也是性情暴烈，甚至吞尽人身不吐其骨般的可怖。这一眷族，大致可分两类：只在舞蹈期

---

① 天宇受卖命（Ame no lIzume），又称天钿女命、宫比神、大宫能卖命，是日本神话里的女神。所谓天宇受卖命舞蹈，乃传说中唯一能开启天门的舞蹈。天上的神祇非常挑剔，要打开天门，必须得有能与天地媲美的绝美舞姿，而天宇受卖命舞堪称舞蹈之最，能够打开天门。

② Isadora Duncan（1877—1927），美国舞蹈家，现代舞的创始人，是世界上第一位赤脚在舞台上表演的艺术家。

间附着其身，此乃属于上等部类；最坏的是，不论是舞蹈期间还是寻常坐卧宴饮，或沐浴如厕，一直如影随形，不离不弃。

往昔，号称 T. K① 而自杀的著名女高音歌唱家，受到别家邀请，进洗手间时，因一个人而感到害怕，于是将内外门扉尽皆敞开，让随身的侍女守在门口为她放哨。看来，她的狐即属于此类。附着于鸟子头脑中的狐也属于后一种。

B

当晚，鸟子第十四次观看受到好评的英国彩色芭蕾舞影片《红舞鞋》② 之后，便同照夫一起，怀着空漠的心绪，迈着不稳的脚步，于十点半回到位于荻洼的住宅。

他们两人租住人家的一间客厅，两人搬来之后，原来退职官吏墙壁上有着高大腰板③的客厅，完全改变了模样儿，犹如墙上严丝合缝糊满脏污的壁纸，挂满了各国芭蕾舞的写真，

① 关屋敏子（Sekiya Toshiko，1904—1941），日本声乐家、作曲家。原米兰意大利斯卡拉歌剧院（Teatro alla Scala）女高音歌手。后因离婚，染忧郁症，声衰艺途不顺而自杀。
② *The Red Shoes*，由迈克尔·鲍威尔、艾默力·皮斯伯格执导的歌舞爱情电影。该片讲述了爱舞如命的芭蕾舞女演员佩姬在事业与爱情之间痛苦徘徊，而后不得不做出抉择的故事。
③ 墙壁、障子门下半部分的木板。

那边是尼金斯基①的《彼得鲁什卡》，这边是卡尔萨维奈②，个个曲腰转身，跳跃回旋，或停住于空中，或单肢玉立，或扬腿展股。

家具只有钢琴、书桌、圆桌和几把椅子，还有古旧的西装衣橱和咯咯作响的铁制双人床。照夫的书籍只有二三十册，在钢琴上同乐谱排列在一起。这些都是翻译过来的，有瓦斯拉夫③的《泰斯特先生》、萨特④的《呕吐》等现代法国作品。

房间里沉淀着充满霉味般奇异的甜香，这或许就是艺术的馨香。两人任凭房东发牢骚，就是不肯打扫一下。纸屑和污物一概扔到床底下。有时老鼠跑出来，将纸屑踩得哗哗地响。

"真是好电影啊！看几遍也看不厌。"

鸟子轻视 bohemian⑤ 风俗，决不戴贝雷帽，喜欢有面纱的大檐帽，再嵌上别针。她把别针拔掉，扔在床上，深深喘了口气，将身子埋在沙发里，说道：

---

① Vaslav Nijinsky（1889—1950），波兰裔俄罗斯芭蕾舞者和编舞家。素有"芭蕾史上最伟大的男演员"之誉。

② Tamara Karsavina（1885—1978），俄罗斯芭蕾舞演员，长年居于英国，被公认是英国现代芭蕾奠基人之一。

③ Paul Valery（1871—1945），法国象征派诗人。

④ Jean-Paul Sartre（1905—1980），法国20世纪最重要的哲学家之一，法国存在主义的主要代表人物，西方社会主义最积极的倡导者之一，文学家、戏剧家、评论家和社会活动家。

⑤ 吉卜赛的异称。

"那空中跳跃①！那风骚的巴德萨②！"

她自己的手指轻轻在桌子上跳跃，接着说：

"很完美，诗一般！这是真正的艺术，多么崇高！"

照夫一直盯着烟斗里飘起的缕缕香烟，回应道：

"确实是充满艺术的电影。艺术激荡着热情。可以说就是死。"

"啊——可不是嘛。"鸟子十分感动，一字一句都附带着芭蕾的跳跃和动作，"艺术是不死的，正因为如此，它是那样甜蜜，它有着庄严的甜蜜……"

C

鸟子和照夫是某大学艺术科的学生。在校园相识后成为恋人。鸟子一直照顾贫穷的打零工的照夫的生活，从俭省角度考虑，两人一起同居。鸟子的父亲，是札幌地区一位相当富裕的律师，为两人寄生活费从来不缺一次。鸟子一边上学，一边去学习芭蕾舞，照夫一心想当一名作家。

照夫一人什么事也不会做，但还是自认为有天才，盲目自满，一天天打发着一个普通青年的平凡的日月。他很少有

① suburuso，芭蕾舞中的跳跃动作。
② 原文为 coquettish baadshah，印度电影名。

笑脸。小个子，微胖，态度傲慢，说话一本正经，那副沉静的态度，看来不太符合他的年龄。不管什么，一张口就"俺，俺"地没个完。对于自己想当然的事情，一概断定"是这样的"。不管碰到什么倒霉的事，都不会损伤自信，不管是长辈还是什么人，都是直呼其名，只顾自己吃喝，从来都不付钱。因此，大家对他都敬而远之。

倘若要举出照夫的一个优点，那就是他自己写的文章决不示人。不过，他总是将手稿送给身边朋友或文艺杂志编辑，然而比起原稿来，这位青年身上说不出的臭味儿令人掩鼻，最终都不会采用。

听到照夫的一番议论，初见面的人大多如入五里雾中：日本文学全都是胡说，小说家全都是帮闲，评论家全都是走狗。《明暗行路》是白日呓语，《胖雪》是傻瓜念经。至于战后文学，擦屁股也没人要。

这位照夫一旦转而学习芭蕾，说起话来，锋芒毕露，锐不可当。说什么日本的芭蕾界好似萝卜工场，在那之前仅够腌咸菜的，芭蕾界巨头们的经历悉数乖戾，其艺术感觉甚至比不上鱼店老板娘，是低能儿，是诺贝尔奖获得者。

有一天，鸟子经人介绍，坐在校园的长椅上听照夫畅抒他的卓见，整个心底都给震撼了，终于两人意气投合起来。

D

《红舞鞋》的讨论持续到很晚。艺术这个词儿，半个小时从双方嘴里出现了五六十次。

最后，照夫压低嗓门，仿佛头脑里在构思精妙的理论，一字一句地缓缓而出：

"哎，我说，阿鸟，你不觉得《红舞鞋》的故事有些奇怪吗？女芭蕾演员在恋爱和艺术的两方压力下死了。因为这位演员太纯粹了，而又不能将自己的纯粹等量地分给两个方面。然而，作为女子的芭蕾舞演员，恋爱不是自然的表露吗？艺术禁锢了爱情。于是，虽然没有出现在那部电影里，但所谓艺术，就是要人干那些可怖的、非人性的事情，你说是吗？"

鸟子想，一直盯着自己看的照夫的眼睛多么美丽！这双眼睛就是真正的纯粹精神的化身。他那精力旺盛的面孔中，唯有这双眼睛最不持有肉体特征。那是一双窥其内奥、连接遥远而澄澈的深渊，具有将一条光线投向俗界感觉的眼睛。催眠术师的眼睛不就是这样的眼睛吗？

鸟子仔细倾听照夫下一句话。冬夜的火车鸣响了汽笛，房间里的煤气炉微微颤动，水果刀、杯中水和墨水瓶，静静地闪耀着光亮。

鸟子细腻的面颜似乎藏着一种神秘，虽说是个实在的美人，但略嫌包唇的色感，仿佛丝毫未能意识到这种色感，浮薄而随便地开启着，其间可以倏忽窥见锐利、雪白而富于野性的牙齿。那神秘之地似乎在于智慧的脸型、白痴的感应以及圣处女般的眼睛，还有违背那双眼睛的嘴唇等所有不曾意识到的不均衡。至于当前她是不是处女这件事，对于不知道的人来说，相当困难。

唯有发育良好的四肢，由于芭蕾舞的训练，筋肉紧凑，健美有力。然而她跳跃时的动作，总显得有些粗疏松弛，关节脱离。因而，在《天鹅湖》中，未等到天鹅使女们出场，就叫谢赫拉扎多女奴隶的末席先出场了。

战后，芭蕾舞团赴北海道的巡回演出，使得鸟子迷上了这一行，更增强了信念，决心去东京上学，并为芭蕾舞奉献一生。她打算大学毕业论文写一部《芭蕾发展史》。如今，在她结识照夫之后，她的野心再度点燃，打算成立自己的研究所，利用照夫的台本，上演更富尖端性、20世纪型的芭蕾舞剧目。

照夫先是好一阵一言不发，然后拿起烟斗吸上一锅烟，仔细瞅着女人的双眼，群山压顶似的，带着一副甘美的语调说道：

"我说，阿鸟，你有没有一颗为艺术竭尽全力、不考虑世间毁誉、不顾及荣辱、同一切因袭和既成道德相抗衡、决心贯穿自己艺术意志的觉悟呢？"

"有啊，有啊！"

她忙不迭热烈回应。

照夫稍稍显得有些激动，声音颤抖着，仿佛向占卜第一名获得者颁发奖品，郑重其事地说道：

"嗯，只有这样，你才能成为一名艺术家。"

"谢谢啦！"

鸟子珠泪盈睫。

照夫伸出一只手理理头发。于是，散开的依然散开，露出稍显油腻的额头。他慎重而又严肃地说：

"艺术……对啦，你知道那句话吗，波德莱尔精彩的诗句？"

鸟子抬起眼睛。

"那句话包含波德莱尔的全部思想。"

"艺术是什么？艺术只能是卖淫女。"

他又在别处说：

"只有极端的卖淫般的存在，才是存在的代表。这就是神。为什么呢？因为神对于任何人来说，都是最理想的朋友，都是掏不尽的公共厕所。"

"啊呀！"

鸟子第一次听到这种天启般的语言。照夫显然不知道他记忆错误，应该是"汲之不尽的公共蓄水池"，他说得不对。

"艺术这东西，无论如何都要求牺牲。"他悲悯地说，"献身艺术的人，和神一样，也要为千万人献身。这就是艺术家悲痛的宇宙性的……"他思忖了一下，像杂货铺一样摆出一大堆各种形容词的小零碎来，"可以说，这就是超人的、悲剧性的、神话般的、超科学的、先天的、终极的命运啊！"

"可不是的嘛。"

鸟子的面孔涨红了。粉白面颊的内侧发出灯火般的红光。双目莹润，樱唇随着对方的手势一张一合。有时咽一口唾沫，从可爱的喉结上下蠕动上看得出来。

"是这样的……你建立那座研究所的资金，你父亲说些什么来着？"

"他什么也没说。那样硬性地规定下来，父亲手里没有那么多钱，我很清楚。"

"连三百万小钱都没有吗？"

这个一毛不拔的学生，似乎和自己无关。

"我父亲有巨款，既然每月寄生活费来，他总会有办法的。"

"不过要建立研究所，就得迅速招收学生，依靠学生的生活费，就可以维持半年的演出。只有到那时候，你我真正的艺术才会诞生，在日本芭蕾舞界掀起一场文艺复兴运动。"

"真的恐怕不行，不行。"

她毅然扮演那濒死的天鹅般的悲壮的 meme①。

"所以，我说了，我们要为艺术而牺牲。可以吗？你我相等的牺牲。为此，你也不能怕死。就是说，人生需要无所畏

---

① meme，指在同一文化氛围中，人与人之间传播的思想、行为或风格。

惧的、强烈的、英雄的觉悟。你说过你有这种觉悟，对吗？"

"是的，说过。"

鸟子鼓足勇气，果断回答。

"太棒啦，今天，我在课堂上写好一份研究所筹建资金的方案，你看过之后，交给印刷部门的朋友印出来。两三日内，你拿着，有个地方先要去一下。"

"啊，真好，太好啦！"

鸟子几乎从椅子上跳起来。

"给我瞧瞧。"

"啊，深濑鸟子芭蕾舞研究所筹建资金方案，深濑鸟子芭蕾舞研究所！啊，已经落成啦！

"觉得仿佛就耸立在眼前。洁白的门廊，宽大明亮的窗户，清爽的地板，崭新的木棒……好气派。堪称一座新艺术的殿堂！照夫君，谢谢您啦！"

照夫转向一旁，沉着地吸着烟斗。瞧他那副风情，眼睛默然盯着未来，闪耀出热情的光亮。

鸟子先是反复用尊崇的目光看他，进而换作怜爱，接着是沉默。照夫也不说话。鸟子用手按着前额，仔细瞧着眼前的美男。煤气炉烈火熊熊的巨响占有了深夜的寂静。床底下的纸屑发出尖厉的声音，老鼠似乎又出动了。

不一会儿，鸟子耐不住沉默，她开口说话了。

"这事儿……我呀……"

照夫沉着冷静，莞尔，谆谆而语。

"这事儿怎么啦？莫非你刚才的觉悟有动摇了？"

"哪里？没有动摇，不过……"

"那就好，不动摇就好。我相信你。"他的声音出乎想象的甜美，"听着……相等的牺牲。你和我，一半一半……我们为艺术，无论如何都需要这种悲痛的、几乎非人性的努力。你不觉得吗？当跨越困难时，真正的胜利才会到来。芭蕾的佛罗伦斯①，就在我们手里。艺术这种深而又深的美，不就是从灵魂的深渊中诞生的吗？你就像一只不死鸟，跳入火中而获新生，用较之以前更加强劲的羽翼，盘旋于艺术的天空。好吗，阿鸟？"

照夫站起身来，伸出手臂。

"我懂啦！"

鸟子激动得热泪盈眶，她抓住他的手，就那么握在手里，轻轻仰倒在床铺上。

E

东银座三丁目 R 咖啡馆的主人，比起一日三餐更喜欢绘画。因此，那里的墙壁上总是挂满有前途的现代画家的作品。而且一直悬挂着，供喜欢画的客人娱目。

---

① Florence，19 世纪至 20 世纪初存在的，美国亚拉巴马州北部美丽的古城。

一天，照夫放学回家，应同学约请路过那里，被介绍给了年轻店主。因为老板是他们的前辈。

那天也一样，R咖啡馆的墙壁上，悬挂着当今某著名油画家的两幅油画作品。银座边缘的店家，很少悬挂这类绘画。

照夫十分感动，他问为什么，店主回答道：

"不，这是和画商胜本先生再三协商之后做出的决定，借助画面占据空间。双方相约，店里不悬挂出售的画品，胜本先生将商店当作事务所，整日待在这里，商谈，通过电话联络，这些都在店内办理。胜本先生一天都不喝咖啡，要是不来客，他就独自坐在窗口的椅子上。这样双方都有利。"

照夫问他胜本现在在吗，他说：

"不在，不知到哪里吃晚饭去了。他秃顶，但却是个颇为潇洒的光棍儿，一位五十五六岁的绅士。要说爱好嘛……"

他伸出小手指来。

"喜欢这个，店里一有女客来饮茶，只要他有空，就带出去一道吃饭，很当回事呢。他是个花钱很大方的人啊。"

话说到这里，照夫立即想到了先前筹集资金的计划。

F

鸟子第十四次观看《红舞鞋》那天晚上算起，三天之后的一个下午，五时左右，她精心装扮一番，戴着特别的大檐帽子，身穿一件王朝式样的大衣，推开 R 咖啡馆的大门。

这个时候的 R 咖啡馆相当混杂，一个颇为温暖的冬日的午后，临近黄昏时分，她坐在西班牙式雕花木椅上，等待服务人员过来。唱片中的南美音乐低低飘浮，透过中间一道玻璃墙壁，咫尺之外的百货商店快要打烊了。成群的顾客抱着一包包东西蜂拥而出。

玻璃门边的椅子上坐着一位十分潇洒的绅士，半边脸孔沉浸在黄昏的光线里。他面前放着半杯冰冷的残茶，心事茫然地望着门外。

洋服是英国道弥尔·弗莱尔制，光是料子就花了五六万元。手表是瑞士产，二十万元级的。从领带、衬衫、皮鞋，到时常掏出来的香烟盒，可以说一件件都是逸品。然而，胜本先生的潇洒未必是纯然的趣味，既然没有事务所，那就只好凭着一身穿戴以维护信用。

他的秃头和八字须不太适合于他。口髭乌黑，似乎说明秃头的缘由都怪它们长错了地方。

他今早完成二百万元的交易，大赚一百一十万元。一天都是幸福。下午没有什么客人，他拉着咖啡馆老板慢悠悠东聊西扯。日影映上大楼，随着行人增多，他希望寻找一位分享幸福的对象。

大体是一个人承担事务，胜本先生也多半是独自决定吃饭的时间。他患上一种很不错的毛病，就是喜欢请人一道吃午饭。R 咖啡馆为他张开大网，哪怕有一面之识的人经过，他都要跑出门外，大声呼喊人家，打算请客吃饭，弄得路人都回头瞧他。他想在银座，经常会有这种奇特的人，大都能满足他的这种愿望；但实际上，被呼叫的人，都很害怕这种无缘无故的招待。即使是熟悉胜本先生的人，也不想为了吃他一顿饭而听他没完没了地东拉西扯，滔滔不绝，往往是听着听着就逃脱了。因此，即便临近午饭时刻，R咖啡馆老板明知他要找人一道吃午饭而故意不加理睬，暗暗注意着念念不忘请客吃饭的胜本先生。

相反，晚饭和美人一道用餐，对于他来说是个很困难的愿望。当然，吃完饭若能继续一番浪漫，他也不会超越，千方百计请美人吃晚饭，也是他兴趣的一部分。

当时，R咖啡馆入口有个小男孩，用螺丝扳子猛敲金属钵子讨要东西。男孩儿背后站着一身褴褛的母亲。

"有啊，有啊，我有零钱！"

正当店里人要驱赶乞丐母子的时候，胜本当着店里全体顾客的面，大声叫喊着站起身来，跑出门外，从口袋里掏出一枚十元硬币，"当啷"一声投到金属钵子里。男孩儿也来不及说句感谢话，浑身都觉得满意，懒洋洋转过身子正要离去。

胜本再次大声喊叫。

"不行，不行！头再向下低一些。那种三心二意的礼仪不行啊。"

小孩子没有改变表情，郑重其事地鞠躬作揖，慢腾腾走开了。

"嗬，胜本先生竟然还有这样的善心！"

店老板微笑地说。胜本一副平常的表情回到座席上，这才注意到鸟子的存在。打刚才起，鸟子就坐在他的位子的正后方。

"哦？"

胜本换到对面椅子上仔细观察这位美人。他和她素昧平生，那一身时髦的打扮，看起来虽说有点俗气，但也不是吧女，似乎是个介乎两可之间的小姐。

幸好，咖啡馆老板预先在鸟子的那张餐桌上放置了两三册杂志画刊。

胜本并不想阅读，但还是立即站起来去取。

"对不起。"他想拿走杂志。

"请自便。"

"您一个人吗？"

胜本蓦地发问。

"是。"

"我也是寂寞一人。如方便，一起喝杯茶吧。"

"哦，那就难为您了。"

女人顺从地将自己的椅子转移到胜本的餐桌附近。

这女子显得过于柔顺，或许应该提高警惕才好啊！——他边想边要了两杯咖啡。

咖啡的焦香味儿，为荡漾于他们之间的沉默平添一番好心情。

"对啦对啦，还未交换名片呢。"

胜本拿出名片，鸟子也拿出自己的名片。另外再加上一枚印有"正在醵资准备修建研究所"的印刷品。胜本瞥了一眼，显现一脸扫兴的表情：女人是为了募捐才挨近我的桌边的。

"这……你一个人需要这么多钱吗？"

"啊，我是为了艺术。"

鸟子闪现着殉教者的神色，浮现出悲壮的笑意。

"为了艺术？"

"是的。只有我才是使得日本芭蕾走向世界的唯一的一个。人们这么说，我也这么想。这不是谎言和玩笑，是真正的热情涌流出的话语。希望您能给予理解。艺术一旦沦落今日无力量的人之手就只有灭亡。等到这座研究所建成，我肯定会发表卓越的艺术新作。正如朝阳照耀下的蔚蓝的大海，浩瀚无垠。到那时候，日本才会出现广阔而宏大的芭蕾艺术的曙光！我有着这样的自信。"

"唔。"

胜本不满地将那枚印刷品退还，他说：

"您的心情我很理解，不过，我的工作收入没有可能给予支援。"

"不，不需要，不必考虑那些。"

胜本不明白这种回答的意思，他侧着脑袋思索。

"真的用不着啊，不光说捐赠的事呀……我，为了艺术，

256

什么都可以干。就是烈火，我也敢跳进去。我是艺术之火中的玉石!"

鸟子深深呼吸，用热烈的朗读的语调断然说:

"请看第二张。"

胜本听说还有第二张，随即跳过第一张，开始阅读。

"噢——噢——"

他叫出声来，仿佛就要发生脑出血，满脸通红。在他眼里，鸟子的脸孔和眼前的文字都在不断起变化。只见那里明明写着:

①握手——金一千元;

②挽着手臂走路——白天一小时千元，夜间一小时五千元;

③接吻——金一万元;

④一日旅行——金五千元;

⑤热海旅行当日回返——金五千元;

⑥住一宿，上锁各入别室——金七千元;

⑦同室宿泊——金三万元。

"噢——"

胜本再次"噢"了一声。

"最近，小姐都不行了，所以接吻一次涨到一万元，对吗?"

"啊。"

"五次就是五万元，太贵啦，太贵啦!"

"一点也不贵，这是美国的正式价格。此外，而且不同于一般野女，我可是杰出的艺术家呀……因此，您要是愿意，我可以把您介绍给其他实业界熟人，可以吗?"

"可以，请介绍。不过，我呀，决定①一次；②昼夜各一次；③眼下两次；⑦一次。合计捐赠五万七千元。"

"谢谢，您真是很理解艺术……那么，捐款就算是定金了。"

鸟子说道。

G

一年之后。

通过接连不断的介绍，鸟子好不容易募捐三百万元。其间，照夫说要写出最富艺术性的芭蕾舞台本，但一味懒得动笔。鸟子渐渐清瘦了，眼窝肿胀、发黑，排练舞蹈时，心脏不适。然而每次照夫都极力鼓励她做下去。

某日晚上，鸟子访问一位建筑家，商谈关于研究所的设计问题。回家时，总也不见照夫的身影，而他决不会离开家门的。

鸟子在家中弹钢琴，和着唱片又唱又跳，等待男人的归来。照夫终于没有回家，费尽苦心积攒起来的三百万元资金，被他携带着不知逃到哪里去了。

鸟子知道后颓然坐倒在床前的地板上，依旧是暖冬里的一天，没有点燃煤气管道、煤气开关和皮管之类，完好地盘放在地洞里，鸟子没有看到。

她半开玩笑地用大脚趾抵住煤气开关，似梦若幻，嘴里唱歌般地回忆着出自自己口中的语言。

"艺术是不死的，正因为如此，它是那样甜蜜，它有着庄严的甜蜜……"

——那时候，艺术狐张大巨口，正要将鸟子吞进肚子里。

脚上的星座

这是秋天的事，某条郊外电车线路沿线的车站与车站之间正中央，有一块交通不便的台地，面积一万坪左右，被人购买，围上了铁丝网。

因为不会成为基地，所以没有测量的喧嚣，只是去游乐场的孩子们，时常来这里捣乱，拧断各处的铁丝网。围栏的一角，竖立着"土木建筑公司"和"新日本观光有限公司用地"的牌子。

一天，驶来两辆高级轿车，担任重要职务的绅士们前来视察用地，其中人们对于一位老年人毕恭毕敬，看来他就是公司总经理。

这位小个子老人，虽说生就一副神色萎靡、毫无特征的面孔，但使他大放异彩的却是他的一身穿戴。他左腕上套着水晶佛珠串儿，迎着秋日的太阳，远远地散放着光芒。

绅士们聚在一张绘图周围，指点议论着台地的这里那里。

他们脚下，茂盛的芒草穗子随风披拂，摩挲着英国制呢料的裤子。

总经理站在台地中央，将戴着佛珠的双手合十，约略拜了一拜。接着似乎想起什么，招呼着秘书。秘书立即伸过头来，摊开大型笔记本，手握自动铅笔，等待着。

"御室圭子。"

总经理没有笑容，只说出一个人的名字。

"啊。"

秘书弓下腰来，低声问道：

"御就是这个'御'字，室就是这个'室'字，对吧？"

接着，他把这件重要事情登录在笔记本上。

二

新日本观光有限公司总经理藤原富太郎，当晚即匆匆结束晚宴回到位于青山的自家宅邸。家中除了十五叠西式房间之外，皆为和式现代茶室般的大型住宅。这座宅第今年春天刚刚落成。

眼尖的人会立即注意到，家里的全部新家具，同整个住宅显得有些不太协调。例如，西式墙壁的颜色同椅子的颜色不合，椅子的颜色和百宝架的颜色也不合。类似的不协调，在这个家里随处可见。这些都一律是新品，光芒闪耀，呈现出不容置疑的伟观。

这并非因为主人缺乏这方面兴味，这是那位威震四海的富太郎夫人精心筹划的结果。

富太郎夫人的账本在财界很有名。其中，诨号"抠门安"的浦安纤维公司总经理的名字也在其中。这册账本的威力由此可见一斑。

这里有着各种因缘。威震四海的富太郎夫人，二十年前因生病，不能侍奉可爱的丈夫。然而这时候，夫人性格中的美质得到呈现，夫人后来主动协助丈夫的越轨行为，促进、拉线、充当联络人，一心同德地发挥实效的作用。丈夫获得妻子的承认，在妻子温暖的援助下，同妻子满意的女人鬼混。作为奖赏，丈夫举办宴会时，夫人获得出席的权利。因而，夫人成了花柳界一名受欢迎的善解人意的良友。

担心丈夫夜游而又爱出风头的夫人被敬而远之，那也是没办法的事。然而，夫人从反方向发力，可谓光明正大。天生的爱娇，诨号"国母陛下"，夫人所持有的这种特权，不会被任何人嫉妒，而是全被愉快地接受下来。不过，在宴席上，实地看到丈夫谈成一笔数千数百万元的生意，就会说：

"我也可以做点儿什么吗？"

夫人可爱而硕大的脑袋在思考着什么。

她想干一番不要资本、只获纯利的事业。

正好，他们卖掉战后一直居住的古老住宅，又在青山建筑了新住宅。夫人用金斓缎装订一册笔记本，每逢出席宴席都要拿给众宾客传阅，并且，当着丈夫的面，对那些面孔熟悉的客人说道：

"我们家呀，就要建造新住宅啦，到时候请诸位捧捧场啊！"

"自然要送贺礼的啊。"

"那太高兴啦，到时请务必在笔记本上留言啊！"

"写点儿什么好呢？"

"就照我说的写，好吗？可以这么写：

　　客厅家具一套，必须是最高级品。

　　　　　　　　　东京家具有限公司总经理增田一

"这是同你有关系的一家最小的公司啊。哎，谢谢啦。你可叫手下人到公司提货。明天要不要先打个电话去呢？"

凭借这种手段，置办了地毯、两台电视机、冰箱等所有的家具，没有花一文钱。小个子丈夫，只落得站在一旁眨眼睛。

一旦回到这个好似举办家具展览会的家庭，藤原总经理受到高大的夫人的迎接，按照每天的习惯，在进入客厅休息之前，总是先坐到佛坛前边。只有这座气派的佛坛不是贺礼。佛坛上供的牌位是他们夫妇唯一的儿子，战死的海军少尉藤原启一。

"我回来啦，启一。"

"爸爸回来啦，启一啊。"

夫妇挽着手，嘴里呼唤着。这已成了习惯。

回到起居室，夫人像平素一样，以一副新浴般光洁的皮肤和闪耀着好奇心的眼睛，立即将丈夫给震慑了：

"今天怎么样啦？地皮很充分吧？我今天有茶会，没能一道去，感到很遗憾……"

"嗯，是块好地方，可以成为美好的圣地。启一若地下有知，他也会高兴的吧。这就好啦……"

总经理一边翻阅着秘书登录的巨大的笔记本："这个先不说了，我跟你商量一件事，你还记得那个御室圭子吧？"

"嗯，嗯，记得。"

夫人立即从丈夫女人的花名册里记起了那个以"御"开头的名字。"五年前十分走红的歌手，已经失去往日风光。好可怜啊！年末我给她寄了一点儿钱，她高兴地寄来了感谢信。她已经很不幸地隐匿于农村啦。"

"是的啊，我很想凭借神灵保佑，再见她一面，怎么样？工程预定明年五月完成。五月里举行庆祝落成典礼，请一流的流行歌手表演节目。怎么样？也把御室圭子叫来吧。这些是我今天突然想起来的。"

"您想得很周到，真是功德无量啊。老爷，就这么办！这之前，我再给她寄点儿钱去。"

就这样，藤原夫人的人生观，简直就像那位名盗次郎吉，专门榨取富人钱财，用来接济穷人。

三

翌年四月里，一封连带着回信用明信片的厚厚的信函，送到信州长野市御室圭子的手里。信中写道：

大观音像成立庆典

第一部分　大会
第二部分　表演节目
请你参加第二部分的演出

新日本观光公司总经理藤原富太郎

御室圭子人气凋落之后，并未采取到地方巡回演出以图东山再起的方法。当她卖不掉一张唱片以至于同唱片公司解约之后，立即退隐家乡，协助父亲经营文房四宝小本生意；而且返乡时，也没有要求一次性支付报酬，就同藤原一家分手了。

她在红极一时的时候，一位相面师对她的面相判断登在杂志上：

这位女性自尊心和虚荣心很强，将来难免跌跤。

相面师的判断很准确。

御室圭子大高个儿，因而大体上算是富于女人味儿的美人。她浓眉大眼，但显得少一些智慧，放大照片般的面孔，将细腻忘于一旁。从她的相貌上看起来，比起流行歌手，更像一位天涯歌女。这样，反而更适合藤原先生的兴趣。而且，那首《芥子偶人①之歌》一时风靡于世的时候，当时的歌手圭子还不会读五线谱。

两年多的乡下生活损害了圭子的自尊心，鉴于可以解决住宿问题，她答应出席，并告诉了赴京日期。

圭子抵达上野车站，是在庆祝典礼开幕三天之前。胳膊上佩戴着袖章的男侍前来迎接。

"总经理呢?"

圭子递过来行李，立即发问。

"啊，总经理说啦，他明早去旅馆看您。今天旅行累了，要您先好好休息。"

这里没有任何关爱，只不过都是些事务性的套话。过去对于圭子旅行迎送，即使总经理不来，也是秘书必来，并认真说明缘由。

圭子被人流推拥着走到检票口，没有一个人回头瞧一眼

---

① 宫城县民艺品大头木偶，是馈赠客人的佳品。

266

圭子。她真想大声呐喊："健忘症！健忘症！"要是在两年前，人们就会一边窃窃私语，一边频频回首，故意使她看到。那些人总不会都死光了吧?！

以往，圭子随处都能听到那样的窃窃私语，仿佛一种昆虫的鸣叫，萦绕耳畔。圭子所到之处，剧场、餐厅、百货店，哪怕是厕所，不论到哪里，都能听到这样的私语。圭子的确为此而患了失眠症，但正是这种可以称之为艺术家特权的病症，为她到处鼓吹宣扬，令她十分高兴。

每逢灌制唱片，手心里总是握着催眠药物，十分无奈地说：

"不这样我就发不出声音来。"

男侍者模样的人叫了一辆出租车，说要送她到旅馆，他急匆匆将她和行李送进车厢，关上车门，对着敞开的玻璃窗口说道：

"我很忙，在这里告辞啦。旅馆一切事情都安排好了，不必担心，好好睡一觉吧。"

接着，他向司机报一下旅馆的名字，即刻后退两三步，从拥挤的人群中对她致意。人多，没有一个立脚的地方。

圭子望着阔别已久的东京霓虹灯闪烁的灯火，也没有获得多少慰藉。

仿佛故意撒谎，说什么特别关照一位报社记者前来迎接，她对总经理的话始终抱有希望。

这座大城市早就把她完全忘记了，每日生息运行着。纵然没有御室圭子，东京也一点儿看不出缺少什么。要是机器，丢失一枚齿轮就会引起故障，但城市这东西就像一只巨大的生物，生就一副与精巧无缘、粗杂贪婪的胃袋。

抵达的旅馆是一家普通的经过改造的建筑。这是一家外观整齐、不很有名的二流旅馆，面临着脏污的河流。唯有电梯既庞大又豪华，四叠半的面积约略隆起，问其原因，原来这里本是妇产科医院，美军占领时被改建为旅馆，电梯要宽大足够能盛下搬送产妇的床铺。

这又使得圭子倍加忧郁起来。走进面对河川的四楼的房间，没有力气到街上走走了。迟来的晚餐运到房间里，吃罢晚饭，入浴过后，一个人独坐窗边眺望河对岸的灯火。

对岸是工厂街，燃烧废物的火焰从烟囱里升向天宇，通红的火舌舔着夜空。眼下的河面上，灯火荧然的木造货船往来于浊流之中。

"似乎在哪出戏剧中有着这样的舞台背景啊！"

圭子回想着。于是，睡意上来了，哈欠冲口而出。她扭过身子，看了看床铺。乡间生活，完全治好了她的失眠症。

四

早晨七点钟，圭子被敲门声惊醒。

"谁呀？正换衣服呢，请等一下。"

"不必换衣服，是我，快点儿开门。"

圭子在衬裙外头披一件罩衫，因睡眠充足而心情甚好，她立即过去开门。

"睡得好吗?"

"睡得很好。睡眠充分，心情很好。好寂寞啊！想当年阔气的时候，老是睡不够，平时总是心情烦躁。"

以上是两人分别两年之后再次见面的对话。

藤原总经理特意对以往的女人发慈悲之心，已经不再寄意于男女私情，而是因为独有圭子没有向他索要分手钱，对她怀有甘美的回忆。本来嘛，藤原的兴趣，或因精于此道，否则就只能限于称得上艺术家的电影名优和流行歌手，而不会执着于过去的女人。当他举办庆祝典礼时，特地邀约圭子也来参加，连他自己都大感不解。这全都来自左手腕上佩戴的水晶佛珠的效应。

敞开窗户的房间，已经充满早晨的阳光。

"哈，真是个好天气啊！"

圭子说着，脱掉身上的罩衫，扔在床铺上。刚进入老年的小个子男人，正襟危坐在椅子上，他没有特别眨眼睛，只是像瞧着邻家的洗涤物飘落在自己身旁。

实际上，圭子在这一刹那之间下了一笔赌注，当她明白自己想得过多之后，才觉得总经理对待自己的一番慈悲心也仅只是慈悲心而已。她自己沐浴于此种恩惠之中，立即感到浑身轻松，心情特别舒畅起来。

"夫人还好吧?"

"她还好，在车子里等着你呢。回头我们夫妇带你去会场，要商量一下当日的事情，尽快准备一下吧。好多话等会儿到车里再说，路上要跑上一个小时呢。马上吃早饭，三明治和热水瓶都带来了，就在车里。"

"啊呀，想得真周到。好吧，我要抓紧准备，要不，总经理请到车中等着吧？"

"不，我就在这里等着。"

女人进入洗漱室，藤原总经理从内衣口袋掏出《日译观音经》，在嘴巴里叽叽咕咕地念叨着。

旅馆前边，停着一台漂亮的克莱斯勒①轿车，夫人不停玩弄自动按钮，车窗玻璃上上下下滑动。当车窗玻璃数十次下落时，旅馆大门内，身材高挑的圭子，穿着一件漂亮的印花连衣裙，同小孩子般矮小的藤原总经理出来了。

"哎呀，好久不见啦，圭子小姐！"

夫人的声音很可爱，随即欠了欠身子。

"夫人，谢谢您的多方面照顾……"

"好啦好啦，到车里再慢慢聊吧。"

总经理为了使她坐在他们夫妇之间，推了推圭子，冰凉的水晶佛珠触到了圭子的臀部。

车子无声地滑出来了。圭子因为急匆匆忙于打扮，身上

---

① Chrysler，一名佳士拿，美国克莱斯勒公司生产的轿车。

渗出了汗水，就像在舞台上时常做出的那样，将叠得整齐的手帕顶在手指肚上，"啪嗒啪嗒"地周身揩拭了一遍。

"吃早饭吧，吃早饭吧。"

总经理得意地从驾驶台后面抽出餐桌，这是一个带有轨道控制的船型小桌。

"这是在车里饮用鸡尾酒的装置。不过，我已经不喝酒了，我们就一门心思吃饭吧，来，夫人！"

五

圭子无时无刻不感到藤原总经理变了。一切都随着佛珠而运转流动。这个人真的对自己的全部生涯进行悔悟了吗？

她这么一想。

"啊呀，看，看哪！"

总经理从座席上探出身子，指着大街上杂沓的人群，其喧骚吵闹一如往昔。

"看呀，自家公司的车子。是修学旅行啊，日本的未来不就指望他们吗？我开始创业的时候，提起修学旅行的学生，一律都有着一副萎靡不振、豆芽般青白的面孔。现在，也是如此。瞧，那副圆圆的、胖乎乎的、红苹果的脸蛋儿，每个窗户都能看到……"

正好是停止信号，总经理的克莱斯勒轿车同横向标有

"新日本观光巴士"字样的大巴并行停在一起。所有的车窗都打开来，淌鼻涕的小孩子探出头，张着嘴，闪着没有焦点的眼睛，生来第一次迷茫于大城市的喧骚之中。

吃过早饭，谈话终于进入正题。

"论起制造混凝土大观音像，是我的悲愿，知道吗？'悲愿'！悲壮的心愿啊！今年正好是启一去世十周年，利用私财也要建立这座雕像。这当然不是什么利害的问题。物色一块土地，邀请技术一流的雕塑师……今年一年都在做这方面准备。关键的事业丢弃了，但最终我要利用我的余生完成这件未了工作。具体地说，就是在征得全国遗属的同意下，在观音像体内，全部纳入太平洋战争的亡灵牌位，其中启一也应占有一席地位。"

圭子茫然地望着天空。对于她，这种事并不重要，庆典中的自己的角色才是重要的。当她想要说出心里话的时候，总经理掏出关于庆典的日程表来。

"请看看这个吧。"

圭子跳过庆典部分，详细地阅读了第二部分的演出程序。出席的来宾都是一些同藤原家族旗鼓相当的一流富豪贵绅。最先出场的是日本舞新流派掌门人的舞蹈，表演者据说是总经理现在的情妇；接下去是西方舞蹈二十人表演的群舞；最后是十位流行歌手表演爵士乐和流行歌。然而，十位歌手里自始至终不见御室圭子的名字。仅仅在最后一行中，用小号字标明："司仪者御室圭子。"

"我什么时候唱歌呢?"

圭子细声细气地发问。

没有回答。坐在圭子左右两边的夫妇,似乎什么也没有听见,他们只顾瞧着五月街衢上林荫道的绿叶。

"我什么时候唱歌呢?"

圭子的声音稍微变得响亮了,震荡着充满优美绿色的车厢。

"啊,这个——"

"这个嘛……"

夫妇同时发话了,夫人继续接过话去。

"圭子小姐相隔日久,如今重登舞台,忽然唱起歌来,不觉得考虑有些欠周到吗?这次只担任司仪就行了,好吗?先在怀念你的观众面前露露脸,然后再渐渐重新登台演出,这样比较合适。那位保龄球运动员,如今不也是担当一名司仪吗?没关系,我是为你着想,也是经过我们大家认真考虑决定下来的。"

劝解的人虽然句句在理,但圭子的目光还是立即暗淡下来,她感到豪华轿车的前方,等待自己的只有悲惨的命运。

六

大观音像在两公里远的前方,纯白的佛头突露于绿叶的上方。随着越走越近，出现了广阔的胸脯、庞大的躯体，耸峙于碧绿的山丘峰顶。周围空无一物，从四方的杂木林和田园的对照中，宛若突然出现的奇迹，穿越过不自然，看起来简直就像出自天然。

庆祝落成典礼大会的宣传告示，到处张贴于附近的乡村町镇。二条街道前方搭建起拱门彩楼。

汽车钻过拱门时，圭子终于恢复了理性。

"当日的宾客都是些什么人呢？"

"对了，宾客的分类对于司仪很重要。全国各村镇各有一名遗属代表，这个数目就不算小。还有各界名流贵显。建设大臣的大森君也决定参加，并代读总理大臣的贺词。大体上就是这么些人。"

观音像前边，临时搭建了舞台，周围一圈是圆形剧场一般的座席。但使圭子感到惊奇的是，这块"圣地"不仅有秋千、浪木，还附设空中缆车、水中滑槽、动物园等。偶尔遇到空中缆车试车，职工们每两人为一组乘坐的巨大风车，在巨大的纯白观音像的脚边缓缓回旋。只要看一下比例，就能得知水泥塑像多么巨大了。

克莱斯勒停在石拱门前边，总经理透过带着佛珠的两手手指间的空隙，久久对着观音菩萨膜拜。小个子的总经理同庞大的观音形成颇为有趣的对比，圭子看着看着，刹那间仿佛觉得那座观音就像是她自己。

"那里是动物园。"

"那里是水中滑槽。"

"那里是大餐厅，下雨天可以在那里放电影。要能有以佛教为题材的优秀电影就好了。日本电影界对于佛教缺乏关心，这样很不好。"

由总经理夫妇亲自陪伴，对于圭子来说是很光彩的事。但这种礼遇很是平常，虽然觉得光荣，但却附带着长久的说教。

观音像的右侧，奇怪地分离出一块面积约三百坪的小小空地，不知干什么用。周围是低矮的围墙，好像专卖地皮，原因不明。总经理打那里一闪即过，也未做出任何说明。

"那里……"

圭子很想听听对这块地方的说明，但总经理夫妇立即先行离开了。

"啊，我得到公司去一下，快点回去吧。"

"请问，那里是什么地方呢？"

夫妇相互对视了一下，凡是难于解说的事情，都由夫人出面应对。

"那里嘛，那里是我家老头子最先提出的方案，称为'日本的星座'。是仿照好莱坞设计的，凡是那里有的日本也要有。那里保留着知名的艺术家的手型和足型。这次演出者可以尽早制造手型和足型。据说制作的实况，还要在现场拍摄纪录片呢。"

"就是说，观音像前，人们有手有脚，以恭顺的姿态，奉献各自的艺术。这里就是为一流人物保留名声的圣地麦加啊！"

"那么，我呢？"圭子不由脱口而出。

夫人又接过话头。

"你也很值得同情，总会有东山再起的时候的。到那时，社会上也会为你制造足型和手型，否则人们不会答应的。你就一直等着那时候吧。好自为之，十年二十年，不必着急。要谦虚，要脚踏实地做出努力，好吗？"

"是啊，圭子小姐，最重要的是心情恭顺，总有一天，你会来到观音菩萨面前，接受铸造手型和足型的。要耐心等着那一天。"

圭子的手臂被搭在总经理夫人肩头，她用折叠整齐的手帕抵住眼角哭泣。身躯高大，愈见可悲。

七

总经理去公司，夫人为了招待圭子，陪她到十一点开演的歌舞伎剧场看戏。正巧是早场幕间休息的时候。

圭子的头脑里手型和足型闪闪烁烁，对舞台的情景一点儿也没有在意。一流的手型和足型，在舞台灯光的照耀下，恍惚狂舞起来。光凭这一动作，手和脚立即就能分辨出来。既有先辈的大众歌手的手，也有年轻一辈富于个性的流行歌手的脚，隐约闪烁。无数的手和脚里，唯独没有她一人的手和脚。

"手的星座，脚的星座。真残酷啊！特地邀约我上京，又夺走我的美梦！这不是有意将我的落魄暴露于众人眼前吗？干脆回信州吧。对，就这么办。"

然而，舞台上的响板①发出强烈声音的时候，圭子的头脑里猝然闪现一抹灵感。

"丢人不能丢在这里。要是立即回老家，那就是我的失败。无论如何要抓住时机……是的，要抓住时机。"

闭幕后，即刻吃午饭。夫人领着圭子避开人多拥挤的大餐厅，走进另一座建筑闲静的食堂。

"节目怎么样？"

"啊，好久没有正式看戏啦。"

"是吗？那我很是开心。没什么好吃的，随便吃一点儿吧。"

要说藤原夫人对圭子的友情同圭子没有索要分手钱有关，似乎有些不自然。夫人是将圭子看作自己的女儿一样时刻关怀她成长的。从十足的资产阶级个性出发，实在感觉不出直到今天所表现的亲切将会导致怎样残酷的结果。看到对方做出真诚的感谢，自己的心怀也就变得十分宽大起来。其实，因为对感谢这东西，作为心绪宁静的标记，也就变得既安心

---

① 歌舞伎舞台上强化演员表演效果的音声木板。

又宽宏了。

"夫人啊，我呀，有件事一直没告诉您，怕挨您的骂呢。"

圭子仿佛是在低头戳着烧烤的冷鲶鱼，颇为诡秘地说。

"什么事，什么事啊？"夫人的嗓音亲切而又可爱，"有什么事你只管说，不必瞒着我，就像对自己的母亲说话儿。"

"您猜猜，第二次给我的钱都干什么用了？为了报恩，我都用来购买新日本观光公司的股票啦！"

"啊呀啊呀，是吗？真叫人高兴啊，可以说那就像我的存款一样啦！更可贵的是，你没有将自己的血汗钱用来贴补艰难的生活，而用来买股票，这种生活态度很使我感到高兴。"

夫人的心绪宛若五月晴朗的天气。

"不过，夫人，您可不要生气。今天，我有一件担心的事，看到那样庞大的观音菩萨，和那块宽广的游园地，要是全都用来服务社会，就得损失好几亿财产，公司就将变得岌岌可危了。或许我这是外行人瞎担心，不过，我到底是个股票持有者啊……"

对于公司稳固性的怀疑，骤然使得夫人，尤其是作为公司总经理的夫人，采取了一种严正的态度。她把正要送入口中的鱼糕暂时放下来，喝了口茶，接着就像妇女集会上的演讲，表露出一种特别的微笑。

"这是你的担心，圭子小姐，不过，我请你放心。因为新日本观光越来越发展壮大。"

"但是，那观音菩萨……"

"那是我和丈夫长年的计划，没问题的。全国遗属大致有两百万家，那些牌位一律都收进那座观音菩萨腹中。你仔细想想看，过去我们公司目的在于东京旅游，今后，那些失去丈夫、儿子和兄弟的前来与会的人，就会增加两百万人以上。今后，除了东京路线之外，就会出现专门的'观音像路线'，而这条路线要比一般路线高出百元以上，还可以连带收入一笔香火钱。不过，实际上，每人的车费只需二十元，其余八十元都要赏给观音菩萨。八十元乘上二百万看看，怎么样？那就是一亿六千万元啊！这还只是一年的忌日，弄好了就能获得偿还。将来每年都有忌日，为此宣传上要花大气力。总之，这是一番大事业，圭子小姐。这还不够放心的吗？"

夫人乘兴说个没完，她或许有所觉察，突然沉默下来，一脸可疑的神情。下一场开幕的铃声响了，圭子再次用手帕抵住了眼角。

"夫人，我好开心啊，今后我可以不断购买咱们公司的股票啦。好，我们去看戏吧。"

夫人拿起吃剩的鱼糕，放进嘴里，站起身来。

八

大观音像落成典礼的盛况，说起来也很愚蠢。

当天一早就在附近村子接连不断地放焰火，遗属们胸前佩戴白色大菊花，跟在私家汽车后边，公司的大巴一辆接一辆到达车站迎接。

乐队入场前，为了预先营造气氛，在附近村镇反复练习走步，队员们新做的制服，在参加庆典前就稍稍落了尘埃而变色了。

响晴的天气！因而，当地人关于诅咒观音像蒙上阴云的赌注破产了。

总经理身穿燕尾服，今天脖子上也佩戴着大型水晶佛珠，精神昂奋。他或许觉得手腕只是小型佛珠，不足以表达这种昂奋。

总理大臣的祝词，因为是代读，语句流畅，意味淡薄；与此相反，建设大臣的祝词，和缓、冗长，拖沓得可怕，但却十分感人。

其后，大僧正①唱诵的《观音经》似乎比祝词简短，在举行正式法要之前，大僧正可以说被破坏了场面。

第二部分圭子的主持也很成功。有人记住了圭子的名声，一个男的声嘶力竭地高喊：“御室！御室！”圭子听到后，面颊涨得比桃色的晚礼服还要红。

一切都进行得很顺利，流行歌通过麦克风一阵阵回荡在晴明的天空。下边是圭子司仪的最后阶段，随之转移到野外

① 僧侣的官职分为僧正、僧都、律师，以及法印、法眼和法桥等。僧正为僧纲的最高位，分为大僧正、僧正、权僧正三等级。

的酒宴，倘若抢在放映新闻电影之前，得以采制手型、足型，那就更好了。

昂奋之余，患有轻度贫血的藤原总经理，躺在休息室的沙发上，得知消息的圭子，亲手喂他喝葡萄酒。他立即心情好多了。

"你呀……那舞台能离开吗？……哎……"

"现在的节目很长，再有五分钟就完了。"

"太好了……再跟我握握手吧。"

"太放肆啦。"

"老婆在哪儿?"

"在客席上，最好不要告诉她，没什么。"

"是的啊，还是注意点儿为好。这是观音菩萨的阴德啊!"

"听我说，总经理。"圭子将嘴凑近他的耳旁，"我呀，今天在拍摄节目的电影中，要求他们为我采制星座的足型了。"

"什么?"

总经理旋即扬起头来。

"不行啊，还要再躺一会儿。"圭子再次凑近他的耳朵，"还有，我呀，在遗属面前，当众发表演说来着。今天，新闻记者都到场了，效果非常好。您猜我都说了些什么?"

圭子一字一句，似乎不使任何人听到，将在歌舞伎餐厅从夫人那里听到的话，一五一十，全都灌进总经理的耳眼里。小个子总经理立即在沙发上焦急不安起来。

"混账！哪里有这么回事?"

"不过，对听众倒很有效。有的吵嚷着要求全部还回牌位，有的提出将一百元降低到二十元。不论哪一方面，都将使得公司的信用一落千丈！我没有一文钱股票，感到很安心。"

"圭子，你这是恩将仇报！"

"所以嘛，没有什么大不了的。现在，请您马上对大会执行人员直接发布命令，将我纳入'日本的星座'，为我拍片子。这样就算万事大吉啦，很简单。"

舍身的女子是无敌的。总经理下达了命令，圭子立即前去执行最后的司仪。

九

"御室圭子还活着啊！"

摄影师看到司仪的人大吃一惊，除了作为今晚一流的流行歌手之外，使他更感到惊讶的是，圭子还要第一个采制手型和足型。

"来，请排成一列。"

执行人员按顺序将众人排列在不朽的星座前边。聚集在低矮围墙周围的群众，眼巴巴瞧着这出直接从好莱坞输入来的奇妙的仪式，即便只看一眼著名歌手的素足，也就抵得上跑来一趟的花费了！

"首先，有请御室圭子小姐。"

今天一天已经完全熟悉了的群众，疯狂地鼓起掌来了。前辈的通俗歌手们，皱起眉头窃窃私语：

"简直是胡闹！搞什么实事的星座，太愚蠢啦！"

新闻纪录片的拍摄，伴奏的音乐淹没了虫鸣似的机器声。圭子一直进行下去，向观众发出爱娇的问候。

"好吧，首先从秀美的脚开始吧。"

圭子脱掉高跟鞋，随之又麻利地褪去尼龙丝袜。

脚底下，濡湿的水泥凸现出一片银灰色的光照平面。

她抬头望了望观音巨像，当时又感到自己仿佛就是观音菩萨本身。至少她比总经理数百倍地包容于观音的功德之中。

"好，把您的美足放在水泥上吧。左右脚随便哪一只都行。"

圭子将左脚掌"啪嗒"一声踏在濡湿的水泥地上，于是，顿时爆发出一阵鼓掌和快乐的笑声。然后抬起脚，仔细对着自己的足型审视良久。圭子当时的确处于忘我的幸福之中。尽管如此，在她自己的眼睛里，那足型稍稍大了些，显得有些轻佻和放荡。

"大凡人的脚，不都是这个形状吗?"

御室圭子想到这里，鼓起勇气，随之伸出了右脚掌。

影子

东都大学学生小宫和藤山，游玩的时候总是形影不离。其实，他们什么也不干，到了暑假，他们本来就不做事，但愈来愈闲得无聊起来。有时，他们盯着有车子的同学，一同到大海去，但既没有金钱和能力在避暑地度夏，又不愿到海岸边的苇帘子店去打工。

因而，两人每次相见，谈论的都是五月中旬某个晚上天上掉馅饼般的美好经历。

这个暂且不说，那么闲暇无事时究竟干些什么呢？小宫一时迷上健美操，带着盒饭去训练场。从早到晚，一想起来，就高举铁块，借以消磨时间。不久，对这些也不感兴趣了。藤山一门心思泡在麻将桌边，但时间也不算太长。两人对任何事情都不会长久抱有热情。

"实在没有意思啊。"

两人每次见面都这么说。

尽管如此，那么为何有这么多闲暇呢？不管干什么总是有余暇，这种牢骚话，正像越来越小的肥皂在肥皂盒里"嘎嗒嗄嗒"的撞击声。

"还会有那种事儿吗?"

"那真是天上掉下馅饼来啦! 就像中了头彩啊!"

五月中旬的一个晚上, 小宫到藤山的宿舍去, 两个人饥肠辘辘, 但却拼命喝托里斯威士忌①, 接着就到街上碰运气去了。小宫的宿舍就在旧市区一条简陋的横巷里。夜晚, 商店及早关门, 行人也很少。

两人一到那里, 迎面走来三个女子。三个人都穿凉鞋, 从很远的地方就能听到干爽的足音。繁星满天的夜晚, 这座遭受战争灾难的城市, 街上的建筑物至今尚未明显恢复原来的面貌, 只是低伏着一道屋脊的斜线, 静静地存在着。

就在这样的夜晚, 两个醉眼蒙眬的学生, 看到三个女子打扮得十分俏丽, 晚妆化得颇为浓艳。他们交肩而过时, 小宫吹响了口哨。

一个女子回头看了看, 脸孔迎着远方唯一一家还在营业的酒馆檐头的灯光, 穿过夜间的黑暗, 显得一团惨白。

藤山凝神静立, 眺望着女子的那张脸。于是, 那张白脸蓦地像浸在水里, 溢满了微笑。

"你们到哪里去?"

小宫颇为笨拙地问了一句。

女人们相互看看, 笑了。身上穿着寻常的连衣裙, 显得

---

① Torys Whisky, 日本三得利公司制造的普通威士忌。

十分洁净。看样子，她们都是同一宿舍的学生或 BG①。

"你们到哪儿去?"

"我们只是随便溜达。"

这回该藤山回答。

"我们也是。"

三个女子又互相看看，笑了。

五个人走到路中央，半道上站住了。个个都有些不好意思，又继续朝着刚才要去的方向迈动了脚步。

"一块儿玩吧。"

年龄稍大略嫌肥腴的女子说道，声音沉着而自然。

小宫知道在这种场合就需要率直些，于是他伸手到裤子底下掏出三枚十元硬币，对着女人们摇了摇。

"钱只有这些了。"

小宫以一副学生微妙的风度，将夹持在十元硬币之间的袖中的碎屑，用另一只手指夹住，甩掉了。

"钱的事不用担心，到我们家里玩吧。"

"喂，藤山怎么样?"

藤山有些忸忸怩怩，这时他笑了。接着，他害怕给人留下黏糊糊的印象，立即说道:

"那就不客气啦。"

"我们搭车吧。"

———————————

① Bar Girl，咖啡馆女招待。

肥腴的女子说。

这里不大有空车通过，必须走到车站去。这期间，五个人无忧无虑地交谈起来。

"你们是学生吧?"

"是的。"

"这个时期的学生最差，招呼一声就跟上来了。"

"还是客气了一阵子嘛。"

小宫初次见面不到五分钟，就很快"你呀你呀"地大呼小叫起来。

"你们都很热情的嘛。"

"这个孩子有些狂妄自大，那个老实的孩子倒是很讨喜。"

有一个女子和藤山手挽手走路。

"不要给你的丈夫看到了。"

另一个女子挤进两个男孩子中间来。

"倒是很有意思啊!"

肥腴的女子同小宫挽起手来。剩下的女子插进两个男人之间。

由此一来，逼仄的路面被并排的五个人全占满了。绕过电线杆子和邮筒，走着走着，两个人心里充满难以形容的愉快。夸张些说，仿佛整个世界为之一变。如此被陌生的女人们包裹其中，透过衣衫的翠袖，切实感受着纤腕玉臂的温馨。通过乳谷自上向下窥视，只见两团儿纯白而温软的鸡头肉，随着脚步而晃动。感觉到以往不曾见过的世界，如今一呼百应，立马变得充实起来了。

再说又是女人之邀，令他们得意忘形。这件事儿，使他们感觉十分自豪！她们选择的即便不是他们的长相，至少也看中了那副青春与精力。比起这些有眼光的女子，所谓社会就像瞎子，对于那些贫困学生，一直秉持麻木不仁的态度。

出租车停下了。座席的顺序争论好半天。他们毕竟太年轻了！因此，两个男孩子老老实实挤在助手席上，三个女人坐在后排座席上。

女人们没说开到哪里。

"前方一直走下去，到达鞋店附近再向左转……"

肥腴的女子探出身子指示前方。车子在黑夜的街道上，不必要地左拐右折，在一条短巷里停住了。这里似乎是在距离藤山私家旅馆不远的大街的一角。

女人们吵嚷着都要支付出租车钱，小宫和藤山仿佛满怀恐怖，一直沉默不语。

附设带有拉门的小庭院中，点燃着朦胧的灯火。

"叔叔，我们回来啦。"

一打开拉门，肥腴的女子立即说道。

"啊，回来啦?"从听到玄关内的回答到开门，等了老半天时光。

"真磨蹭。"

"一直都这样。"

"心情给毁啦。"

女人们你一言我一语，不断说着"叔叔"的坏话。

小宫和藤山相互对视了一下。这里完全没有他们期待的那种氛围。布满灰尘的灌木，簇拥在玄关玻璃门的灯光之下。

大门终于开了。散放着拖鞋的玄关内，站立着被称作"叔叔"的初老的矮个子男人。

花白的头发，瘦削的大脸盘，一副称得上明治时代新派剧演员的脸膛，古风的鼻官……笑嘻嘻的口角上，可以看到过于鲜明的假牙，凸现着茄子色的牙龈。

"都回来啦!"

男人的嗓音沙哑而高亢。

旧西服改制的夹克衫，肥大的灯芯绒裤子，一副管理存鞋的老爷子的感觉。

弄不清是同族亲戚还是另外什么人，小宫和藤山跟在气宇轩昂的女人们后边，对着那人郑重低头行礼。

"啊，进来吧，进来吧。"

男子一副市井商家极为热情的态度迎接他们。

正面顶头的房间是六叠大的茶室风格，设置着矮脚木桌，上面堆着登载通俗小说的厚厚杂志，那人似乎正在阅读中。

三个女人也没有放置坐垫，直接坐在榻榻米上，广阔地飘浮着一片裙裾。小宫和藤山被相劝，盘腿坐了下来。

这时，小猫出现了。

肥硕的"三花"猫咪，慢悠悠来到矮脚木桌下边，一度躺在榻榻米上，前肢两三次交互抓挠榻榻米之后，爬上三个女人中最小个子的水蓝色的裙子。

"好重啊，死重死重的呢！"

"猫咪总是爱去阿重的膝头呢。"

小个子男人说。

"是啊，非常不公平！"

肥腴的女子说。接着，会话期间无视两位青年的存在，一直不离开猫的话题。

"叔叔也讨厌，老是猫呀猫的。"

"我对猫咪总是有感情嘛。别人都不想叫，也不曾起个名字。"

"讨厌，叔叔！"

三个女子打心里愉快地欢笑着。

"刚才你们不在家，小猫也没来上我的膝头，好薄情呢。我读小说，它有时轻蔑地瞧我一眼，然后就钻进矮脚木桌底下去了。"

"只因叔叔净看黄色小说啊。"

"嘿嘿，我才不看那种东西呢。"

初老男人如此地羞涩，使得两个学生心情不快。

突然，肥腴的女子以命令的口吻说道：

"叔叔，那些无聊的废话别说啦，请到楼上给客人铺床吧，我们都已经铺好啦。"

"啊，那些我会铺的，会铺的。"

"我们还要喝点儿酒什么的，叔叔去铺床吧。要是叔叔准备酒，那味道就不好。"

"啊，懂啦，懂啦。"

男子犹犹豫豫站起来，对着两个学生亲切地点点头，急急忙忙登上了楼梯……

后来的事不必详说。稍事饮酒之后，上了二楼。小宫和藤山完全忘掉了楼下的猫和初老男子，他俩接受了三个女人难以形容的热情款待。为了做出回应，小宫和藤山从数学角度考虑，面对其余六人，充分发挥了各自的能力。

早晨，女人们请老爷子叫出租车来，到大街上的咖啡馆吃早餐，享用早点咖啡和吐司，观看初场电影之后分别了。五个人几乎都没有睡觉。

············

其后，女人们不曾有过一次联络。不联络也是可以理解的，按照这样的游戏规则，小宫和藤山也没有说出他们的住址。一个时期连续的毫无收获，立即使得他们又想访问那个家庭。仔细地沿着原来的路径行走，感觉快要到达的时候，年轻人的虚荣心又妨碍了他们。因此，两个人日日闲暇，无所事事。

这个夏天，酷暑就像折断的弹簧，每日照射下来的阳光没有任何表情。午后没有一丝风的闷热就像停摆的钟表。

这段日子过去之后，多云而寒凉的时节旋即到来。对于小宫和藤山来说，真是缘分很深的日子，他们这天又有了约会。

　　这天正值百货公司的假日，他们要去同上周在新桥舞场结识的公司 BG 相会。

　　公司的假日，那里的舞场比起礼拜六，女孩子更显得机灵些，而且不带男友的女宾也很多。去了几趟，当得知那是因为公司假日的缘故，小宫和藤山就在那天前去取乐。三百元的门票对于他们实在不便宜，他们只瞄准公司休假的那一天前往。

　　那是一家电影院改建的大厅，冷气很足。楼上保持着原有的阶梯形构造，放置着桌椅，给人一种粗糙的感觉。一楼却是平滑的大厅，原本呈现出舞厅的面貌。

　　几乎都是年轻人，其间有只穿一件浴衣的附近的少爷，也有专来觊觎年轻姑娘的中年男子。

　　这类中年男子，即使在炎夏季节也是一身整洁的西装，装出有点儿小钱的样子，一边隐蔽着羞愧，一边频频地东看看西望望。他们随时流露出对于年轻人的自叹弗如，即使不怎么炎热，也是时时掏出手帕揩拭脑门上的汗水。

　　小宫和藤山瞥了一眼那个男子，他们有充分的时间可以容许自己丝毫不顾及社会的体面。好啊，只要来这里，就会有所收获。社会对于一介学生所保有的冷淡，在这里可以给以充分的报复。从此种冷淡中获取百分之百的利益……这么一想，他们就觉得体内充满了自由和勇气。

　　两人沿着墙边而行，不住瞅着坐在椅子上休息的女子。

　　"那个怎么样？"

　　"有点儿搞不来。"

　　"我决定选她。"

　　一直轻率的小宫，扭着脖子眼瞅着柱子对过，猝然奔了过去。

　　不久，他领来个姑娘，化妆很适合于暗淡的灯光，但却有些驼背，胸部扁平。

　　"喂，你不跳舞吗？"

　　小宫对藤山说着，拉起姑娘的手走进跳舞的人群。

　　藤山偶尔看到一位跳完舞离开男子回到座席上的女子。当他正在对等待的朋友说话的时候，姑娘的腿脚又开始踏起舞步来了。身体的线条频频扭动，于昏暗的光线里描绘着鲜明的轮廓。藤山想，要是那姑娘朝他瞅一眼该有多好！

　　仿佛一线相牵的姑娘转向这边，于暗淡的光线中正面向这里凝视，藤山接受了她的目光。那双眼睛虽然什么也没说，但实在很明亮，是从正面投过来的视线。一张桃圆脸，眼睛和鼻官分布得当，胸脯也具有生动的弹力。

　　藤山毫不犹豫地走过去。

　　"可以请你跳舞吗？"他问。

　　姑娘没有回答，身子像撞击着船体，一下子撞入藤山的怀中。

姑娘一边跳舞，一边沉默不语。似乎没有任何反抗，这些都可以从臂腕中她的身子愉快的跃动中明显地感觉到。没什么不愉快的，但就是不笑，也不回答问话。她的满心的欢乐，可以使人感受到她的满腔热情。

　　"上学还是工作？"

　　"工作。"

　　"公司吗？"

　　"嗯。"

　　"卖什么？"

　　"衬衣。"

　　"哦，男顾客，大家看到你的这张面孔，都会来买的啊。"

　　"嘻嘻。"

　　"多大啦？"

　　"哈伊台①的拐角儿。"

　　"十九岁？"

　　"嗯。"

　　跳完两三首曲子，小宫和藤山各自同自己的舞伴热络起来。跳够了，再相约下一周。这种交际是自由的约见，并不限制对方。

　　"下周还来这里吗？"

　　"嗯。"

————————

①　High＋teen，日式英语，泛指少男少女十六岁到十九岁的年龄层。

"我也来，还会见的。"

"在这里？"

"啊。"

"大体也在这时候？"

"嗯，大体是这时候……"

小宫和藤山都喜欢使得一切事尽可能半途而废。每日每时，不，每时每刻，都感到比起眼下的时机，下一个时机更美好。因此，他们尽量避免定时的约会。然而，一旦闲得无聊时，又立即后悔本次的约会过于暧昧而深感不安。

他们去舞厅，女子如约而至。一边同别的男人跳舞，一边对小宫挤眼睛。藤山的舞伴也立即出现了。

不久，四个人离开舞厅。他们个个跳得汗流浃背，从冷气的场内来到户外时，并不感到郁闷而很想喝上一杯。穿越而来的河风也很清凉。

女人们毫不掩饰地都说肚子饿了。两个学生商量之后，带她们一起到高速公路一侧的小店里吃中华拉面。这么一来，除却舞票费和饭钱，则所剩无几了。

他俩用暗语对话：

"这些女人没有多少钱。"

"今天在皇居前广场干了她们吧。如果不顺手，那也无妨。"

"还是找个便宜的旅馆，免得手脚忙乱。"

这几句话，谈不上是哪国的国语，只是掺和进了几个单词儿。两个女子也未表露出怀疑的神色。看那样子，给人的感觉似乎对男人很了解，自己的事情听任男人们诉说悄悄话，反正也都习惯了。她们知道，一味追究男人们说些什么，没有一点儿好处。

"时间太晚了，电影最后一场也赶不上啦。"

"是啊，咱们随便走走吧。"

小宫的女伴及早同意了，她的声音虽说显得世俗些，但小宫没有任何幻灭感，藤山倒是惊讶地望着她。

夏季大街上的行人这时候最多。他们四人尽量走在行人稀少的道路上，来到了帝国饭店旁边。藤山的舞伴仰望着新楼窗户的电灯说道：

"我真想在这里睡上一夜呢。"

于是，小宫的舞伴缠住不放。

"家在东京，怎么会到这儿睡觉呢?"

这是开火的信号，在沿着宽阔的人行道走向日比谷交叉点的时候，两个女子虽说不是大吵大闹，可也是说话屡屡带有棘刺。

"上周礼拜六应邀参加兜风，车子一直开到箱根。回来后挨了妈妈一顿骂。"

"睡了一夜吧?"

"嗯。"

藤山的舞伴没有笑，直率地点点头。

"一定是卡车，东海道定期有大卡车运行。"

小宫的舞伴冷言冷语，大声嘲笑。就连小宫也看不下去了。

"怎好这么说呢？她太可怜啦。"

小宫不识时务地居间调停，惹得十九岁的姑娘平静地反驳："遇到偏执的人，真拿她没办法！"

鉴于此种状况，两对儿玩不到一起去。今夜也不可能成双成对儿。藤山及早悲观起来，只想自己一对儿极力离开；但两个女人很难分离，故意肩并肩走着。

"随便蹲下来，前往现场，就能分道扬镳。"

稍待情绪化的藤山边想边走，到达那里前，他一点儿散步的心情也没有了，深感失望。

他们两对儿离开日比谷，沿着皇居护城河走向樱田门。

"天鹅、鲤鱼都睡了吧？"

小宫的舞伴说。

"嘻嘻，明知故问。"

十九岁的姑娘，立即用可怕的大人口气大声说。

其实，女人们还是很要好，弄得两个学生莫名其妙。她俩学美国人，两手相互揽着腰间走路。小宫如今才发现自己这位舞伴的臀部很不发达。

许多相同的情侣，都奔广场而去，有的从那里回来了。正像以往名所图绘①中的人物，布置合理，相互间隔开来

① 江户后期刊行的记述各地名所旧迹、神社佛阁等由来，以及物产的图文并茂的地志，以《江户名所图会》最有名。

前行。

四人终于来到石壁内侧，向那里的崖头攀登。河崖顶上，可以清晰地看见铁丝网和松影。崖面虽然一片幽黑，头顶的天空，日比谷周围霓虹灯的余辉，涂抹着五彩的夜云，天边一派远火般的赤红。那里弯曲的铁丝网和松树的影子浮现出来，给人一种观剧的感觉。

两个学生各自牵着女伴的手登上崖头，于是，炫目的霓虹灯的强光威逼而来。大街上的霓虹灯感觉不到，现在突然照射从薄暗中出现的眼睛，煌煌闪烁，就连壕中水面上的投影也令人目眩。

两对男女站在那儿，各自难得地初次接吻。根据小宫的提议，为了这次初吻，比起二重桥前边草坪上浓密的树影，这里不会使得女人感到害怕，选择这地方最合适。

完成接吻，两对情人临时站在松荫里喁喁情话。然后，前后更换，快活地谈笑着走下崖头。

从那里走向二重桥期间，两个女子已经不再斗嘴了。

广阔的草坪表面，阴霾的天空下，一概充满浓密的黑暗。各处的松影格外深浓，点点白衬衫和裙子闪闪烁烁。那微动的身影几乎整个儿包裹于黑暗之中，看不清楚，只能看到随处抛散着脱掉的衬衫和裙子。

小宫和藤山始终形影不离，他们不论干什么，总是一致行动，将各自的好色自动表演或迫使对方表演出来。实际上，比起友情来，也许人们对相互之间的关系都抱有深刻的疑虑，一旦共同行动，就没有余地撒谎骗人、玩女人了；同时也省却了相互详细说明的麻烦。

　　草坪如此广阔，松荫如此繁多。一旦寻找起来，没有同时适合两对男女的地方。于是他们各自保持着微妙的间隔，并排坐在草坪上，不论怎样，相邻之间的距离还是太近。

　　"动作总是受限啊！"

　　"简直就像用尺子量过的一般。"

　　完全恢复和好的女人齐声说道。

　　"你那里怎么样？"

　　"不行，相邻的人太近啦。"

　　"要是这么说，到哪里都一样。"

　　然而，转悠了一圈纵有好处，四个人找准了远处一棵没有人影的松荫，那团热乎乎鼓胀的昏暗之间，可以清晰地看出洞穴似的浓黑。别的松荫下，不管哪里，总有一两对儿白衬衫和裙裾闪烁不定。

　　两对男女终于走到那里的松荫下，小宫首先抵达，他第一个踏入树荫的黑暗。他突然脚下被绊了一下，同时眼睛被手电的灯光照得发炫。

　　"啊呀！"

　　手电一旦熄灭，有人发话了：

　　"哎呀，真是奇遇！你们不是上回到我们家来的学生哥儿吗？"

　　小宫和藤山用手挡住手电望着对方的脸。

"是我呀!"

他小声笑了。手电的灯光这回从下面照着说话的男人的面孔。

"啊,是叔叔!"

"是的。"他回答。

叔叔穿着黑衬衫和黑裤子,身子沉浸在黑暗之中。接着,从手电照亮的脸孔上一下子就认出来了,那张脸上长着一副明治时代新派演员古风的鼻官,以及含着无力微笑的洁白整齐的假牙。

学生们放心地蹲了下去,两个女人也只好跟着低伏着身子。

"叔叔一个人吗?"

"啊。"

"您一个人在这里干什么来着?"

"乘凉。"叔叔说,"还有,拉客。"

"噢?"

学生们虽然听了很败兴,但却感到异样的亲切。那是五月的一个夜晚,竟然留下如此深刻的记忆。小宫为了不给身后的女人听到,低声问叔叔:

"她们都好吗?"

"啊,怎么说呢。"

"都在家里吗?"

"不,自打上回过了两三日,她们又领来三个和你们一样的学生，从此就没有回来过。"

"啊？"

小宫和藤山在黑暗中互相对望着。藤山问道：

"那些姑娘很早以前就和叔叔一道住在这里吗？"

"别开玩笑啦。在你们来访两三天之前，她们才来我家。不过，她们的品性都不太好。"

"她们没有交纳房租吗？"

"别开玩笑啦。"叔叔暗夜中闪露着白牙笑了，"我完全凭着兴趣，根本不要房钱。只要是年轻人，我就一律欢迎。"

"那么请问，您和姑娘们什么关系？"

"啊。"

"看来，很熟的样子。"

"我喜欢自来熟的人啊。"

经过一番如此不得要领的交谈，随之都沉默不语了。小宫感到总想弄清真相而偏偏又弄不清真相，他立即高声问道：

"那么，叔叔能否让我们四个到您那里住一个晚上呢？"

"啊，当然可以。我不就是为了这个出差的吗？"

叔叔第一个站起来，一边打着手电，一边准备尽快领着四人回家。

藤山悄悄拉拉小宫的衣袖。

"算啦。"

"为什么？"

"为什么？你真是个傻瓜！"

经这么一说，小宫终于有所觉悟了。

两人巧妙地谢绝叔叔的好意，那人也不强留，又回到松树荫里躺下了。于是立即变成一堆黑影。

两个学生似乎完全忘记所带的女人了，只顾顺着原来的路大踏步走回去。

"只是住一个晚上，为什么谢绝了呢？傻瓜！"

十九岁的姑娘在藤山的身后叽咕。

小宫的女伴又焦躁起来，紧接着话头说道：

"你的头脑完全是经济型的构造。"

"混账，胡说！"

小宫回过头来大吼。

他们来到彩灯辉映的护城河岸边，此时，两对男女终于因吵嘴而分手了。小宫和藤山默默不语地向有乐町车站走去。

"真是无聊啊！"

"喊，真是无聊。"

藤山也异口同声地应道。

"我们都给看到啦。"

（1957 年 11 月）

译后记

　　《绿色的夜》是我三岛文学翻译中的第八本短篇小说集，计十七篇不同时期的中短篇秀作，约有十九万字，是三岛译作中规模最大的中短篇合集。

　　几年前，《天涯故事》交付出版后，不久我便由受聘的日本 A 大学停年退职，走下四十年的大学讲坛。离开朝来夕往的研究室，面对书架坐视良久，便将川端和三岛著作集中重要篇章复印出来。《绿色的夜》就是其中之一。

　　这里，我想就拙译三岛文学大体梳理一下，以供读者朋友选书时参考：

　　上海译文出版社：长篇《禁色》；中短篇集《仲夏之死》《鲜花盛开的森林·忧国》《殉教》（以上为作者自选集），《女神》《天涯故事》（以上为学者选编）；戏剧《萨德侯爵夫人》。

　　广西师范大学出版社：中短篇集《上锁的房子》《魔群的通过》（以上为学者选编）。

　　人民文学出版社：长篇《假面的告白》《金阁寺》《潮骚》《爱的饥渴》《丰饶之海》（四部曲），游记《阿波罗之杯》。

四川文艺出版社：短篇集《绿色的夜》（译者选译）。

当我完成最后一页稿纸的校阅时，我早已远离"先遣小姑尝"的畏怯，全然是一副老厨师的心情了，一手端盘，一手用肩头的毛巾擦擦汗，面对等候已久的"食客"道一声：

"菜，齐啦！"

《绿色的夜》中的十七篇译作，很可能全属初译，至少绝大部分是。这道"压桌菜"，自信口感生鲜、脆嫩味美，精心烹制，供君享用。

以前大致查阅过，三岛一生写过一百六十多篇短篇小说。包括这册《绿色的夜》在内，目前已经或即将出版的短篇已经过半，还有不到一半散于各集中，无人问津。衷心期待有志者继续将这项工程逐渐完成。

三岛文学，奇幻的构想、放纵的情思、精美的词语、细腻的描述，令今日的读者，既难于离弃，又不胜其烦。

《仲夏之死》——探求人性的光明与黑暗，温暖与冷酷，纯正与放荡，真诚与欺骗。

《鲜花盛开的森林·忧国》——十六岁天才的爆发。迷幻的场景，瑰丽的文字。对虚幻、死和已逝时光的礼赞。

《殉教》——一群"异类"人的奇特形象。在古典和特异艺术殿堂里开掘美，再现美。

《女神》——"美"的礼赞，毁灭，复苏。"美"的变异与奇娇的再生。

《上锁的房子》——生活的变奏曲，生鲜的人世画图，"爱"与"美"被亵渎的现实世界。

《魔群的通过》——迷幻的人世百花景，人性各种风景的巡礼。

《天涯故事》——童话般朦胧而神秘的世界，没有罪愆、丑陋与欺骗，有的只是爱、欢乐、关怀和灭亡。

《绿色的夜》——十三岁早熟的果子，幼少时代的梦境，神奇的发想，各色艺术之神的共演共舞。

语言的张力——犹如木耳和蘑菇，只有经水充分发开，才会产生美味。译文似煮饭，不可夹生，每一个字犹如每一粒米，都要充分担起自己的责任，发挥独特的效用。

译文的语言，犹如戏中的各个角色，只有主从，而无轻重。译者就是导演，要充分发挥每一角色的舞台效果，用足每一位演员的表演技巧。

阅读三岛，徜徉于美的森林，漫步于艺术的长廊。

嘤其鸣矣，求其友声。

译者

2020 年 8 月残暑春日井